U0716679

沈 笑／著

花褪残红青杏小

山西出版传媒集团

北岳文艺出版社
BEIYUE LITERATURE & ART PUBLISHING HOUSE

图书在版编目（CIP）数据

花褪残红青杏小 / 沈笑著. — 太原：北岳文艺出版社，2017.4（2021.1重印）
ISBN 978-7-5378-5154-1

Ⅰ. ①花… Ⅱ. ①沈… Ⅲ. ①长篇小说 –中国 –当代 Ⅳ. ①I247.5

中国版本图书馆 CIP 数据核字（2017）第 036320 号

书名：花褪残红青杏小　　　　策　　划：商爱欣　　　　责任编辑：李向丽
著者：沈　笑　　　　　　　　书籍设计：琦　琦　　　　印装监制：巩　璠

出版发行：山西出版传媒集团·北岳文艺出版社
地址：山西省太原市并州南路 57 号　邮编：030012
电话：0351 – 5628696（发行部）　　0351 – 5628688（总编室）
0351 – 5628695（编辑室）　　传真：0351 – 5628680
网址：http://www.bywy.com　　E – mail：bywycbs@163.com
经销商：新华书店
印刷装订：三河市天润建兴印务有限公司

开本：660 毫米 × 960 毫米　1/16
字数：216 千字　印张：18.5
版次：2017 年 4 月第 1 版
印次：2021 年 1 月河北第 2 次印刷
书号：ISBN 978-7-5378-5154-1
定价：49.80 元

目　　录

第一章　艳遇

1

人的一生，总会有很多相遇。有些太早，有些恨晚，有些平淡，有些惊艳，有些转头已此去经年，有些擦肩便万水千山，也有刹那惊慌失措，瞬间刻骨铭心。虽说一切盛开终归寂灭，起承转合都是缘分，若能在最好的年纪遇见最好的人，终究是幸运。

高速公路是一张网。来往车辆穿梭，不管是宝马还是马六，一样马不停蹄。李响坐在他的奔驰 S600 里，莫名有点感慨。

车载音响在放郭德纲的相声。于小伟听得很开心，不时哈哈大笑。原本是在播放张悬的歌，可于小伟说他昨晚没有睡好，得听提神一点的，于是换了自己带来的郭德纲。郭德纲每提到于老爷子，于小伟居然都能发自肺腑地笑起来。

于小伟是司机，东北人，退伍军人。人很豪爽，极讲义气。这也是李响愿意容忍他偶尔表现得不那么专业的原因。李响从小看古龙，对有侠义之风的人一向颇有好感。

郭德纲讲了一路，李响一次都没笑。智商高的人，往往笑点也高，李响一直这样认为。他看着前俯后仰的于小伟，便生出许多优越来。

他有理由优越，于小伟与他同龄，都是 1981 年的。但现在，他是这辆奔驰车的主人，于小伟只不过是替他开车的。

此外，很重要的一点是，他不是富二代，他将是富二代他爸。

然而今天，他一直有点忧伤。天哪，这是一个多么久远的词语。那还是他当初玩 MSN 空间时常用的表达情绪的伎俩。如今，连 MSN 都已经死在了沙滩上。

也许，也许是因为要见郭小山的缘故。

那个喜欢仰望天空看着白云浮动会感伤到流下眼泪的少年，那个喜欢古龙便踏足江湖离家出走身无分文自称三少的流浪者，那个喜欢自称三爷粉丝遍布全国每一个角落每次签售都山呼海啸的知名作家。

曾经三少，如今三爷。

一梦好多年。

2

道路看起来永无止境。

郭德纲终于讲完了，于小伟像是忽然想起了什么，回过头来，弱弱地问："李总，韩寒是谁？"

这个简单的问题把李响给呛住了，一时没想到怎么来解释，便说："也是德云社的，跟着郭德纲说相声，不过一直没混出来。"

"新闻里说他道歉了，什么方韩之争，他为什么道歉？他也犯事了？听说娱乐圈最近很乱，爆出了很多丑闻。"于小伟同学对娱乐圈一向很热心。

这个世界其实没什么新闻，也没那么多丑闻，挺和谐的，但总有一些人很无聊，另一些人又喜欢投其所好，于是鸡毛蒜皮的小事被渲染成开天辟地的事件，滚滚长江东逝水，英雄也不过就是一朵浪花。李响自己都不知道哪来的沧桑感，说道："你不要那么热衷于新闻，有时间可以多看看历史，它不能告诉你当下，却可以告诉你未来。"

"李总，"于小伟由衷地说，"今天你身上散发出一种圣洁的光辉。"

一辆红色宝马呼啸而来，绝尘而去。于小伟居然稳稳地开着车，没发表任何意见。谁知道，紧跟着又一辆红色保时捷呼啸而来，绝尘而去。于小伟终于忍不住了，骂道："赶着去投胎呀！"

李总身上圣洁的光辉立刻黯淡了许多。

3

对很多人来说，如果某一天很特别，大多是因为那一天发生了很特别的事。对于李响来说，这一天最特别的事，就是遇见了一个很特别的人。

李响正在假寐，发现车速降了下来，睁开眼便发现一个女子站在路边。很多日子之后，李响曾问于小伟当时为什么停车，于小伟回答得很直接，因为路边站着一个美女。

女子着湖水绿长裙，光脚穿凉鞋，却背着一个很大的旅行包。她看上去很年轻，但神情疲惫、冷漠，拒人于千里之外。

车停稳，女子打开车门，上车，坐在李响旁边，旅行包放在腿上，她趴在包上。然后她就闭上眼睛，似乎打算先睡一会儿。

"这位同学，你去哪里？"李响见过不见外的，没见过这么不见外的。

"随便。"女子头都不抬。

李响笑了，问："你不怕我们是坏人吗？"

女子抬头，瞥了他一眼，说："别脸上有道疤便冒充灰太狼，这年头还耍流氓的，不是穷光蛋，便是性无能，我看你都不像。"

女子说完，便又趴在包上，开始睡觉。

李响愣了愣，下车，换到前座。

车继续前行。李响坐前面的本意，是腾开空间让女子可以躺着睡，那样更舒服些。女子并未领情，仍是最初的姿势，不一会儿便睡熟了。

李响也闭上眼，打算小睡一会儿。这时手机却震动起来。

"遇车祸，蒋天宇身亡。"

短信是刘佳玲发来的。蒋天宇是一地集团的董事长。一地集团是西城最大的房地产开发企业。蒋天宇对李响有知遇之恩，他的遇难对李响而言，无疑是一个很大的损失。最关键的是，一地集团内部派系纷争，蒋天宇与蒋天啸一直不和，因此他的死也许并不那么简单。

李响皱皱眉，开始评估这一事件的影响，并思考应对之策。

很快，陆续有几条短信进来，发信者有公司副总张云天，有区长秘书刘子山，有电视台的记者，有房管局的处长。短信表述各异，主体内容相同，蒋天宇遇车祸身亡。张云天说已安排人手调查幕后情况，刘子山说李总以后行事当更谨慎。

李响分别给张云天和刘子山回了短信，告知张云天自己明天就回公司，感谢刘子山的关心，并表示自己改日请他去山里。

刘佳玲的短信就不回了。她身份敏感，他很少回她的短信，她亦能明白。

李响重新打开音响，听张悬轻柔的声音，忽然想到后座女子正在熟睡，便将音量调至很低。不一会儿，他居然也睡着了。

过收费站时，李响醒来，从后视镜看见陌生女子也已经醒了，正趴在包上看镜子里的他。他下意识地摸了一下脸，笑问："我没流口水吧?"

女子竟笑了，春暖花开，说："没有，我在看你，你长得很好看。"

李响就脸红了。

于是，女子说："你脸红了。"

李响笑，问："同学，你永远都这么直接吗?"

女子却收敛了笑意，问："你是希望我虚伪点?"女子词锋犀利，于人不留余地，于己不留退路。李响一时竟无从应答。女子又问："贵姓?"

李响像个小学生一样，答："我叫李响，李白的李，响马的响。"

女子笑出声来，说："响马李白，能文能武，一定骗过不少女孩子。"

李响也笑了，说："这位同学，这次你错了，我非但没有骗过女人，倒是被女人骗过几次。"

女子说："别叫我同学，我讨厌这个称呼，我叫林诗涵。"

李响便道："林小姐，您好。"

林诗涵居然就怒了："别叫我小姐，你才是小姐，你们两个都是小姐。"

李响倒也不怒，立即改口："您好！诗诗。"

林诗涵瞬间转怒为喜，轻嗔道："看来你还是很会撩妹的。"情绪转换间，犹如台风将来的夏日午后，乌云密布，看似暴雨将至，一阵风过却又晴空万里。

4

过了收费站没多远有一处急转弯，一辆红色宝马吻了一辆黑色丰田的屁股，两车以缠绵的姿势停在路旁，两车的主人以决斗的架势正在对峙。

于小伟又开始骂人，说："开宝马的不是富二代就是暴发户，忒没素质，飙车撞死才好。"

李响说："讲和谐，别仇富，多努力，少抱怨。"

于小伟不再说话，继续开车。

林诗涵却站在于小伟一边，向李响开炮，说："李总是吧，少年时做过响马，如今被招安了，便开始讲伦理道德了，既得利益者终于露出了其伪善的小嘴脸。"

李响笑，说："林诗诗，还真被你说中了，兄弟我当年确实做过响马，后来碰到玉娇龙，便归顺了官府。"

林诗涵说："唐僧遇到白骨精，朱茵碰到周星星，看来跑是跑不了的，李白李响马，有机会的话，见见你们家玉娇龙。"

"别，别，别，"李响连拒三声，"河东狮吼，厉害得很。"

林诗涵又笑出声来，说："也罢，也罢，自然灾害频发，不是干旱便是洪水，咱就别添乱了。"

说话间，车下高速，往市区方向开去。

李响问林诗涵在哪下车，要不要送她一段。林诗涵看看车外，说："在哪下车都一样，不如就在这里吧。"

于小伟看着李响，一脸询问的意思。

李响说："他想送你。"

林诗涵也不知道听见没，待到车刚停稳，便打开车门，下车，背上背包，关上车门，朝两人挥挥手，也不道别，也不留念，扬长而去。

5

酒店小唐早已经定好，东亚富豪，四星。小唐姑娘做事认真仔细，且长相极为普通。这也是为了避免叶扶桑鸡蛋里挑骨头。如果李响找个巩新亮那样的秘书，那叶扶桑会把全世界的醋都喝光。

虽然叶扶桑还不算他的妻子，但她自己在主观上已经觉得是了。她从没问过他爱不爱她，甚至也不怀疑为什么关于婚期他一拖再拖。李响觉得她不是自信，只是跋扈。

或者，她也未必爱他。

洗了个热水澡，躺在床上打算休息一会儿。张云天打来电话，说警方已经介入调查蒋天宇车祸身亡案，另外关于下个月土地拍卖的事还需要他亲自拍板。已经有几家代理公司找上门，张云天选了两家，初步洽谈了合作意向。一家是老牌机构，一家是市场新锐，究竟选择哪一家需要他做最后的决断。要在以前，这种事张云天完全可以做主，但是现在，正逢多事之秋，一切都需谨慎。

挂了电话。没过几分钟，铃声又响。这次是叶扶桑，她要去香港玩几天，明天上午的飞机，问他是否来得及送她。他说不确定，如果来不及就让小唐安排一辆车送她。她说那就算了，自己打车去机场。他说路上注意安全，玩得开心，到了给他电话。她说你休息好，别太辛苦。她没说为什么突然就去香港，他也没问。

终于可以休息一会儿了，真累。

然而最终还是被手机铃声吵醒。"蒋晓龙超速肇事，被拘留，你活动一下。"刘佳玲的短信。她一向简洁明了，她知道他能看懂。

"知。"李响回了一个字。

6

如果你从足够高的地方去看一座城市，便会发现它极像一片丛林，但是看不到生机盎然，只看到灰蒙蒙笼罩下的各种冰冷建筑，像一个巨大的售楼模型。

每个人都深陷其中，各自悲欢离合。

各种堵车，赶到书城的时候已经快下午四点。"每天都这么堵吗？"李响问出租车司机。那个相貌极其忠厚的中年男子告诉他，这条路平时还好，今天特别堵，因为今天郭小山在书城签售。

于小伟把车开去保养了。私人事务，李响喜欢单独行动。

李响下车，便看到书城门口围了很多人，还有几个武警在维持治安。看来郭小山确实影响力非凡，一出手便惊天动地。

门口排队的大多是女生，且年龄较低，初中生的样子。李响跟在人群后面，被更后面的人一挤，踩到了前面的女生。女生回过头来，瞟了他一眼，问："这位叔叔，这是三爷的签售会，你老人家来凑什么热闹？"

女生长相颇为可爱，眼睛大大，睫毛弯弯，只是造型显得有点洗剪吹，银色睫毛一看就很假，两个耳环比手环还大，还扎了三个冲天辫，分别染成黄、白、蓝。短裤很短，T恤很大，看起来好像没穿裤子一样。两条腿细长、惨白。

李响申辩，说："这位同学，别叫我叔叔，我也是80后。"

女生毫不掩饰自己的嘲笑，说："80后呀，都奔四了哦，我1999年的，不叫你叔叔，难道还叫你爷爷呀。"

李响息事宁人，说："这位同学，咱都是三爷的粉丝，看在三爷的分上，咱也该保持充分的和谐吧，否则三爷知道了，该不高兴了。"

女生却不饶人，说："别，三爷的粉丝都是小姐妹，哪有你这样叔叔辈的！你四下看看，除了警察同志，有一个叔叔没有。"

李响只好实话实说："是三爷让我来的。"

女生骂道："不要脸。"

有些时候，实话反而不为人相信，人们只相信他愿意相信的。比如初恋说你美若天仙你便怦然心动，老公说你胖了一点你便恨得牙痒痒。

你知道什么叫人潮汹涌吗？你知道什么叫山呼海啸吗？你知道什么叫声嘶力竭吗？如果你不知道，请去郭小山的签售会。

"手不是手，是温柔的宇宙，我这颗小星球，就在你手中转动，请看见我，让我有梦可以做，我为你发了疯，你必须奖励我。"SHE唱这首歌的时候，也还是青春美少女。

大厅中间搭了个舞台，郭小山端坐在主席台上，已经排好队的粉丝依次上台，把手中的书递给自己的偶像签名，还没进入排队序列的人群，在后面一浪跟着一浪。若不是众保安维持秩序，只怕早已经决堤成灾。

他偶尔抬头，看一眼他的粉丝，展示一下他标志性的含蓄而迷人的微笑。人群立刻一片欢呼。

他高高在上。

他一个人，在群情激昂的人群里，保持足够的冷静。这让他看起来多少有些疏离感。正是这种疏离，让李响觉得似曾相识。

当年三少，非常孤傲，常常一副拒人于千里之外的样子。

时间在喧嚣中飞快流逝。签售活动五点结束，已经拿到签名的心满意足，没有机会走到近前一睹偶像尊容的懊恼不已。郭小山起身，含蓄而迷人地微笑、鞠躬，向人群致谢。不知道是谁喊了一声"郭小山我爱你"，人群立即沸腾起来，大家开始一起高呼："郭小山，我爱你，郭小山，我爱你……"

郭小山再次鞠躬致谢，然后在安保人员的簇拥下从安全通道撤离。

李响站在角落，像看电影一样看着眼前发生的一切，不禁心生感慨。这是他不熟悉的世界，他不知道郭小山已经站在如此高度，也不知道这些小女生为何会如此疯狂。当年他们喜欢小虎队，喜欢张学友，似乎并没有这么痴狂。有一刹那他又在想，如今的三爷还会仰望天空忧伤到黯然泪下吗？

退场的时候，李响又碰到那个骂他不要脸的 1999 年出生的小女生。小女生毫不留情地嘲讽他，说："哟，叔叔，怎么一个人呀？不是三爷请你来的吗？"

李响微笑，说： "这位同学，三爷现在忙，他一会儿联系我。"

讽刺原本是一门艺术，小女生估计是把艺术当成了乐趣，把尖刻当成了锐利，把攻击当成了能耐，说："哟，叔叔，我看你西装革履衣着光鲜，还以为你是个童心未泯的小白领呢，没想到你却是个左脑三鹿奶粉右脑敌敌畏的老师傅。"

李响叹了口气，说："这位同学，虽然你口若悬河滔滔不绝，但是我敢跟你打赌，你连西装革履的'履'字都不会写。如果你现在不是用拼音打字而是手写出这个字的话，我输你十万块人民币；但是如果你写不出来的话，请你用你在幼儿园的时候你爸爸你妈妈你班主任老师教给你的文明礼貌用语给我道个歉，这个赌你敢不敢打？"

"十万，"小女生兴奋得脸都红了，"你确定？"

"我确定。"李响很淡定。

小女生想了想，Louis Vuitton、Gucci and Chanel 的巨大 Logo 从她脑海里一一飘过，她又想了想，想到了"快使用双截棍哼哼哈嘿"，想到了"跟着我左手右手一个慢动作"，然后，然后她终于低下了她年少轻狂的脑袋，说："我承认我不会写，但是打字我会呀，电脑也是打字，手机也是打字，都什么年代了，干吗还要手写！"

"你输了。"李响说。

"那又怎样？"小女生说。

铃声恰好在这时响起。李响摸出手机，看到是郭小山的电话，就故意按了个免提。"李响，你到了没？"郭小山的声音近在耳前。

"我在门口，正在跟你的粉丝聊天。"李响收了免提，往后门走。

小女生愣在那里，过了一会儿，恍然醒悟，大喊道："哥，给我跟三爷要个签名好不？"

7

一辆黑色奥迪停在后门，直到李响走得很近，车灯才忽然闪了一下，然后车窗降下来，郭小山向他招手。

在落日余晖的映照下，郭小山的脸上笼罩了一层金色，看起来温暖而怀旧。十几年前的那个秋天，亦是黄昏，郭小山也曾向他招手。动作依旧，甚至微笑依旧。只是那时，他们还都是少年，为赋新词强说愁。

十年，对于无涯的时光来说，不过是一个刹那；对于一场爱情来说，已经几经生死；对于一个生命来说，足够年华老去。

那年，他们在浙西大峡谷，他们敢在摇晃的索桥上奔跑，他们敢在冰凉的溪水中嬉戏，他们敢仰天长啸纵情高歌。

那年，李响尚是大一新生，无约束的自由让心底的狂野脱缰怒奔，踢足球玩乐队追女生，最后想独自行走。那年，三少还在读高中，对古龙的崇拜到了迷恋的程度，又刚经历了一场似是而非的失恋，最后离家出走。那年，高老大在一所美术学院荒废青春，对艺术太偏执，对世俗太超脱，行走已经成为她的日常生活。

那年，烦恼不少，一切都好。

"三爷。"李响说。

"别，"郭小山说，"你还叫我小山吧。"

"叫小山不好，听起来像是小三。"李响说。

"我跟你们在一起，本来就是小三。"郭小山说。

两个人都笑。或者说，两个人都努力在笑。虽然一直有联系，但邮件居多，或者是短信，偶尔才电话。毕竟已经十年没见，生疏在所难免。

"晚上一起吃饭，杜公馆，我请你，"郭小山说，"虽然你公司赚的比我多，但这是我的主场，理所当然我尽地主之谊。"

我还真是久仰大名，只是一直没有机会去尝一尝，不过今天不行。李响露出为难的样子，说："刚刚接到一个通知，有一件比较棘手的事情需要处理，不如明天上午，我约你。"

"上午我有个活动，"郭小山稍微想了一下，"这样吧，下午我们见面。两点，噢，不行，四点，我们四点见面，一起去看她。"

李响想都没想说："好。"

他很忙，看来郭小山比他更忙。这年头，想做点事还真不容易，必须马不停蹄，连吃口饭都很匆忙。

这样就算约定了。李响下车，告别。郭小山挥手，车开走。

十年不曾见，相见亦匆匆。

8

人间仙境并不热闹。

家乐福超市很热闹，范思哲专卖店就没那么热闹。城隍庙很热闹，希尔顿就没那么热闹。经济基础决定上层建筑，消费层次决定热闹程度。

李响第一次来人间仙境，是建筑公司的张老板请客，那晚一共花了将近二十万。李响与宋碧柔聊了一个小时，君子之交，相谈甚欢。

他问："既然已经挣够了钱，为什么还不洗手？"

她说："买不起房的都在骂开发商，也没见你们谁洗手不干了。"

那次临走的时候，李响给了她一张银行卡，里面有五十万存款。宋碧柔问他什么意思，李响说红粉赠佳人。宋碧柔说可惜我没有宝剑，李响说可是你有侠义。宋碧柔说别人只看到红颜，李响说所以我不是别人。

能成为头牌的人，绝非只有容貌。而看到别人看不到的东西，却是一种能力。李响无所图，只想交一个朋友。那一刻他想到了刘佳玲。

当然，人间仙境的头牌能量巨大。

木桐 1945 已经喝了一半。刘爷忽然来了兴致，说要高歌一曲，众人以为他会唱一首革命歌曲，没想到他却朗诵了一阕《满江红》。

李响带头鼓掌，说刘爷不仅事业做得好，而且诗也写得好，据说当年在学校可是一风云人物，一首诗引得几百个女生追求。

刘爷说哪里哪里，朝花不能夕拾，往事不堪重提，现在是你们年轻人的天下。

宋碧柔坐在一旁，安静地看着他们，也不说话，偶尔微笑。对于刘爷来说，头牌愿意微笑，已经足够。头牌有头牌的气场，头牌有头牌的身份。

李响说："刘爷太过谦虚，刘爷风采不减当年。"

刘爷说："听碧柔讲，李总也是饱读诗书之人，曾经写过不少诗，我就是喜欢和文化人打交道，李总年纪轻轻，取得如此之大的成就，实在是个人才，人才呀。"

李响说："惭愧惭愧，要说读书，碧柔可比我厉害多了，人家是到欧洲留过学的文学硕士，我只是读了个普通大学，虚度了几年光阴。"

刘爷终于可以名正言顺地把目光停留在宋碧柔的身上抚摸三下了，话也开始透露出调戏的意味，说："碧柔今天招我来，有何吩咐？"

宋碧柔瞟了他一眼，送了一个浅笑，说："今天是李总请客。"

对于一个聪明女人来说，你若想恰到好处地掌控一个男人，你不能什么都不给，也不能什么都给，你不能坚决不给，也不能轻易就给。

宋碧柔的这个浅笑，已经让刘爷很满意。他鼓起勇气决绝地收回恋恋不舍的目光，转向李响，说："李总一出手就是十几万一瓶的酒，看来是遇到什么麻烦了。"

李响笑了笑，说："酒若太差，在碧柔面前怎么拿得出手，何况今天是刘爷赏脸，麻烦没有，人情倒是有一个。"

刘爷把杯中酒喝光："说来听听。"

李响把酒给他斟上，说："我有一个朋友，年纪轻，不太懂事，车开得快了些，不小心跟别的车发生了摩擦，恰好最近查得严，这事在刘爷您的辖区，您看怎么处理比较恰当？"

刘爷沉吟，说："这个事，有点麻烦。"

宋碧柔端着杯子，轻微摇晃了两下，说："上次我去看望陈叔叔，我们闲聊了一会儿，他还提到了刘爷您，说您年富力强又精通业务，是个不可多得的将才。"

刘爷不再沉吟，说："这个事，虽然有点麻烦，但既然碧柔说话了，再麻烦的事我也要尽力让它不麻烦。"

宋碧柔轻抿了一口酒，有意无意地说："这酒还真不错，李总今天破费了。"

刘爷便转向李响，居然以商量的口吻问："李总，要不我现在打个电话，让他们把人放了？"

李响说："我这朋友是个富二代，家里神通广大，肯定已经托人疏通了，刘爷您不如打个电话，让他们把人先扣着。"

刘爷有点不解，问："李总这是要？"

李响说："我明天上午亲自去把他接出来。"

9

从人间仙境出来，李响觉得非常疲惫。不知道为什么，每次和刘爷这类人打交道，他都会觉得心力交瘁，整个人像虚脱了一样。

他送了刘爷十万，现金，装在一个大信封里。当时包厢就他们俩，宋碧柔去洗手间了。刘爷推辞再三，抵挡不过他的诚意，还是把信封放到了自己的公文包里。刘爷放钱的时候，李响偷瞄了一眼，他的公文包空空如也，什么文件都没有。出来玩，带一个没放任何文件的公文包，真是司马昭之心。

解决这点小事，又是宋碧柔出面，不给钱也没问题。但他还是出手阔绰，虽然自己未必不心疼，但这些年的经验告诉他，想致富，先铺路。

喊了这么多年的口号，确实是个中有真谛。

夜，已很深。

一天的喧嚣渐渐沉寂，即使是这样的大都市，也已经安静了许多。唯有霓虹灯还在不知疲倦地闪烁，闪烁着都市的梦幻与迷离。

李响靠在一处墙角，点上一支烟，深深吸一口，缓缓吐出来。

一幢幢高楼直插云霄，零散几处窗口，还有灯光投射出来。这样的时候，未睡的人们，他们在做什么？

叶扶桑呢，她睡了没，她会想起自己吗？

刘佳玲呢，她一个人独守空房，弹琴写字，还是在为蒋天宇的死而悲伤？

还有他们和她们呢？劳作了一天终于沉沉睡去，正在《刀塔世界》奋力拼杀，为了某件小事争吵不休以致睡意全无，闹钟响了起床看一场期待已久的球赛，喝了很多咖啡只为醒着等一个不知道会不会打来的电话，过几天就要举办婚礼正在灯下写请帖，在酒吧喝酒瞄中了一个漂亮男人准备勾引他，宿舍里围在一起欣赏人民艺术家小泽老师的精彩演出，下了夜班骑着电动自行车孤独地行驶在夜幕里，掀开一个垃圾桶捡了一个饮料瓶，在百盛试穿一件长裙，刚做完爱起身去浴室冲个澡，对生活越发无望站在工厂宿舍阳台看着地面想着跳还是不跳，怀揣一把尖刀躲在黑暗角落里看着路人渐近想着抢还是不抢，看着恋人转身心底懊悔无限可怜自尊作祟想着追还是不追，在电脑上噼里啪啦地打字梦想着能成为郭小山，在看无聊的电视真人秀节目消磨时间，在豆瓣写一篇关于丽江旅行的帖子，在城市的角落寂寞地抽完一支烟。

李响第一支烟抽完，在犹豫要不要再抽一支的时候，手机铃声响了。他接听，居然是林诗涵。

你来接我。她说了一个地址，然后就挂了电话。

10

街边一家小卖店，商品以日用品为主，牙刷牙膏毛巾洗发水之类。一台十四吋电视，正在播放已经重播了几千遍的《武林外传》。老板是个中年男子，身材瘦削，长得有点像李灿森，不时地瞄一眼站在店前的年轻女子。

老板看到第七遍的时候，女子终于生气了，说："你别看了，我不会走的，不就是八毛钱嘛，你还怕我跑了不成！"

他当然不是怕她跑了，跑了也没什么大不了，不就是八毛钱嘛。他看她是因为她好看，让他想起自己当年在乡下时曾暗恋过的那个姑娘。

她生气了，他就不再看她。过了一会儿，他还是没忍住，抬起头来，说："算了吧，你走吧，不就是八毛钱嘛，谁没遇到个困难的时候。"

女子脸色缓和下来，说："我等人来接我。"

老板想搭话，便有意无意地说："等谁呢？都好一会儿了还没来，不会不来了吧？如果有什么需要，我可以帮忙，当然，我也帮不上什么大忙。"

女子不接话，只是冷漠地看着街上偶尔路过的车。老板觉得尴尬，便也不再说话，专注去看电视。电视里郭女侠正使出一招"排山倒海"。

没等到奔驰，却来了一辆出租车。李响打开车门，走向女子，说："不好意思，我来晚了。"

林诗涵竟埋怨起他来，说："你很忙吗？怎么才来？"

李响耸耸肩，说："你也知道的，上海嘛，到处都堵车。"

"走吧。"林诗涵说。

"去哪儿？"李响问。

李响躺在床上，打开电视，调到财经频道，觉得太安静；调到综艺频道，觉得太幼稚；调到音乐频道，觉得太矫情；调到电影频道，偏偏在放《快乐到死》。

浴室水声传来，入侵他的耳朵。他把电视声音调大，觉得太显心虚；把电视声音调小，又觉得容易让人怀疑动机。他本不是未经风月之人，但林诗涵混合着冷漠与直接，反倒让他有些无所适从。

女人洗澡通常时间很长，林诗涵也不例外。李响经过最初的不安，逐渐平复下来，甚至打了个小小的盹。

他惊醒的时候，发现林诗涵就站在他面前。她围裹着宽大的浴巾，头发湿漉漉的，还在往下滴水，水珠从脖子和肩膀滑过，湿了浴巾，显得清新而性感。

她见他醒来，便站直了身体，说："你长得很好看。"

他不知道该把自己的目光安放在哪里，就像十几岁不知道该如何安放激烈，二十几岁不知道该如何安放爱情，三十几岁了不知道该如何安放青春。她的双臂白皙，她的双腿修长，甚至，因为她站得太直而微微有些凸点。这女子，身材确实很好。

于是他笑，想调节一下气氛，说："林诗诗，你我孤男寡女共处一室，你身材这么好，又穿得这么清凉，这不是为难老衲吗？"

林诗涵也笑，有点调皮，问："你怕我？"

李响故意叹了口气，说："你能不能不要这么直接？"

　　林诗涵也故意叹了口气，说："实在抱歉，都是习惯惹的祸！其实我也不想这样，至少在你面前不想这样，不对，是至少今天晚上在你面前不想这样。今天你是我的救命恩人，我必须十分地敬仰你。"

　　李响笑，说："林诗诗不但是美女，还是才女，但这两个成语怎么听怎么别扭，你请自便，我去冲个澡。"

　　"好，你去吧，"林诗涵说，"我等你。"

　　这个"等"字，让李响心头一颤。他站在淋浴喷头下，任强劲的水流击打着皮肤，不去想将会发生的事。

　　林诗涵今天运气很不好，搭错了车被半路扔在高速上，一个人在陌生的城市，却又碰到了贾樟柯电影里小武一样的手艺人被偷了钱包。幸好她有一张他的名片。他遗落在车座上，她下车的时候随手拿了。她问他是不是故意的，他不置可否。

　　这些，是在回酒店的路上，她对他讲的。她说："当然，不找你也没关系，我相信总会有好心人收留我的。"

　　"我算不算一个好心人？"李响在一丝不挂的情况下严肃地问自己。

11

　　床只有一张，被子只有一条。

　　林诗涵躺在被子里。

　　李响看见她那条半湿的浴巾放在被子上面。她天真无邪地说："对不起，我喜欢裸睡，十几年的习惯，不脱光就睡不着。"

　　李响站在床前。

　　林诗涵居然问："你在想什么？"

李响说："我在想这究竟是一部爱情片，还是一部谍战片，或者只是一部情色片，又或者会演变成警匪片。"

林诗涵"喊"了他一声，说："别把简单的事情复杂化，其实就是一部生活剧。"

李响点头，说："有道理。"

关灯，上床，进被窝。李响再次被嘲笑。林诗涵说："睡觉你还穿这么多，你丢不丢人呀，灰太狼什么时候变成美羊羊了？"李响便在黑暗中把不该穿的衣服都脱了。

林诗涵说："抱抱我。"她的声音很轻，有哀求的意味。

李响揉揉她的头发，把她轻轻拥在怀里，又在她脖子上轻轻吻了一下，然后在她耳边说："小公主，安心睡吧。"

他忽然感觉手臂有点凉。

那是，她的眼泪。

你是否曾梦想过，有一天会有一个男子称呼你小公主？如果有一天有一个男子称呼你小公主，你会想起谁？

小公主们，安心睡吧。

第二章　十年

我国每年交通事故死亡人数超过十万人，相当于每五分钟就有一人丧生在车轮之下。这是所能搜索到的比较普遍的说法，排名世界第一。

蒋晓龙刚进局子的时候很嚣张，他甚至指着一个警察的鼻子大骂："你敢惹我，你知不知道小爷我是谁，信不信我找人做了你！"

这警察脾气很好，说："你酒后驾车，又威胁警察，请你协助调查。"

蒋晓龙直接就冲过来，作势要打人，骂道："威胁你我还嫌丢人，小爷我今天就教训教训你这不识时务的孙子。"

有两个警察说说笑笑走过来，路过蒋晓龙身边，其中一人一步没走稳，斜向里差点要跌倒，不巧手肘撞在了蒋晓龙的小腹上。蒋晓龙捂着肚子蹲在地上。那警察连忙赔笑，说对不起对不起。

蒋晓龙是个太子爷，从小被宠着，何曾遇见过这等狠角色，一时竟不知道如何是好，便捂着肚子蹲在地上，暗暗发恨。

被伤人于无形的警察教训之后，蒋晓龙安静了许多。之后又被关了一夜，他就彻底蔫了。只是他想不明白，事故发生后他已经给李阿姨打了电话，难道这次酒驾真的查这么严？难道李阿姨打声招呼还摆不平？事情的发展与以往经验产生了冲突，蒋晓龙第一次对身份这个命题产生了疑惑。

斗室，小窗，单人硬板床，无电脑，无手机，隔绝喧闹，远离娱乐，确实适合思考人生。当然，蒋晓龙坚决不信他要在这里思考很久。

天刚亮，有人来把他叫出去，告诉他可以走了。他四处张望，想寻找那天教训他的那个警察。当时事情发生得太突然，他根本就没看清楚那个警察的脸，以至于他看到每个警察都觉得有点像那个打他的人。

李响站在大门口，看见他过来，便迎上去，说："蒋公子，我来接你。"

蒋晓龙一脸疑惑，问："你怎么会在这里？"

李响笑着说："事情是这样的，我昨天晚上跟一个朋友吃饭，他说他们分局处理了一起交通事故，一摇滚青年开一红色小宝马，把人车给撞了，人家跟他理论，他居然还打人，更麻烦的是，他居然还喝了酒，我一听这个摇滚青年的范儿，立即就想到了蒋公子你，一问姓名果然就是，我赶紧跟他多喝了两杯，也幸好事故较轻，你的酒精测试也不严重，他才让我今天来接你。"

李响边开玩笑边调侃，似有意若无意地把个中厉害也说了，在动用关系这一环，故意轻描淡写。

蒋晓龙很是感激，要请李响吃饭。

李响说："我们兄弟，不用客气，吃饭机会多的是，我想你肯定没睡好，让小伟先送你去酒店休息，你的宝马已经送 4S 店维修了，一会儿小伟去帮你取回来。"

蒋晓龙说好，并再次表示感谢。他的手机在事故中丢了，因此还不知道蒋天宇车祸身亡的消息。

李响也不说。

送走蒋晓龙，李响打了个车，跑了万科和万达的两个项目，重点考察了售楼处布局、营销道具细节、看房动线、示范区景观小品、样板房装饰，跟售楼人员聊了聊市场供需情况。万科是住宅开发行业的标杆，万达在商业地产领域确有独到之处，都值得好好学习。只是那时断然不会想到，日后竟会有万万合作，更想不到万科会经历"三国杀"那么大的风波。

市场对调控很敏感，售楼处基本没有上门的客户，但价格依然坚挺，并且没有任何动摇的迹象。即使是一线销售人员，他们对这个城市的房价将会持续上涨，都持有足够坚定的信心。

张姓售楼小姐说："李先生，看起来您是个成功人士，应该对市场有更深刻的了解，请问你还相信调控吗？事实证明，每次调控后房价都会疯狂上涨。为什么呢？因为房地产行业是我国重要的支柱产业，牵涉到上下游近五十个相关行业，是拉动 GDP 的重要力量，是地方政府收入的主要来源。李先生，您想想，如果房价下降了，银行那么多坏账怎么办？地方政府破产了怎么办？市场上那么多追求保值增值的热钱到哪里去？炒绿豆和大蒜吗？那更会引起民怨，所以，综合历史与现实，房价下降是绝对不可能的。更何况，您也知道，今年开发商都不缺钱。所以，李先生，别人疯狂的时候您谨慎，别人谨慎的时候您就应该出手，现在就是最好的时机。我们项目 132 平方米的户型特别好，还赠送一个小露台，已经热卖了百分之九十以上，只剩最后保留的几套房源，楼层好采光好风水好，要不我帮您先算一下，您是一次性付款还是按揭贷款？"

李响说："我再考虑考虑。"

张姓售楼小姐说："您第一次来，肯定有些犹豫，我也能理解。我自己是农村来的，钱挣的比您少多了，就在上个星期，我东拼西凑借了五十万，加上自己这几年存的钱，总算凑够了首付买了一套，为什么？因为我是看着它涨起来的，一期一万二，现在两万五了，也就两年不到的时间。现在不买，怕是以后更买不起了。"

李响不知道她讲的是事实，还只是销售的说辞。两年后他又去看过这个楼盘，地铁已经通了，价格已经涨到了四万五。

在车上，司机老赵问："想买房？自住还是投资？"

李响问："你觉得现在买房合不合适？"

司机老赵说："买得起就合适，买不起就不合适。"

李响点头，说："你说得好像很有道理。"

司机老赵不动声色，说："因为我买不起。"

2

下午三点半，郭小山终于发来短信，说了见面地点，让李响开车去接他。李响在约定地点等到四点十分，才看见郭小山匆匆忙忙从大楼里出来。

有少女看见他，惊呼道："啊，三爷，竟然是三爷！"

郭小山一边向他的粉丝微笑，一边向李响的车冲了过来。李响赶紧打开车门，郭小山逃似的蹿到车上，赶紧把门关上。李响立即把车开走。

一切发生在电光石火之间，少女"三爷三爷"的呼声散落在车后。李响笑道："三爷哪天也给我签个名。"

郭小山强调说："你还叫我小山，否则我现在就下车。"

李响叹道："我也很怀念当初当帮主的日子，这个没跟你说过吧，我在初中的时候曾经组织过一个香帅帮，我就是那个风流倜傥的李香帅，呵呵，往事不堪回首呀，现在所有人都叫我李总了。"

郭小山说："这个前无古人后无来者念天地之悠悠独怆然而鼻涕下的英雄事迹，你以前跟我说过，好像还说过不止一次。"

李响惊问："真的？"然后叹道："看来我是老了。"

郭小山批评他，说："老婆娶了没？没吧。孩子生了没？没吧。别老说自己老，现在不流行这一套了。"

李响叹了口气，说："一冲动去趟民政局敲个章老婆就有了，再一冲动不带套孩子就有了，告别一个人生阶段就这么简单，两个冲动而已。"

郭小山摇头，问："李响，你年少多金，本该是意气风发，怎么越来越喜欢走怀旧路线了？连安妮宝贝都嫁人生子了，你们还有什么看不开的？"

李响说："不是看不开，是看太开。"转弯处等红灯，他说："别说我了，说说你吧，最近有没有什么绯闻？我可以卖给八卦小报换点银子。"

郭小山连忙申明，说："太忙，实在是太忙了，常常连顿饭都吃不安稳，哪有时间制造什么绯闻！"

李响叹道："是呀，你这么忙，还抽出时间去看她，我想她一定会很高兴很高兴的，只是我已经无法想象她现在的样子。"

郭小山竟也叹了口气，斜斜地望向车外的天空，看起来很忧伤。

十年，多少画面已泛黄。

十年，多少青春成过往。

3

高月一个人在家。

丈夫是科技局一个普通小职员，人很忠厚，因而本分，朝九晚五波澜不惊，这么多年生活中没有一丝涟漪。孩子已经六岁，刚上小学一年级，还算聪明，常常得到老师表扬。

原来租住在破旧的弄堂里，年年积攒年年观望，房价却越望越高。后来发现，最初的首付连卫生间都买不起了，而房价还在疯涨，焦虑与绝望混合之下，终于下定决心，在房价最高点入市，借了所有能借的钱，付了个首付，买了套两居室。没想到如今风声突变，史上最严调控出台，连任志强都说房价要降。说不定哪天首付就全扔水里了，这让他们堵得慌。

她在一家广告公司上班，最近公司效益不好，她很不幸地出现在裁员名单里。丈夫知道这个消息后，安慰她说没关系，他不会让她们母女俩没肉吃的。他是一个老实人，却偏偏想讲出些幽默来，这让她听着更觉得心酸。她知道丈夫是一个有责任心的人。可是当她看到他一个人躲在阳台抽烟时，她还是很难过很难过。她不得不到处投递简历，然而一个月已经过去，却依然没有任何回音。

生活如枯井，一眼望穿，纹丝不动得让人绝望。

她从床底下拖出一只皮箱，小心翼翼地打开，取出里面的一只铁盒子。她坐在地上，双手捧着铁盒子，却已经想不起钥匙放在何处。

她想呀想，终究无法想起。

最终她找了一把小锤，砸开那把已经生锈的小锁。整个过程她都小心翼翼，似乎那盒子里收藏着她最宝贵的珍藏。

盒子里的东西有些杂乱。有一本笔记本，封皮上用铅笔画了一个美人鱼，曲线妖娆，婀娜多姿。有几张明信片，分别来自不同城市，还有一支铅笔、一支口红、一条丝巾。那些卡片上署着的名字都是谁？为什么要收藏一支铅笔，它有什么故事吗？口红与丝巾究竟是自己所买，还是倾慕的男生所送？她坐在那里，想呀想，竟然想不起一丝一毫。

她捧着笔记本，却不敢打开。

终于，她号啕大哭。

郭小山显得有些兴奋，一路上讲了很多话。当然，都与他自己无关。以他现在的身份，避谈自己是可以理解的。

即使是他随口说说的对热点时事的评论，已经是各路媒体记者想听而听不到的。譬如他说他不喜欢陈绮贞，他说他其实很欣赏李宇春。他说他知道自己的影响力，他不希望他的粉丝们因为他而去喜欢或不喜欢一个人。他说他其实也不能随便说，特别是对别人的评价。他说你可以说小沈阳太俗但我不能，你可以说自己很喜欢小沈阳但我也不能。他说负面评价肯定会得罪人，现在文艺界娱乐圈不分家，多一个朋友总比多一个敌人好。

李响一针见血，说："其实你就是觉得他俗。"

郭小山说： "你错了，我比别人更懂得他背后的艰辛与不易。"

后来他们讨论起谁来按响门铃，郭小山说："为了尊老，这光荣的任务应该交给你。"李响说："为了爱幼，这崇高的事业应该由你来完成。"讨论未果，石头剪刀布，郭小山输。然后两人又开始探讨高老大看见他们说的第一句话会是什么。

"小山，你现在很牛呀，姐没看走眼。"李响猜她会这么说。

"李响，越长越帅啦，早知道姐当年就把你给收了。"郭小山猜她会这么说。

猜测，让他们像孩子一样兴奋起来，并忐忑不安。

李响按响了门铃。

4

高月始终没有打开那本笔记本，她把一切重又放回那个陈旧的铁盒子里，合上盖子，也合上了过往。然后她就坐在地上发呆，一直到门铃响。

她打开门，看到两个男子。

一个穿休闲衬衫，西裤，皮鞋。另一个穿白色 T 恤，牛仔裤，球鞋。即使是对服装没有太多认知的人，也能看出这两套衣服的布料与剪裁绝非凡品。这两个男子看着她，一脸笑意，隐含期待。

可是，她一下子想不起来他们是谁了。

物业？肯定不是。推销员？也不像。那会是谁呢？为什么他们笑得这么似曾相识？难道是……天呀，不会是他们吧？天呀！

她有些恍惚，又惊慌失措，下意识地擦了一下脸，又整理了一下头发，甚至手都不知道该怎么放。她意识到自己的紧张，并因此而更加紧张起来。

她张了张口，居然没有发出声音。她努力地润了一下喉咙，加大音量，终于说出话来："你们，你们是？"

她的恍惚，让她不敢相信这是事实。

5

李响舒缓了一下情绪，才伸手去按门铃。他甚至还努力调配出最亲切的微笑，为即将打开这扇门的女子。

其实他心怀忐忑，他不知道门打开会是一幅怎样的画面。

亲切或者是陌生？

感动或者是感伤？

他看到郭小山也笑了，也笑得那么亲切。多好呀，一个像他那样名动天下的人，还记得如何真诚地笑，真好。

门，终究是要打开的。

他看到一个女子。她满脸疲惫，头发有些凌乱。她眼睛有点肿，像刚哭过一样。她穿一套碎花棉质家居服，也许身材已经略微走样。她神情还有些恍惚。

眼前这个女子，就是那个曾明眸皓齿的高老大吗？

她的嚣张，她的不羁，都去了哪里？

曾经你肆意乱舞回眸一笑穿越多少暗自倾慕的眼神，曾经你仰天长啸猖狂高歌惊起漫山遍野的飞鸟。如今，是谁将盛开凋零成一地残红？是谁将明媚褪色为一身落寞？

我打马而过，你背影斑驳。

6

李响在大一的时候就已经是个风云人物。那个秋天他干了三件事。在当时最火爆的一本杂志上发表了一篇小说，获得不错的反响；组建了北方狼乐队，自己担任主唱，并在学校大礼堂举办了一场演唱会；跟体育系号称李大嘴的系霸决战图书大厦之巅，以出手凶狠令对方跪地求饶。

你闭上眼睛很容易就可以想象，一个会写能唱还敢打的男生在校园里会受到怎样的欢迎。何况，不少人都说他长得好看。

认识江伊敏就是在那场演唱会。他终于开始演唱齐秦的《狼》，这是他的经典曲目。当他开始咆哮的时候，他看到现场一片沸腾，人们像疯了一样，尖叫声此起彼伏。然而他却看见一个清秀的女生，安静地站在角落里。

他走下舞台，跑到她的面前。他牵起她的手，看着她深情地唱。

她羞红了脸，却忘记了挣脱。

人们唯恐天下不乱，他们鼓掌、尖叫，他们一起大声喊，亲一个，亲一个。他们青春无限，精力旺盛。他们像气球，一吹就鼓，鼓足就炸。那时候的他们，简单、真诚、美好。

李响就真的亲了那姑娘，在几百人面前，在喧闹声之中。

那个时候这种行为被称为浪漫，有文艺的气息，有浪子的不羁。事实上，每个姑娘的心底都藏着一个浪子形象。《天若有情》里的刘德华，乱了多少女人心。

这是一个追求速度的年代，包括爱情。当天晚上他们就牵了手，并向朋友圈宣告他们正式成为恋人。第二天晚上他们就去开房，决定坦诚相待。

那个时候李响的经验很匮乏，忙乱了好一阵之后还是不得要领，最后在江伊敏的引导下，完成了第一次做爱。过程并不美好，紧张而慌乱。

江伊敏去卫生间冲凉。李响掀开被子，发现床单还是那么纯洁的白。他愣了好一会儿，觉得有点委屈。她在人群里很安静，她面对他很羞涩，可是，可是，居然……

对李响来说，开房是一个艰难的决定。高一那年，他被一个叫作梦露的女人引诱，几乎算是被粗暴地夺走初夜。这件事给他留下了心理阴影。他希望遇见一个正常的姑娘，发生一次正常的性爱，来改变他对做爱这件事的看法。

当然，任何对于心理的救助，某种程度上都是一种冒险。譬如那一刻，李响的心里就充满了挫折感。

江伊敏冲完凉从卫生间出来，什么都没穿，甚至身上都没完全擦干。她站在镜子面前整理头发，李响躺在床上看着她。

其实江伊敏是一个很普通的姑娘，没有突出的优点，也没有明显的缺点。这样的姑娘满校园都是，擦肩而过你绝不会再记得。

她回过头来看他，问他要不要也冲个澡。她一转身的时候，胸部颤动了几下。她的胸不大，盈盈一握，跳动时显得很活泼。

李响伸出双手，示意抱抱。江伊敏说你真坏，然后就跳进他怀里。

第二次很美好。李响觉得自己像是在一条无人的高速公路上狂奔，路很漫长，前方一片苍茫，他一直跑一直跑，后来公路又立起为山峰，峰在云雾间，他一直爬一直爬，最后纵身一跃，被海水淹没。

江伊敏一路山呼海啸，最后戛然而止。

李响翻身而下，突然顿悟。

我们学校女生高中毕业时百分之九十九都是处女，唯一一个非处也是因为自行车骑多了。李响盯着一片洁白的墙，无比忧伤地说。

那么落后？江伊敏一脸疑惑。

乡下跟城里没法比。李响的忧伤，开始泛滥成灾。

我们学校有些女生初中就跟男朋友出去开房了，还以此作为炫耀的资本，其实我高中毕业的时候也还是处女，后来因为拿到录取通知书那天我们小圈子搞了个聚会，因为高兴喝得有点多，后来就，其实我并不喜欢那个男生。江伊敏开始穿衣服。

不用跟我解释，我不介意。李响依然死死盯着墙。

你的样子说明你很介意，不过也没办法，这是既成事实，当然，我希望你不要那么介意，现在大家都这样，我们也要与时俱进。江伊敏已经穿好鞋。

李响却忽然咆哮起来，吼道："我就介意怎么了，你给我滚！"

江伊敏娇小的身体蕴藏着无限能量，这是李响刚刚体验过的。她狠狠地瞪了李响一眼，拎起自己的包，摔门而去。

李响依然盯着那片洁白的墙。这个世界令人失望，他决定要逃离。

有计划，立即执行。这是李响一贯的作风。

7

一只蝴蝶在南美洲轻拍翅膀，可能会导致北美洲一场风暴。丢失一颗钉子，可能会亡了一个帝国。

每个因都有一个果，每个果都是一个因。

李响在大学校园唱歌打架偶尔写点东西的时候，郭小山在他所就读的那所中学也已经是小有名气的才子了。他从初中就开始发表诗歌，那时候诗还是很圣洁的被膜拜的文学，不像后来被几个所谓的诗人折腾得那么不堪。后来他陆续在多家全国性报刊上发表了多篇诗歌散文，逐渐累积了自己在校园的名气。

那时候他已经把古龙所有的小说都看完，他最喜欢的人物是西门吹雪。白衣胜雪，一剑封喉，应是很多少年膜拜的对象。

李响举办校园演唱会牵着陌生姑娘的小手唱着"我是一匹来自北方的狼"的那天晚上，郭小山在自己的小房间里枯坐到十二点，最后决定给那个自己暗恋了三年的女生写一封情书。纵是才华横溢的郭小山，也把情书写了撕，撕了写，一直折腾到凌晨四点多才完成了一封五百字都不到的书信。

如果那封情书有幸保存，一定会成为我国文学史上最珍贵的手迹之一。可惜，那个姑娘把这封寄托了一个少年最真诚情感最纯洁心意的情书交给了数学老师，现在网络上有很多关于数学老师的段子，其中一个就是他们非常非常憎恨文字，所以他们只玩数字。数学老师只匆匆地扫了几眼甚至还没看到一百个字就把这封情书撕得粉碎，他觉得自己有这个权力，因为他不仅是数学老师还是班主任，他甚至觉得自己应该表现得足够愤怒，这样才能威慑其他蠢蠢欲动、春心微漾的学生。于是数学老师作咬牙切齿与痛心疾首混合状摧毁了这封可能是自有文学史以来最为珍贵的情书，就像当年鲁莽无比没怎么读过书的土包子项羽一把火烧毁了绝对会成为世界文化遗产重点名胜古迹的阿房宫。这个故事深刻地告诉我们，无知是一件多么多么可怕的事情。

你可以想象，郭小山当时脸有多红，心有多伤。

所以，亲爱的姑娘们，如果你收到情书，请千万别交给老师，即使你真的很生气很愤怒，觉得被人爱慕玷污了你纯洁的小心灵而一定要有所表示的话，也请你别交给数学老师。否则，被撕得粉碎的也许就是文学史。

当然，现在的姑娘们若想收到一封手写情书，已经是件很难很难的事情，几乎比"防到库里一场球赛一个三分都不进"还难。

李响牵着江伊敏的手走进小旅馆房间的时候，郭小山正昂首站立在那个他暗恋的女生家楼下，他的手里还拿着一把折叠小刀。

郭小山把自己衬衣的一角割了下来，扔在暗恋女生家楼下。这是所谓的割袍断义。现在你也许无法理解，那时的他却非常严肃，像是进行一场宗教仪式。

那一晚他没有回家。他在那幢楼下站了很久，夜渐渐深了，灯一个一个灭了。他在路边捡了一颗石子，奋力地砸在谁家墙上，发出一记清脆的响声。

那一夜，他走了一条又一条街，唱了一首又一首歌，流下一滴又一滴泪。

黑暗过去，东方渐白。李响忧伤地盯着小旅馆洁白的墙。郭小山伸了个懒腰，决定离家出走。

是否，你也曾经有过这样的冲动？

那一晚的故事，郭小山从没跟别人说过。那样的情绪，却在他笔下流淌过很多次，演绎在多个情节里。

老爷子们说，文学来源于生活但高于生活。

很多人批评他浅薄，因为没有人真正懂他的忧伤。如果你不曾心碎，你不会懂得我伤悲。你不是华仔，如何知晓伦隐婚多年的辛苦。你不是郭小山，如何明白他付出的努力与艰辛。

子非鱼，安知鱼之累？

郭小山孤独地站在他暗恋的女生家楼下无比庄严地割袍断义的时候，高月正在安徽宏村的一座老宅子里望月浅笑。那个时候她还是美术学院的一名学生，那次他们是去写生。

说是月亮惹的祸，肯定是个借口。但她也确实已经记不清，究竟是他诱导了她，还是她引诱了他。

"你给我画张素描。"她说。

"我给你画张素描。"他说。

画一张素描的建议到底是谁提出的呢？真相只有一个，那么另一个便是因为想象过好多次连自己都不知道真假了。

月光有些冷，肌肤凉如水。她一丝不挂，将青春的身体坦陈在他面前。那时候她勇敢、不羁，嘲笑世俗的一切规范。

他眼神里荡漾着温柔，还有，还有挣扎。

他画得很慢，似乎嫌时间过得太快。她对月微笑，把自己想象成女神。她凌驾于尘世之上，因她的美丽与高傲。

画，终究要画完。他把铅笔放在桌上，然后他默默地看着她。他的手在轻微颤抖，他终于还是站了起来。他走向她。

她意识到即将会发生些什么，但她不确定那是不是她想要的。

不需要她做选择。故事发展的选择权不在她手里。就在她犹豫是不是该逃避的时候，门被踹开了。她看到他的妻子，她的师娘，一脸愤怒地出现在他们面前。

生活很多时候比编剧高明，但有时候却比电影还恶俗。

师娘想是压抑太久，因此不顾后果，不仅自己来捉奸，还带着他的一众学生。她要撕毁他为人师表的伪装，同时也不给自己留有退路。这次风波之后，他们很快就离了婚。

无辜的是高月。她不过是对文艺多了份遐想，对自由多了份误解。然而事实让她无法解释。当然，她也不屑去解释。

她甚至冲大家笑了笑，说："都散了吧，没什么好看的。"

他支支吾吾，羞愧、不安、懊悔，甚至是恐惧，很多种情绪混杂在一起。其实他也是本分之人，不过是偶尔起了非分之念。生活酸甜苦辣，当糖出现在嘴边时，总免不了会动尝一口的凡心。

他的胆怯，反倒让她产生不满。毕竟这样的事，对她的伤害要远远大于他。她一个身家清白的女生，将从此声名狼藉。既然这样，不如更彻底些，既然你想躲，就让你无处可逃。

她竟然微笑着，用双手勾住他的脖子，去亲他的脸。

他惊恐地往后退，仿佛她是带刺的玫瑰，而且每根刺都沾染了剧毒。

师娘原以为她会惊慌失措跪地求饶，没想到她竟如此不知羞耻无懈可击。师娘一张脸由红转白再转青，跌跌撞撞地逃了出去。

他也已经用力推开她，追了过去。

其他人也都散去，却在离开时忍不住狠狠地再看她两眼。那个一直暗恋她的男生也在其中，他显然因此而愤怒，恨恨地骂了一句"无耻"。

屋内重归寂静，明月依旧清冷。她知道她已经无法回头。

8

离家出走原本就是一种冲动，而郭小山离家出走的方式则冲动到了极致。他没有准备衣物，也没有多带点钱。他随便冲上一辆公交车，坐到终点站下车，再换上另一辆车，一直坐到终点，然后发现自己竟到了长途汽车站。有一辆车停在汽车站门口，售票员站在车上吆喝，最后一个，立即就走。郭小山跳上车，说走吧。

郭小山就这样来到了临安。

初抵临安，郭小山很兴奋。他以前就知道这个地方，据说李白与苏轼都曾经来过。这两位老兄都到过的地方，应该值得看一看。但他很快发现一个很严重的问题，付了车费之后，他身上已经没什么钱了。

那么，换一种比较浪漫的说法，郭小山漫步走过临安城。

住宿是个难题。市面上最便宜的旅馆他也住不起，身上仅有的银子还得留到明天早上换两个包子。

那么，换一种说法，那一夜郭小山住在建设银行。

如果有一天你也离家出走，如果你也没钱住宿，那么银行自助间会是一个不错的选择，夏天有冷气，冬天有暖气。当然，也是有风险的，万一遇到砸 ATM 机的，有可能会殃及池鱼。

太阳升起的时候，郭小山醒了，阳光依旧那么温暖，跟他离家出走前没有什么两样。甚至连银行的玻璃幕墙，跟他们家的落地玻璃窗也很相像。这个发现，让郭小山很是沮丧。离家出走的意义就这样被阳光与玻璃消解于无形。

肉包八毛钱一个，菜包五毛钱一个。跟现在比起来，那个时候物价真是低。郭小山一冲动，对卖包子的姑娘说，来两个肉的。很豪爽，就像是在说，这辆保时捷我要了。

他记得自己口袋里有三枚硬币，可是他摸来摸去只摸出了一块钱。难道是在睡觉的时候弄丢了？算了，就当是银行收了两块钱的床位费，郭小山这样安慰自己。

卖包子的姑娘把两只肉包子装好递给他，这让郭小山感到异常尴尬，接也不是不接也不是。那个时候郭小山还很害羞，脸立即就红了。卖包子的姑娘看到他手里只捏着一块钱的硬币，说没有零钱给一块就行了。

姑娘还对他笑了一下。这让郭小山感受到了同志般的温暖，让他相信自己长得还是蛮帅的。他接过包子，把钱放在姑娘手里，本想还她一个温柔的微笑，却转身逃走了。从那以后，郭小山再去 KTV，总是会点一首叫《小芳》的老歌，把一句"多少次我回回头看看走过的路，衷心祝福你善良的姑娘"唱得百般深情。

那个白天，郭小山依旧漫步走在临安城。

李响原本是想去黄山。他在去车站之前并不知道自己要去哪里，他在去车站的路上忽然想到了一句诗，于是就决定去黄山。那句诗是"会当凌绝顶，一览众山小"。他想体验一下这句诗的豪迈。

他到了车站，跳上去黄山的车。车开动之后，他便开始睡觉。一路颠簸，睡得支离破碎，还做了几个零星的梦。一个梦里，江伊敏哭着对他说，你快回来，我一个人承受不来。另一个梦里，江伊敏边跳边唱，我是女生，快乐的女生。

李响从梦中惊醒，迷糊地看着窗外。路人皆是过客，我亦只是路人。他忽然有点忧伤，随即发现一个更忧伤的问题，老杜的那句诗写的是泰山，而非黄山。

这个发现，太让人沮丧。于是他决定在下一个车停的城市下车。

那天下午王副处长坐在办公室喝茶看报纸，其中有篇报道说某些机关工作人员一根香烟一杯茶一份报纸混一天，王副处长因此很生气，恰好这个时候下属小张进来送文件，他就把小张骂了一顿，说她进来要么不敲门，要么就敲得震天响，打乱了他的工作思路。小张无缘无故被领导骂了，觉得很委屈，晚上回家就向老公抱怨，说你要是能多赚点钱我就不用这么没有尊严地生活了。小李被老婆一顿抱怨觉得也很憋屈，他每天开车辛辛苦苦风吹日晒，一个月挣的还不够人家处长一顿饭钱，想来想去甚至有点仇恨社会，以至于一夜都没睡好，因此原本第二天早上应该给车加油也忘记了。

于是，李响来到了临安。

黄昏，那个残阳如血的黄昏，郭小山盯着一家熟食店橱窗里悬挂的烤鸡久久不肯离开。他很饿。烤鸡垂着头，一副彻底认输的模样。

他最终还是离开了。他没钱，又不能抢。他那么瘦弱，谁都打不过。

转来转去，又转到一家蛋糕店。蛋糕店师傅的手艺是大师级的，否则不可能把蛋糕做得那么香，比香奈儿5号更诱人。

要不要偷偷地跟老板借一小块蛋糕?

To be or not to be，that is the question.

"老板，来一斤。"郭小山看到一个长得很好看的同学很豪爽地买了一斤蛋糕，心底暗暗羡慕，觉得他好有钱。他看着那同学把钱递过去，把蛋糕接过来，然后又把蛋糕递给他。这一斤蛋糕很有纪念意义，可惜当时就被他们都吃光了。

李响就这样结识了郭小山。

他们坐在一家银行的门前台阶上把蛋糕吃完了。李响问他吃饱没有，郭小山说饱了。李响摇摇头，说你还没饱。于是他们去了一家饭店，点了几个菜，还叫了两瓶啤酒。郭小山说自己从没有喝过酒。李响说你不会喝酒，还好意思离家出走? 于是，郭小山也喝了一瓶。酒喝得越多，话也就越说越多。不知道是谁先提起古龙，李响说自己初中的时候人称李香帅，还成立了一个香帅帮，欺负小男生保护小女生。郭小山说自己看完了古龙全部的小说，最喜欢西门吹雪，因此自己几乎都穿白色衣服。

你知道的，你遇到很多人，听很多人说很多话，但从没有一个人能抵达你的内心。佳人难遇，知己难求。

吃完饭，两个人继续走，穿过很多条巷子，遇到很多只狗。后来累了，走不动了，李响说，我们去开房吧。他声音不低，惊落一地目光。

他们走进一家挂三星的宾馆，居然没有标间只剩大床房，看来临安的旅游产业确实发展得不错。李响问住不住，郭小山说要不再找找。李响说我走不动了，郭小山说那好吧。于是他们决定入住。

郭小山实在太累了，先进卫生间冲澡。洗完出来，发现李响居然又买了几样熟菜，居然抱了一箱啤酒。然后他们喝酒、聊天，从秦皇汉武聊到拉登萨达姆，从古龙金庸聊到王晶王家卫，从柳永李商隐聊到顾城汪国真，从《上海宝贝》聊到《告别薇安》。其间，楼上叫床声太吵，他们拿鞋子砸天花板。

郭小山不胜酒力先倒下了，李响没过一会儿也倒下了。李响早上醒来发现自己睡在地上，郭小山趴在桌上，白白浪费了一张大床。

吃了早饭，李响说我们离开临安吧，郭小山说好呀。李响说去哪呢，郭小山说你决定吧。李响说那我们把钱都拿出来看看够去哪里，郭小山说我一分钱也没有。

恰好有人路过，说起浙西大峡谷，李响说那我们就去山里吧，郭小山说好。然后他们就上了一辆中巴车。到了门口，却发现剩下的钱根本就不够买两张门票。他们打算找十个人，每人借五块。结果找了十二个人却没借到一分钱。

既然来了，总不能就这么回去。何况即使想回去，也没有路费了。于是李响决定卖艺。找了块空地对着人群吆喝起来，在家靠父母出门靠朋友，我兄弟二人年少无知离家出走，现在身无分文落难至此，希望各位爷爷奶奶叔叔阿姨哥哥姐姐伸个援手。

愿意借你五块钱的人不多，围观看热闹的人却绝对不会少。李响唱完他的经典曲目，人们零散地扔了几个硬币过来。这场面太让人难过了，要知道李响在校园一唱经典曲目，那可是山呼海啸，只用一首歌就把江伊敏唱上了床。这真是龙游浅滩遭虾戏，失势凤凰不如鸡。

郭小山问怎么办，李响说还能怎么办，再唱一首试试看。

沧海一声笑。李响打算换个口味，也许能讨大家的喜欢。结果只唱了一句，就被一个女子打断。

她说："别唱了，你们跟我吧。"

郭小山看了看那女子，又看了看李响，没说话。

李响问："你是谁？"

高月说："你们就叫我高老大。"

9

山里别有洞天。没有电视没有网路，没有老师没有课本，没有汽车鸣笛声，甚至也没有人声。别人都是一队队熙熙攘攘，他们三个人自由自在。

"来，给姐唱一个。"高月说。

"沧海一声笑，美女来报到，忘掉前缘记今朝，苍天笑，汪汪世人吵，谁对谁错天知晓，李响闹，高月笑，才子小山没钱吃蛋糕，清风笑，一起大叫，豪情满天我仰天长啸。"李响即兴改了歌词，对天高歌，群山回应。

"来，蛋糕才子，你给姐写两句。"高月吩咐道。

郭小山想了想，又看了看李响，自己先笑出声来，然后摆出一副很正经的架势，摇头晃脑地念道："黑夜给了他黑色的眼睛，他却用它看黄碟。"

大家笑得前俯后仰。

后来他们在索桥上奔跑，李响与郭小山分守两头用力摇晃，吓得高月尖叫连连。嬉闹后出了一身汗，李响看着清澈的溪水说不如游个泳。高月立即呼应。郭小山说自己从没下过水。话没说完，已经被李响推下去。

郭小山湿了一双鞋，立即又跑回岸上，说水有点凉。

李响看向高月。

高月说你们别丢人现眼了，我下。

郭小山说会感冒。

高月说你们转过身去。

于是李响和郭小山就都转过身去。李响说你不是要脱衣服吧。高月说穿湿衣服肯定会感冒，我只能脱了。李响说你这也太残酷了，小山还没成年呢。高月说你们可以辜负山水，不可以辜负年少。

世情薄，人情恶，雨送黄昏花易落。

山水依旧在，年少何处寻？

第三章　潜伏

1

年少时繁花似锦，时光却雨送黄昏。不知是哪一个路口你迷了方向，每一次回眸都让我感伤。然而我更怕，某一次转身就从此忘了过往。

辞别了高月，李响开车送郭小山回公司。一路上两个人都不说话。一直到公司楼下，李响停了车，郭小山似乎才从忧伤中醒过来。郭小山提议一起喝个茶。李响想了想，说不能耽误你太多时间，下次吧。郭小山说好，那就下次。

郭小山晚上还有一个选题会，他现在不仅是一个著名作家，还是一本杂志的主编，还是一家文化传媒公司的老板，他还想进军影视界，正在筹备电影剧本。他确实很忙，夜以继日马不停蹄。

李响必须在今天晚上赶回西城，公司有一堆事情等着他回去处理，何况明天一地集团将为蒋天宇举行追思仪式，他必须做好充分准备。

人生就像一只陀螺，不想倒下，就只能高速运转。

高月在闲聊中曾提到女儿，说都小学一年级了，让他们也要尽快解决个人大事。李响就说，小山同学是不是该送点啥礼物给咱侄女。郭小山想来想去，发现身上还真没什么好送的。高月说她买过郭小山主编的杂志，便翻找出来让他签了个名。郭小山便问李响同志打算送点什么。李响说自己是个生意人，实在不知道送什么好，不如就给点压岁钱。他拿钱包前准备给三千，拿出钱包后一犹豫便抽出两百，说给孩子买两本连环画吧。他看到高月因他只抽出两百元而显得放松的表情，暗暗庆幸没有给三千。

高月留他们吃晚饭。李响说郭小山还要赶回去写忽悠小女生的小说。郭小山说事实上是李总急着赶回去开会涨房价。高月说你们都忙就我不忙，那就不留你们了。

终究是有隔阂了。

即使李响与郭小山努力插科打诨，还是赶不走弥漫在空气里的陌生，甚至他们已经过度小心谨慎，生怕一不小心伤了谁的自尊。

郭小山下车，向李响挥手。灯光映照下他的身影有点落寞，竟让李响想起那个残阳如血的黄昏。

下一次见面，又会是什么时候？

2

夜。高速公路。

于小伟打开车载音响，张悬慵懒地唱。

"你今天不想听郭德纲了？"李响问于小伟。

"庸俗的听多了也得跟李总你学学高雅。"

"张悬这样的也不叫高雅叫小众，郭德纲老师这样的也不叫庸俗叫通俗。"

"原来她叫张悬呀，长得怎么样？"

"你这人怎么这么俗呢？别逮着个女的就问长相。"

"爱美之心，人皆有之。"

"我猜你不听郭德纲，主要是你这两天睡多了精神太好。"

"李总你还真猜对了，不过以后再跟你出来，你别老自己开车呀，我闲着会心慌。"

"让你开你别埋怨，不让你开你也别客气。"

"我拿你工资不干事，心里非常愧疚。"

"如果你真觉得愧疚，你就上党校去给我考个社会学硕士回来。"

"我还是不愧疚了。"

这么有一句没一句地闲扯，车过了苏州。

于小伟忽然想起来什么，问："李总，你说我们还会不会有那么好的运气，再碰见一个长得像林诗涵那么漂亮的姑娘？"

李响却问："我们现在听的是谁的歌？"

于小伟想了好一会儿还是没想起来，说："张……张什么来着，张惠妹。"

李响叹了口气，说："看来林诗涵长得真够漂亮。"

于小伟老实承认说："我长这么大就没见过她那么漂亮的姑娘。"

"那是因为你见过的姑娘太少了，你到人间仙境去看一看，就没有一个是不漂亮的。"

"人间仙境是什么地方？是不是香格里拉？"

"人间仙境那里全是美女。"

"别管天上人间还是人间仙境，都不如现在我们再遇见一个林诗涵。"

"如果现在路边真有一个比林诗涵还漂亮的姑娘，你也不能停车。"

"为什么?"于小伟问。

"因为夜里美女们都很忙,所以出现在高速公路等车的,不是女鬼就是别有所图。"

"我们怕什么,怕她劫财还是劫色?"

"十几年前广东那边不是有个团伙,专门利用女色勾引司机然后谋财害命。"

"可我还是希望能遇见一个长得像林诗涵那么漂亮的姑娘。"

"你能不能不提林诗涵?"

他跟于小伟一直说一直说,不过是不想让自己静下来,可是说来说去绕来绕去,还是没有绕开林诗涵。

他与她的相遇,他之前曾想过很多。

巧遇之后一见钟情的琼瑶爱情片模式太过浪漫,两个商业集团明争暗斗动用漂亮女间谍的模式又太像电影,以女色诱惑继而谋财害命的警匪片模式也不太像,偶然相遇你情我愿然后礼貌性上床的情色片模式倒是符合当下潮流。

可是,眼泪冰凉。她的眼泪落在他的手臂上。

他心疼,却无能为力。他不知道她有怎样的境遇,也不知道怎样的遣词才能抵达她的语境。对某些人来说,关心就是冒犯,沉默才是尊重。因此,连安慰都无法给。

她已经离开,在他醒来之前。

3

车进西城。按照惯例,于小伟下车自己回家。跟上海比起来,西城的夜要安静得多,没那么多车,没那么多人,也没那多霓虹闪烁。

已经过了十二点。叶扶桑应该早就到了香港，但她忘了给他电话。他也是一直到了西城，才想起她已经去了香港。

街上大多数店铺已经关门。这么晚还在营业的，除了夜总会，还有咖啡馆。李响把车停在比尔咖啡馆的门口，在车内静坐了一分钟，才下车进店。

女服务生很漂亮，笑容亲切，语音甜美，"欢迎光临"之后问先生有几位。李响说已经预约。女服务生问了卡位号，温柔地说："先生这边请，我带您过去。"

某一个瞬间李响想，如果娶了她会怎么样，会一直这样温柔吗？想到她或许已经有了男朋友，便立即在脑海里呈现出一幅画面，女服务生一手叉腰一手指着男朋友的鼻子破口大骂。这画面让他不禁笑出声来。

女服务生觉察到了什么，转过头轻声问："先生，我哪里做得不对吗？"

"不是。"

"那先生一定是有很开心的事。"

"你开心吗？"

女服务生愣了一下，或许她还是个新手，不太知道该怎么应付客人这么直接的问题。她甚至微微羞红了脸。幸好已经到了座位，她说先生您请坐，便转身慌乱逃走。

已经在座的是个年轻人，三十不到的样子，身材偏瘦，穿黑色衬衣，还戴了一副宽大的墨镜。此人见到李响，立即起身，伸过手来，说："李总，您好。"

李响与他握手，示意他坐，问："你确定我就是？"

黑衣人说："那是当然，这是我的专业。"

"你们做私家侦探的都这副装备？"

"这体现我们的专业度，就像军人必须穿军装，公司白领要穿套裙，学生有学生服，护士也有护士装。"

"OL，学生妹，小护士，看来你喜欢制服诱惑。"

"李总您真幽默。"

李响收起笑意，说："我不是跟你幽默，如果你连这点都看不出来，我觉得你还不如转行去卖黄碟，要不是叶巷介绍你来，就冲你这身装备我早就走人了。"

黑衣人定力极佳，居然神色不变，他从口袋掏出一颗衬衣纽扣大小的物件递给李响，示意李响塞进耳朵里。

李响半信半疑地照做，果然听到一段对话。

一个女声："他刚才问我开不开心。"

另一个女声："你长得这么漂亮，他肯定是喜欢上你了。"

"不会吧，他那么帅。"

"机会来了就别错过，好好把握。"

"可是我有男朋友了呀。"

"小薇呀，我说你怎么这么不开窍呢，别提你那个连傻根都不如的男朋友了，他能给你什么？"

"什么傻根都不如，人家也是大学毕业好不好，长得也比王宝强好看多了。"

"大学毕业有什么用？比王宝强好看有什么用？他能给你买大房子，能给你买好车子？他连咱这儿一杯咖啡都舍不得买，再看看人家是什么人，你没看见他是开大奔来的，这么年轻能开大奔，一定是富二代。"

"那我也不想嫁入豪门。"

"别傻了，你看看李嘉欣，是个女人都想嫁入豪门，那些嘴上说不想嫁的是因为长得太丑，知道自己一点机会都没有。"

"可，可人家也没说喜欢我。"

"我们这客人多了去了，你见过几个客人关心服务员的，他不喜欢你关心你干吗？"

"赵姐，他真喜欢我？"

"你这么漂亮，他当然会喜欢你的。"

"那……那我该怎么做？"

李响安静地听，偶尔端起杯子喝一口茶。黑衣人不喝茶，也不发出任何声响，笔直地端坐在那里，安静地看着桌面。

李响取出微型窃听器，还给黑衣人。

黑衣人还是不说话，在等李响发表使用感想。

李响说："可以。"

黑衣人说："我们公司的核心价值观是'以人为本'，经营理念是'科技是第一生产力'，服务宗旨是'只有客户想不到，没有我们做不到'，工作作风是'随风潜入夜，润物细无声'，员工守则是'专业、勤奋、进取、创新'，我们有信心用我们的专业度换取您的满意度。"

李响笑了，说："《非诚勿扰3》好像还没开机，我可以跟冯导打声招呼，我发现兄弟你比葛大爷幽默多了。"

黑衣人还是一本正经，说："李总您见笑了，现在小公司不好做呀，前两年中央电视台的《赢在中国》我每期都看，做企业不能只有技术，还得有文化。"

李响点头，说："我同意。"

黑衣人说："那李总您找我来，是有何关照？"

李响摸出钱包，抽出一张照片递给他，说："你明天去趟香港，我想知道这个女人在香港的一举一动，住在哪里，吃过什么，买了什么，见过什么人。"

黑衣人收起照片，说："我向毛主席保证，坚决完成任务。"

李响盯着他，看了几秒钟，然后喝了一口茶，说："你能不能把墨镜摘下来，没有王家卫的才就别学王家卫的范儿。"

黑衣人说："对不起李总，前两天工作太累，眼睛有点发炎。"

李响笑了，问："制服诱惑看多了？"

"李总您太幽默了。"

"你怎么称呼？"

"李总可以称呼我小何。"

李响收起笑容，说："小何，我这人一向与人为善，不过，如果你把事情办砸了，你一定会发现我非常不幽默。"

黑衣人面不改色，说："我明白。"

李响又提醒了他一句，说："叶巷是我兄弟。"

黑衣人赶紧点头，说："是，我知道，叶哥关照过我。那，李总，我是不是可以去买机票了？"

李响点头，说："你自己安排。"

黑衣人起身。

李响突然觉得有点好奇，问："你们这个窃听，工作人员会不会也喜欢搞点恶作剧，比如放在人家卧室里？"

黑衣人断然否认，说："绝对不会，我们是专业的。"

黑衣人刚离开，漂亮女服务生就走过来，声音比之前又温柔了几分，问："先生，您还需要点什么吗？"

李响看着她，说："小薇，你跟我回家好不好？"

漂亮女服务生哪里见过如此阵仗，立即脸颊发热心跳加速愣在那里。她原本单纯，尚未被社会浸染，然而我们身边赵姐太多。

赵姐们，别自己卖不出去就以为全世界女人都想当婊子。

赵姐们，请闭嘴。

4

李响回到家已经是深夜两点多。他住在一个高档小区，地处近郊，绿化做得很好，物业管理也很到位。小区两年前清盘，现在入住率还不到一半，晚上看起来灯光很零散。这也是他选择住在这里的一个原因。

两室一厅户型，八十多平方米，现代极简主义装修，几乎没有家具，他一个人住已经足够。事实上他很少住这里。偶尔过来也很简单，看书，上网，或者睡觉。

叶扶桑并不知道他有这样一处居室。

他在湖边有一套别墅，那是他公开的住处，也将作为他和叶扶桑的婚房。现在叶扶桑还住在父母家，偶尔会到他的别墅去住几天。

事实上他也很少住在那里。要在各个城市跑来跑去，住宾馆比住家里的次数还多。总有处理不完的事务，有时候办公晚了就在公司过夜。一个人住的房子总没有家的感觉，面积越大越觉得荒凉。

他冲了个澡，躺在床上却没有睡意，随手拿起一本《沉思录》看了两行，也不太有阅读的兴致。他想，如果他把那个漂亮的女服务生带回来会怎样，或许她会跟他做爱，或许她最终又临阵退却，但结果都逃不脱重归陌生。

他当然不会带她回来。也许他会跟一个女人上床，但他绝不会因为想跟一个女人上床而欺骗她的感情。

这是他的道德准则。

长夜漫漫无心睡眠，我以为只有我睡不着，原来李响公子也睡不着。林诗涵犹抱琵琶半遮面，白衣飘飘堪比飞天，身后是一望无际的沙漠。

林姑娘，原来你也在这里。李响牵着一匹马，看着远方，问："你知道沙漠的那一边是什么吗？"

林诗涵幽幽一笑，说："王家卫说了，沙漠的那一边还是沙漠。"

"那……那我们能去哪里？"李响慌张地问。

"哪也别想去，"叶扶桑忽然从天而降，手拿一把长剑，剑尖就指在李响的鼻子上，"身在红尘中，必做红尘事，你跟我回去。"

狂风起，漫天黄沙飞扬。

李响醒了。

睡这么短时间，居然还要做梦，让不让人活呀。不过这梦倒是还有几分意思，李响看着天花板在想，最后是浪迹江湖还是回归红尘。

不一会儿，闹钟响。时间六点半。

5

李响七点半到公司，发现小唐已经来了。小唐姑娘很勤奋，每天都很早到公司，很晚才离开。李响甚至暗示过她，工作做好就不必一直在公司，可她还是依然如故。李响也曾暗中留意过，发现她在看一些法律方面的书籍，便跟她开玩笑："才女每天这么勤奋苦读是想早日高飞了。"小唐表忠心说："如果公司不辞人，自己绝对不会走。"

小唐敲门进来，抱着一堆文件材料，说这些是需要他尽快审批的。李响问她会议安排好了没。小唐说已经都安排好了。

小唐转身离开，走到门口，又停下来，欲言又止。

李响问她还有什么事。

小唐摇摇头说没有了，轻轻地带上门。

公司规定八点半上班。会议八点四十开始，一个项目经理迟到了三分五十秒，被罚三百五十块，并全程站着开完会议。会议由副总张云天主持，各部门汇报工作，各项目汇报进度，提出困难，研讨解决方案，然后每人一分钟的表扬与自我表扬，最后李响总结发言。

李响发言：

今天这个会议，大家讲得都很好，我就不多说了。我只讲两点，表扬一个人和批评一个人。表扬谁呢？我们张经理。张经理迟到了被罚了，但他没有找借口没有吐怨言，这是对公司制度和我们在座各位的尊重。表扬的表扬完了，批评谁呢？我要批评我自己。之前我一直跟你们讲业绩，却忽略了关注你们的成长和进步，公司发展速度很快，需要在座各位逐渐挑起大梁。这个月我们公司会有重大的战略行动，而你们，我亲爱的兄弟们，你们的未来会非常非常美好。

大家很兴奋，热烈鼓掌。

张云天接过话题，说："兄弟们，李总的讲话非常鼓舞人心，

大家再次表示一下我们对美好未来的憧憬。"等大家掌声落下，
张云天继续讲："我们公司一直提倡表扬与自我表扬，但是今天
李总开了头，批评了人，那么我也跟个风也批评一个人。我要批
评谁呢？既然李总批评自己了，那么，我也批评他吧。小唐跟我
说，李总颈椎不好，为什么呢？累的，李总每天睡眠多长时间？
各位，平均不到五个小时。我们必须批评他这种工作起来就忘了
休息，为了公司就忘了自己的不良作风。"

大家鼓掌。有人提议说，不如约个时间大家一起去放松一下。

张云天说："你们想到的李总已经都替你们想好了，等这个
月的战略行动结束，公司将安排所有中高层旅游，地点大家选，
最后民主集中制。"

大家都很雀跃，气氛更加热烈。有人说港澳游想去葡京大赌
场试试运气，有人说韩国游想去《冬季恋歌》的取景地游览一
下，有人说日本游可以考察一下他们的全球著名产业长盛不衰的
内在机制。

李响笑了，问："为什么没人想去祖国内地的大好河山看一
看？"

有人说，既然公司出钱那当然要挑个远点的，要不也太显示
不出我们公司的实力，不过我们已经很厚道了，都没选欧洲
游呢。

李响问："上次谁说想去丽江艳遇来着？"

众人一致否认，没有。

张云天结束讨论，说李总上午还有个活动，立即就要出发，
旅游地点大家都再考虑一下，报给小唐，两个原则，时间不能太
长，旅程不能太累。

李响看看表，是该出发了。

6

对于死者来说，那一方盒子有多贵，墓地风水有多好，都已经失去意义。这一切不过是做给活着的人看的。

蒋天宇的追悼仪式在殡仪馆最豪华的大厅举行。自从他成功以后，吃饭在贵宾厅，住宿在贵宾房，死了都停放在贵宾室。虽然他生前就说要简办身后事。

李响很远就看见蒋晓龙那辆红色宝马停在一角，心想他不会穿着一套红色衣服出席吧。于小伟把车停好，李响刚下车，蒋晓龙就迎了过来。蒋晓龙一身黑色西装，胸前佩戴一朵白色小花，还戴了一副宽大的墨镜。

"李总。"蒋晓龙称呼一声，把李响往大厅引。路上，蒋晓龙小声表示谢意。李响说自家兄弟不用客气。

大厅很肃穆。

蒋天宇的棺木放在鲜花丛中，他的照片放在他的棺木上。照片里他戴着金边眼镜，神态从容，微笑着，看着这个世界。

这副眼镜看起来有点眼熟，不知道是不是自己送他的那副。李响做成第一笔生意后，为了感谢这个引路人，曾经送过他一副价格不菲的眼镜，花去了那笔生意一成以上的利润。李响花钱一向舍得。

蒋天啸站在门口，迎接前来的宾客。他表情严肃、悲伤，向每一位宾客答谢。一切以动作代替，不讲一个字。

刘佳玲站在亲属的位置，一袭黑色长裙，神情哀婉。

李响不是亲属，也非故交，身份上是同行，他站在角落里，安静而伤感地历经整个过程。对蒋天宇而言，一切苦难一切荣华一切争斗都已结束。当然，关于他的争斗远远没有结束，也许才刚渐入佳境。

交通事故每天都在发生，看起来再平常不过。一辆载重卡车速度太快，直接把蒋天宇的车撞出路面，摔落在河塘里。蒋天宇与司机当场死亡。肇事司机弃车逃逸，现在人还没找到。蒋家为此已经悬赏五十万。

张云天也安排人去调查了，那人说警方对这件事非常重视，对一切证物都采取严密保护，他们连那两辆车都看不到。

如果，蒋天宇的死并非一场意外，那么那个主谋的人，一定就在追悼会现场。

会是谁？李响把所有人看了一遍。

刘佳玲当然知道他会来，但她一直都没有看他。蒋天啸与他目光交错，微微颔首致意，表示对他到来的感谢。

7

第二天上午，李响分别接见了两个代理公司的代表。

一家公司代表说："李总，您好我先把我们公司给您做个介绍。"

李响打断，说："我对你们公司已经很了解，否则你也不会坐在我面前了。"

另一公司代表说："我先给李总您介绍一下我们的成功案例。"

李响说："我不关心你们曾经做得有多好，我只想知道你们怎样把我们的项目做好。"

谈了之后都不太满意，所谓老牌机构不过是把一个案例演绎无数遍，所谓新锐实在是太欠缺市场经验。

李响给张云天打电话，让他考虑一下公司架构下面再创立一家代理公司的可行性。然后他让小唐再整理三家代理公司的资料给他。

工作间隙，收到叶扶桑的短信，说一切都好，勿念。也不提为什么这么久才想起跟他这个男朋友说一声。

他回短信，"玩得开心，别太累"。想了想，又加了两个字，"亲亲"。

小何很专业，昨天中午就到了香港，昨天晚上就发回了第一组照片。叶巷在道上混，推荐人很靠谱。

李响泡了一杯咖啡，将身体靠在椅背上，尽量放松。他在想，电话什么时候会来。果然，十一点多蒋晓龙打来电话，说为了感谢他这次出面帮忙，晚上请他在刘家煲吃饭。李响客气一番，抵不住蒋晓龙盛情，便答应出席。

刘家煲以煲闻名，其中犹以一品燕窝煲为最。据传说，此煲制作方法有一百多年历史，原是宫廷御用，对男人是大补，对女人是养颜。

蒋晓龙请客，既然来了刘家煲，自然要点一品燕窝。在他眼里，不点最贵的就显不出自己真诚，就失了身份。

李响答应来吃饭，对吃什么并不感兴趣。他感兴趣的是蒋晓龙这个人。蒋晓龙还带了几个朋友，一男两女。男的姓马，老爸是一家建筑公司的老板。女的一个叫咪咪，一个叫阿娇，咪咪长相端庄，阿娇相貌清纯。

李响叹道："两位姑娘的大名真是惊天动地。"

马少爷解释道："其实咪咪叫伊咪，阿娇叫凤娇，因为我们都很熟，所以就叫昵称了，姑娘们也不会介意。"

阿娇姑娘说："谁说我不介意了，你们一叫阿娇我就紧张，还以为自己被人拍了艳照。"

马少爷说："你就美吧，你那照片哪称得上艳照，充其量也就一裸照，并不是所有裸照都称得上艳，否则就是对陈先生的不尊重。"

咪咪姑娘说："你又没见过人家裸照，凭什么下结论?"

蒋晓龙说："你怎么知道他没见过?"

阿娇姑娘说："你们男人怎么都这样呀，不跟你们说了，还是李总好，像个斯文人，懂得尊重我们女同胞。"

李响说："其实我没你想得那么斯文，我也看过陈先生的作品。"

阿娇姑娘便娇嗔道："真坏。"

蒋晓龙问："在众多女主角中，李总比较偏爱哪一位?"

马少爷接过话来，说："阿娇姑娘刚才都说了，李总是斯文人，估计是喜欢阿娇这样青春美少女类型的，李总，我猜得对不对?"

李响笑，不语。

蒋晓龙便道："李总已经默认了，阿娇姑娘，今晚你可得卖力点。"

一边吃饭，一边说笑。其间，咪咪姑娘与马少爷已经郎有情妾有意，四目相对尽是柔情蜜意，恨不得立即找个无人处大战三百回合。阿娇姑娘显然是奉命行事，心有所想始终一颗春心向李总，一副不把你勾引上床誓不罢休的架势。李响兵来将挡水来土掩，该说就说该笑就笑，但绝不下手，像韩国情色片一样点到即止，绝不下流庸俗。

吃好饭，两个姑娘吵嚷着要去唱 K。李响说还有事想先走。马少爷向他挤眉弄眼小声说，有表演很到位。阿娇姑娘便把一双水盈盈的大眼勾魂摄魄地看向李响。李响说，既然如此，那我就不打扰诸位春宵了。

蒋晓龙见李响不是客气，便送他上车。李响装着无意地说："最近手头有笔闲钱，如果蒋兄有什么好的投资渠道，记得通知兄弟我。"

蒋晓龙说："那是当然，李总是自家兄弟。"

8

蒋晓龙虽然有点嚣张，但对帮助过自己的人还是很知道感恩的。没过两天，他便打电话给李响，说他老爸蒋天啸同志想约李响见个面。

鱼儿来了。

蒋天啸很大牌，李响便登门拜访。

李响的理想集团在西城也算是小有名气。房地产开发公司已开发项目三个，正在开发项目两个，土地储备三块。中介公司旗舰店三家，社区店三十七家。另有一家房地产网络传媒公司，一家房产评估公司。即便如此，依然不能和一地集团相提并论。

蒋天啸的办公室很豪华。首先是大，大到可以打一场篮球赛。然后是家具摆设，物件不论大小，都能让你感受到那种非凡的气派。

蒋晓龙把李响带进蒋天啸的办公室，自己便出去了。

李响说："蒋叔叔，我来了。"

蒋天啸把手里的文件合上，向李响抬一下手，示意他坐在自己办公桌前的椅子上。老板的办公室一般都会设有沙发座，用来招待来访的客人。办公桌前的座椅，通常是给下属坐的。李响并不抗拒，毕恭毕敬走过去坐下，尽显晚辈的谨慎与尊重。

蒋天啸说："李总你年轻有为，在业内早有盛名，不必太过客气。"

李响说："蒋叔叔过奖了，晚辈还需要多向您学习。"

"我早前听天宇说起过你，他说你是商业奇才，事业将不在我们之下，那个时候我还不信，现在看你发展得这么好，果真是天宇有眼光。"

"天宇叔叔太过溢美晚辈了，如果不是天宇叔叔指引，也不会有晚辈的今天。"

"我知道他对你有知遇之恩，你自是很感激他了。"

"天宇叔叔跟我说过，做企业首先是做人，小赢靠智大胜靠德，我不仅感谢他，也感谢一地集团，感谢蒋叔叔您。"

蒋天啸叹道："可惜，事业做得再好，一场意外，他还是……"

李响说："蒋叔叔节哀顺变，我们都相信一地集团在蒋叔叔的领导下会继往开来，再创新的辉煌。"

蒋天啸忽然换了个话题，说："晓龙不懂事，整天惹是生非，还麻烦到你，我这个当爹的真觉得不好意思。"

李响说："晓龙当我是兄弟，他的事就是我的事。"

蒋天啸叹道："如果晓龙能像你这么懂事，我就省心多了。"

李响说："晓龙兄生性直率，多些磨炼就好了。"

蒋天啸又忽然换了个话题，说："我听晓龙说，你目前手上有笔闲钱想找地方投资，正好一地有这样一个机会，天宇一直对你那么好，你又帮了晓龙的忙，我想来想去，觉得首先该跟你沟通一下。"

李响心里突突跳了几下，说："谢谢蒋叔叔提携。"

蒋天啸说："一地摊子铺得太大，去年拿地花钱太多，现在房地产调控又这么严格，说实话资金有点紧张，集团研究决定针对两个较大的项目引进战略投资者，以股份换资金。虽然说这是一地解困之道，但这两个项目却非常优质，对投资者来讲，绝对是一个难得的机会。"

李响说："蒋叔叔愿意教我，晚辈自是感激不尽。"

蒋天啸却又换了个话题，说："我年纪也大了，就盼着晓龙能早点成熟起来，我也曾安排他在集团内部锻炼，效果却不是令我很满意，反而其他员工觉得我任人唯亲，李总你成绩斐然，而且都是一点一滴积累起来的经验，再说都是年轻人也比较容易沟通，我想让他跟着你学一学，你觉得怎么样？"

李响说："蒋叔叔太抬举晚辈了，我这点皮毛功夫哪敢拿出来丢人现眼，我还要向蒋叔叔您学习呢。"

"不会是李总怕晓龙不成才坏了你的名声？"

"我跟晓龙兄一见如故，如果蒋叔叔真要安排晓龙来理想集团指导工作的话，晚辈自是非常欢迎。"

"你很聪明，也很努力，就是太谦虚，有时候过分谦虚也不好，用你们年轻人的话说，低调即炫耀。"

"晚辈谨遵蒋叔叔教诲。"

"我跟你说的事，你回去考虑一下，尽快给我个答复。"

李响说好，然后起身告辞。

看似一场闲谈，其实已几经交锋。对于李响来说，机会就在眼前，能不能把握好就看自己的能力。当然，凡是机会，也必跟着风险。

李响绝不是一个不敢冒险的人。何况这一次，他胜算的系数很高。

9

短信。

"已见叔叔。"

"好。"

10

黄昏。刚下了一场急雨，陡觉天地间清澈了许多。但明日太阳升起的时候，却再也找不到这场雨的痕迹。

但它来过。

也许生存的意义并不在于能够留下什么，而是存在的时候是一种怎样的状态。所以你最伟大之处不在于红尘功业，而在于你问心无愧。

李响一个人在陵园，站在蒋天宇的墓前。

过往，像那场急雨一样，突然劈头盖脸砸过来，让他无处可躲。

第四章　过往

1

1981 年 1 月 20 日里根就任美国总统，1 月 21 日钟欣桐出生，7 月 11 日步非烟出生，3 月 27 日茅盾逝世，5 月 7 日杜聿明逝世，4 月 24 日 IBM 推出首部个人电脑。

那一年跟前一年后一年一样，也发生了一些事情。你当然可以称为大事，也当然可以把它看作历史长河里微不足道的浪花。

对于李玉胜来说，那一年最重要的事情自然就是他儿子李响的出生。李玉胜人称老李，在村里是组长，是个连芝麻都称不上的小官。后来行政村合并，精减村委会干部，老李同志便也光荣下岗。那是后话。

李响同学出生那天，一切平常，没有狂风暴雨电闪雷鸣，也没有紫光冲天巨龙盘现。十几年后李响同学因为突然想算算生辰八字，问他妈自己具体出生时间时，他妈想了半天然后告诉他早已经忘记了。他妈说只记得当时有一声猫叫。李响猜测，莫非是午夜，再一想，凡是老鼠出现的时候猫都会叫，而那个年代老鼠还很多。

李响小朋友六岁上幼儿园，跟现在孩子比起来已经算是晚了。李响记得那时候读书，还要自带板凳。老师都是村里的，基本上也没读过什么书，最高学历大概也就是高中。

幼儿园就一年，过得很快，基本上没留下什么印象。唯一有点印象的是，有次上课老师说要去办公室拿粉笔，一会儿就回，让大家坐在座位上不要乱动。老师强调了三次，大家别乱动，我一会儿就回。可她一出门，李响小朋友立即就冲上了讲台，边跳边唱"我们的祖国是花园，花园里花朵真鲜艳"。没想到老师并没有真走，就躲在门后，杀了个回马枪，把李响小朋友抓了个现行。李响小朋友被惩罚，面壁思过。老师杀鸡儆猴，终于放心地去拿粉笔了，没想到回到教室竟然看到李响小朋友又在唱歌了。

即便获得了最顽皮小孩的桂冠，李响小朋友还是顺利毕业，并升入小学一年级。一年级同样过得匆忙，同样没有什么值得说道的事。只记得好像有一节课，语文老师让大家回答问题。李响小朋友勇敢地举起小手，老师问了一个又一个，就是不问他。关键是前面几个同学的回答老师还都不满意。李响小朋友坚持举着手，最后老师终于看到他并对他的回答非常满意，在课堂上好好地表扬了他。这件事深刻地教育了李响小朋友，不放弃才会有机会。那个问题好像是问清洁工为什么在寒冷的冬天感到很温暖。

小学二年级是异常缤纷的一年。

刚上二年级时，班上有位王同学，是学校教导主任的儿子。你知道的，权力崇拜有着非常悠久的历史。这些小孩们见利忘义，整天跟在王同学屁股后面转呀转，不过是为了能分到几颗两毛钱一袋的瓜子。王同学拉帮结派声势浩大，有一次发现自己橡皮不见了便怀疑是李响同学拿了，并依仗人多，推了李响同学一下。李响同学深深地记住了这阶级仇压迫恨，但他并没有采取暴力反抗的传统方式。他选择了勤奋读书。李响同学那一年读书的用功程度堪比头悬梁锥刺股，以至于他一个学期数学都是一百分，语文都在九十九分以上。在我们的学校，成绩是衡量一个孩子是否优秀的唯一标准。李响同学那一年表现得太过优秀，因此被老师树立为榜样，被作为全校优秀学生的典型加以广泛宣传。你知道的，小屁孩们换起偶像是很容易的。城头变幻大王旗，很快李响同学成了全班的领袖，并依仗自己人多狠狠地推了王同学一下。李响同学小时候就知道通过自己的努力来改变自己的地位。

从二年级一直到六年级，李响同学都是老师们的宠儿，孩子们的大王。他们那个时候有很多游戏，打弹珠、滚铁环、丢沙包、跳房子、踢毽子，还有很多现在叫不出名字的项目。

李响同学有权力在做游戏的时候将谁谁分在一组，将谁谁拒绝在游戏之外。这大大地培养了李响同学的领导才能。

那时候还流行抄歌词。《敢问路在何方》《让我们荡起双桨》《铁窗泪》《妈妈的吻》《鲁冰花》《冬天里的一把火》《信天游》《我家住在黄土高坡》，等等。不管是民族的还是通俗的，不管是大陆的还是港台的，抄了再说。

那时候电视还很少，要看动画片得跑到有电视的人家去。最喜欢的是《恐龙突击队》和《圣斗士星矢》。往往主人家开始吃饭，他们几个小伙伴还蹲在地上不肯离开。长大点看电视剧，《西游记》和《射雕英雄传》是美好的回忆，没事就练"降龙十八掌"。

那个时候他们很野，夏天敢从很高的桥上往河里跳，冬天敢在冰上奔跑。他们到田野里捉了蛇，倒提着带回学校吓女生。他们半天能钓好几斤龙虾，那个时候龙虾很多，一下雨每根芦苇上都挂着一只。那个时候的龙虾味道特别鲜美。他们甚至会在晚上拿着手电筒带着鱼叉去捉青蛙，捉回来剥了皮煮一锅美味的汤。很多年后城里突然开始流行吃龙虾了，人们点了一盆龙虾两箱啤酒，往往还要拍个照片发在朋友圈里。很多年后有一首歌火了，生活不只有眼前的苟且，还有诗和远方的田野。

那时候书也很少，除了连环画就是故事会。最出名的一本少儿读物大概就是《小灵通漫游未来》了。王同学他妈给他买了这本书，王同学当天就把它朝贡给了李响。

李响很早就接触了武侠小说。最先是《杨香武三盗九龙杯》和《五凤朝阳刀》之类，后来越看越广泛，卧龙生、诸葛青云、曹若冰、萧逸、柳残阳、独孤红、陈青云、云中岳、梁羽生、金庸等等，直到遇见大侠陆小凤，一下子被古龙的人物和故事所征服，也逐渐开始偏爱他的叙事与文字风格。

武侠看多了，便喜欢把衬衣披在肩上，只系最上一粒纽扣，奔跑起来迎风飞舞，像大侠的披风一样。当然还会拿一截细竹竿，当作长剑。

然后某一天小虎队席卷而来。听已经上初中的学姐说，小虎队有一首歌叫《爱》，是黄色歌曲。

六年级第二学期，李响同学获得县数学奥林匹克竞赛第二名。第一名是位很漂亮的女生，整个颁奖过程都没看李响一眼。李响同学当时想，如果我再努力点就能得第一，那样她就会用很崇拜的眼神看着我。

李响以全校第一的成绩升入初中。

2

那个年代小学升初中的升学率并不高，李响上初中之后发现那帮跟随自己的兄弟已经散落了一半，而这个新环境里，高手还有很多。李响故技重施拼命读书，第一次考试就名列班级前三，一举奠定了自己的江湖地位。

李响就像一个农民起义军的领袖，经过一番努力拼搏终于有了自己的人马和地盘，然后发现这日子过得还算悠闲自在，便开始不思进取。

那时候初中小女生很单纯，喜欢一个男生不会考虑太多外在因素，只看他功课好不好，人长得不太难看就行了。李响当然长得不难看，而且人还担任着班级公职，自然是小女生们倾慕的对象。小女生们的喜欢，助长了李响同志骄傲自满的心态。

因此，李响同志在班级的排名有所滑落，速度还很快，一下子就到了二十几名。班主任找他谈了话，甚至还让他把李玉胜同志也叫到了学校，开展了一次三方会谈。聪明的李响同学立即意识到了问题的严重性，诚恳而彻底地承认了错误。

从此，李响的班级排名在三到八之间徘徊，徘徊，始终冲不上去，也始终不让它滑下来。李响很清楚地知道，功课排名就跟地盘一样重要，没有排名就没有江湖地位。

初二，受到楚留香和上官金虹的综合影响，野心膨胀的李响同学决定成立香帅帮。很快，李响成功招募了一帮兄弟，李香帅的大名也开始在校园内外逐渐传播开来。

初中阶段，常会有一些小男生不够尊重女同胞，在课桌上画一条三八线，女生过线就用笔画她衣服，或是捉一些小青虫偷偷放在女生的文具盒里，看到女生吓得大叫，以此满足恶作剧的快感。

香帅帮的口号是"替天行道"，李响同学的理想是劫富济贫锄强扶弱。劫富济贫是一个比"我不想我不想长大"还难实现的空想，于是李响同学就把香帅帮的工作重点放在锄强扶弱上。因此，那些喜欢对女生恶作剧的男生就成了李帮主重点打击的对象。

锄强扶弱这件事，说起来很正义，做起来还是有点难度的。那些明目张胆欺负女生的男生倒是好处理，李帮主也会明目张胆地欺负他。那些偷偷摸摸恶作剧的就有些难办了，李帮主首先得学狄仁杰前辈先把案子破了，然后才能学包龙图先生铁面无私秉公办理。这大大地锻炼了李响同学严密的逻辑思维能力。

李帮主表面上很是风光，其实曾经发生过一件那些受他帮助的小女生和他的兄弟们都不知道的事。有个被他欺负的男生的哥哥是镇上正儿八经的混混，那天晚上那个混混在偏僻处把李帮主截住，李帮主当场就吓哭了。

按理说，名人的故事总是传播得很快，为什么李帮主这么糗的事却没有人知道。据李响自己说，他当时虽然很害怕，但他还是很坚决地告诉那个混混，今天自己哭的事千万不能和别人讲，否则自己就跟他拼命。

闯荡江湖之余，李响还写诗。

对于所有女生来说，这样一个男生的存在是一件很要命的事。你想想看，如果西门吹雪能写出李商隐的"此情可待成追忆，只是当时已惘然"，如果"杨柳岸，晓风残月"的柳永能使出一招六脉神剑，那是多么销魂，得迷死多少文艺女青年呀。

李响喜欢朦胧诗，顾城、北岛、食指、舒婷、多多、芒克等都有涉及。后来却又喜欢上汪国真。

> 我不去想是否能够成功
>
> 既然选择了远方
>
> 便只顾风雨兼程

你可以批评他，不管是站在学术、私人、研究，还是嫉妒的立场，但你无法磨灭他曾经的存在，直指人心，讨人喜欢。

李响那时候写过诸如"夜盼雁书琴弦错，日见红颜沧海茫"之类的旧体诗，也写过诸如"我站在喜马拉雅之巅，看洪水汹涌"之类的朦胧诗，不管是哪一种，都很讨小女生喜欢。

林志颖突然红遍全国，大街小巷都在唱《不是每个恋曲都有美好回忆》。李响也送出了他的第一封情书。结果就像林志颖唱的一样，不是每颗真心都会有人珍惜。当然，李响同学也并没有觉得伤心。

这事就像那些年的微风一样，掠过眉头，不留下忧愁。

> 肩上扛着风 脚下踩着土
>
> 心中一句话 不认输
>
> 我用火热一颗心 写青春
>
> 不管这世界有多冷
>
> 就让豪雨打在我背上
>
> 就算寂寞比夜还要长
>
> 谁能了解我 谁会在乎我
>
> 少年的梦

> 追逐天边最冷的北风
>
> 寻找世界最高的山峰
>
> 我把孤独当作朋友
>
> 天地任我遨游 不为谁停留
>
> 虽然很多事情我不懂
>
> 虽然留下的伤会很痛
>
> 我把泪水藏在眼中
>
> 一步一步往前走
>
> 我要做追风的英雄

自从李响的第一封情书像黄鹤一去不复返，他在很长一段时间内拒绝谈情说爱的歌曲，开始极度迷恋走冷酷少年路线的吴奇隆。

这首《追风少年》，简直就是为他写的。

在浅吟低唱中，时光却一刻不停嗖嗖地过去，猛一回头你发现，那些老唱片早已经遗失，那些旧照片也已经泛黄。

那些旧时光，已经很遥远。

3

那个年代初中升高中的升学率比小学升初中还要低得多，纵使如李响这般天资聪颖的学生，也只是以不太高的分数刚刚过线。

高中又是另一番天地。

那年，科比和艾弗森进入 NBA，开始他们的光辉历程。世界第一只克隆羊诞生。第 26 届奥运会在亚特兰大举行。塔利班军队控制阿富汗首都喀布尔。克林顿在总统选举中连任成功。科菲·安南出任第七任联合国秘书长。

那年台海局势紧张。三月，大陆第二次军事演习。台湾空军和导弹部队进入最高警戒。美国自波斯湾加派独立号航空母舰战斗群前往台湾海峡，解放军海军潜艇出海警戒。

那年，李响喜欢上了一个女生。

少年的情感单纯而偏执，热烈而盲目。一个人爱上另一个人，原本就是一段危险旅程，更何况少不更事、青春热血。

一触即发，极其危险。

如今，李响早已忘记了杜小芳的音容笑貌，只记得她曾穿过一件湖水绿长裙。那是一个秋日黄昏，他值日打扫卫生，她迟迟没走。他提着洒水壶回教室的时候，看见她怀抱一摞书，靠在教室门前的廊柱上。她的齐肩短发，她的安静神态，一切的一切都让他觉得这应该是琼瑶小说里的画面。

他动心了，一发不可收拾。

那是可以为晚风赋诗为细雨歌唱的岁月，你不知道你会在什么时候什么地点什么场景遇见某一个谁，突然就让你陷入漩涡，在有限时光里再也没有挣脱的可能。

心里有了倾慕的女生，少年开始变得羞涩起来。曾经呼朋引伴的带头大哥，曾经叱咤校园的江湖浪子，似乎在一夜之间，成了一个安静的模范男生。故作洒脱，轻易就败退，李响在杜小芳面前连话都不敢讲。

他写情书。李响究竟给杜小芳写了多少封情书连他自己也记不清楚了，送出的没送出的都有很多。那时候学校流行折叠信纸，每个人都会好几种折法。李响就会折房子、心连心、蝴蝶等好几种。通常写信会写到很晚，因为太过谨慎，写了撕，撕了写，终于写到满意，便小心翼翼地折叠成想要的形状。

那一年，那间斗室，那盏小灯，那许许多多个夜，那一张张纸，那一句句话，那一次次心动，那一次次纠结。

终究是擦肩而过。最终，已无从记起。

杜小芳是高傲的，她是团支书，功课好，人又长得漂亮，深受老师们的喜爱。杜小芳对李响的明示与暗示全部采取冷处理的方式，不做任何回应，甚至连情绪上的变化都让他无从捕捉。

李响却把杜小芳的这种处理方式误解为女生的矜持与羞涩，为了表示自己的深情与执着，李响持之以恒地展开情书攻势。

杜小芳终于被李响的执着所激怒，她选择在一个自习课上，当着所有同学的面，把李响的情书拿出来大声朗读。她说，我警告你，别再骚扰我。

很多年以后，李响和杜小芳在同学群里相遇。杜小芳硕士毕业后自己创业，与人合资创办了一家汽车连锁服务公司，彼时已经发展到三十几家门店，乘着资本市场东风，制定了一个五年百城千店计划，已经把上市提上了议事日程。杜小芳为自己当初的不礼貌表示歉意。李响一笑置之，说对你来讲也许这是最好的选择。

人们怀念初恋，不过是怀念初恋时候的自己，怀念那时的青涩，怀念最初的纯真。初恋若真发展成恋爱，有多少能逃脱伤害？

但设身处地，似乎也没有几个人能豁达。

李响觉得很受伤，男生的尊严被严重地践踏。他选择了颓废，选择了自暴自弃。这是面对失恋最愚蠢的一种选择，却被很多人选择过。

他开始逃课，开始结交校外的混混，开始抽烟，开始喝酒。年少时，冲动起来总是不管不顾，不懂得尊重家人，不懂得疼惜自己。他曾一个晚上抽完一包劣质香烟，也曾喝醉了在街头睡了一夜。

他们包录像厅看通宵录像。香港三级片，那个时候叶玉卿很红。《金瓶梅》好像有很多个版本，后来也看日本色情片。那时候松岛枫姐姐才十五岁，还没有出道。

也就在那个时候，李响同学失了身。

那天晚上他们跟另一帮人打架，全胜而归。他们去饭店吃饭，喝了很多酒。然后他们包了录像厅看通宵录像。那时候他们的头叫大黄，很像一条狗的名字。那时候李响在混混群中已经小有地位，他以下手凶狠出名。那时候那个叫梦露的女人是大黄的马子。

过了十二点，大黄说饿，让小四去饭店买了些猪头肉、花生米之类熟菜，小五又去搬了两箱啤酒。大家吃菜喝酒看录像，先是看港片，古惑仔系列，那时候陈浩南是偶像。刚开始大黄和小四的马子都在，身边有个女人，对混混们来说是种炫耀。后来小四的马子说吃坏了肚子先回家睡觉去了。大黄让他马子跟小四马子一起走，梦露没肯，说想再玩一会儿。

子夜一点多，小五说太困了，要不放点好看的提提精神。小四说嫂子还在呢不太方便吧。梦露说有什么不方便的，老娘看也看过干也干过，老娘出道的时候你们毛还没长全呢。梦露说话一向很豪放，基本是老娘不离口。

大黄酒喝多了，觉得他马子这么豪放，很给他挣面子。大黄说你们嫂子什么场面没见过，凶猛得很，咱换片子。于是就换片子。先是一个男人和一个女人的片子，后来换成三个男人和一个女人的片子，最后又换成好几个男人和好几个女人的片子。

大黄说咱们打了八年抗战，牺牲那么多人，咱应该一直打到日本去，把这些花姑娘都抢回来。大黄说完这句话，就倒下睡了。

夜已经很深，本来就很困，又喝了很多酒，自然睡得跟猪一样。很快，有马子的小四也坚持不住倒下睡了。只剩下没马子的小五和李响还在看着。梦露好像在打盹。

李响憋着尿，去卫生间放水。因为深夜，也没其他人，就没关门。等他撒完尿提上裤子转身准备走的时候，却突然发现梦露就站在他身后。梦露把他推进卫生间，关上门插上插销。

整个过程都是梦露在主导。她下手快、准、狠，动作粗暴。李响酒喝得也不少，又有些困，人就显得迷糊，还没明白是怎么回事，事情已经发生了。

过程并不美好，很快结束。梦露整理了下裙子就走了。李响在卫生间恍惚了好一会儿，才回到放映厅。大黄和小四还在睡，鼾声此起彼伏。小五看得很入神，偶尔吃两颗花生米。李响靠在墙上发呆。后来小五也去卫生间，李响看见梦露又悄悄跟了过去。他们好一会儿没回来，李响倒在小四身边，很快也睡着了。

4

蜿蜒而下安静长流的溪水何尝不偶尔携带一两粒沙石，山重水复柳暗花明或明媚或忧伤的青春画卷也难免会留下一两处败笔。

那段晃晃悠悠支离破碎的日子，一直延续到高二下学期。

那年春天，朱镕基总理在记者招待会上说出"一往无前，义无反顾，鞠躬尽瘁，死而后已"。

那年，中国与南非建交，电影《泰坦尼克号》夺得 11 项奥斯卡大奖，长江发生全流域性大洪水，克隆牛诞生，罗纳尔多梦游齐达内进球法国夺得世界杯冠军。八月美国总统克林顿承认与白宫实习生莱温斯基发生关系。十二月克林顿下令美军及英军空袭伊拉克。

那年，李响遇见两件事，彻底改变了他的人生轨迹。

第一件事便是高书记回家。

高书记究竟是哪里的书记是什么书记，李响到现在还没弄明白，但高书记回家的盛大场景到现在他还记忆犹新。

前一个月全镇就开始动员，各村的高音广播不停地在播，为了迎接高书记回乡大家要积极行动起来，让家乡变得更美丽。主要道路两侧的旧房子都粉刷了，那些连粉刷都无法掩饰其破旧的房屋干脆就推倒了。"忽如一夜春风来，千树万树梨花开"，房子全都新了，道路全都平了，绿化全都绿了，小摊小贩乞讨要饭的全都不见了，标语多了，横幅多了，口号多了，演练多了，要多美丽就多美丽。

学校高中部每个班级抽出五名女生，一定都是相貌清秀端庄文静的美女，高一分矮一分胖一分瘦一分全都不要，甚至连发型都要求一致，那些一直留着长发最后被迫剪短的女生有好几个都哭了。她们不再上文化课，她们练习站姿，练习走路，练习微笑，练习讲话，要求文明礼貌，一个字都不能多讲。

高书记荣归故里的那天，镇政府大楼前的那条道路两侧插满了彩旗，像是一个模子出来的美女们则手拿着小彩旗，大家一起喊口号——欢迎，欢迎，热烈欢迎。高书记从一辆黑色轿车里走出来，向群众挥手致意。

黑土大妈后来说，好家伙，那场景，那是一个锣鼓喧天鞭炮齐鸣红旗招展人山人海。李响在那一刻忽然想到了刘邦，"大风起兮云飞扬，威加海内兮归故乡"。

多牛呀！

那天吃晚饭的时候，李玉胜说高书记是个好官，自己高升了但一直不忘家乡，如果不是他，根本就不可能修这么漂亮的一条公路，据说还要修高速，将来还要建飞机场。李响问高书记在哪儿做书记，是省委书记还是团支部书记。李玉胜说你别管在哪儿做，反正是一个很大很大的官，你要是哪天能做到高书记十分之一那么大的官，已经算是我们李家祖上三代贫下中农积来的福分。

那一夜，李响失眠了。他第一次正式思考自己的人生。

我要成为一个什么样的人？

我应该怎么做？

难道我就这样混过自己的一生，然后像那些陆续掉队的伙伴一样早早娶了个媳妇生了个孩子，十七岁就知道自己七十岁的时候会是一副什么样子。这样的生活太恐怖，必须改变。

必须。

立即。

5

李响思来想去，发现自己唯一的出路，只有读书。

路只剩一条，是一种悲哀。但它也有一个好处，就是让你心无旁骛，全力以赴地朝着一个方向努力。

李响做到了，他只用了一个月的时间，就让自己的班级排名冲进了前三。听起来不可思议，神奇都是拿汗水换来的，那一个月他每天睡眠不足五个小时，总计瘦了十斤。

他又重新成为老师的宠儿。语文老师在课堂上讲解他的作文，数学老师把最难的题目留给他来演示，政治老师甚至让他来代为监考。

李响成熟了。

他回看自己走过的那段颓废的日子，觉得自己简直就是个傻瓜。大好时光不读书，居然去街上混，你说傻不傻。

有女生偷偷把情书放在他的书包里。他偷偷地拿出来，偷偷地撕得粉碎，偷偷地扔进垃圾桶里。他不会让任何一个女生打扰到自己读书，也对那些爱慕自己的人保持足够尊重。

他在一条看似非常正确的康庄大道上疾步前行。

6

那年秋天，黄旗胜也回了趟家。

黄旗胜小时候家里很穷，曾经拾过破烂，捡过垃圾，小学读到四年级辍学，跟随哥哥去广东做生意。据说他端过盘子倒过电器，事实上关于他开第一家服装店之前的传说有很多，有些甚至很离奇，比如说走私贩毒。传说经过人们的口耳相传和深度加工，也逐渐变得生动缤纷起来，似乎确有其事，似乎说者亲眼所见。

黄旗胜开服装店之后的故事广为人知，他最早告诉人们什么叫品牌，什么叫连锁。当他把服装连锁店开到两百多家的时候，他的财富也呈几何级增长。

他是致富榜样，成功导师。那个时候还不怎么提"创业"这个词，大家都说做生意。后来的后来，他开展多元化经营，投资煤矿和房地产，资产增速更快。再后来的后来，他涉嫌违法经营，还涉黑，被抓。那是后话。

黄旗胜回家的排场也很大，让李响印象深刻。

李响第一次看到奔驰，而且是十八辆排成车队。财大气粗的黄总当场表示要为家乡做点贡献，捐五百万，为学校兴建一座图书馆。平时耀武扬威的镇长大人在黄总面前，竟然开始点头哈腰，这对李响的冲击，远远超过上次高书记回乡。

竟然这样。

原来如此。

7

时间，走到 1999 年。

那年，欧元在欧盟 11 国正式启动。以美国为首的北约用导弹袭击我国驻南联盟大使馆。曼联夺得三冠王。世界人口达 60亿。中国政府恢复对澳门行使主权。

那年，关于世界末日的传说很多。

那年，张学友推出专辑《走过 1999》，销量过百万。

那个时候流行送卡片，每个节日都送，大家买一堆，抄上几句席慕蓉、汪国真，赠给某某，某某再回赠给某某某。虽然功课繁重，但大家还是会把这些小心思做到精致。

　　毕业之前，大家会买同学录，让每个人签名，写上几句祝福的话。还有就是合影留念，要好的几个人拍一张照片，以为可以友谊长存。

　　那时候不会感到忧伤，甚至也没有多少留念。年少时总是迫切，不太懂欣赏沿途风光，恨不得一日看尽长安花。

　　那年，李响以全市第一名的成绩考入大学。

第五章　奋斗

1

胡晓梦曾写过一篇关于大学生活的文章，标题叫《这种感觉你不会懂》，把那种说不清道不明的情绪写得触手可及。

对于隔岸遥望大学的高中生李响来说，这篇文字当时强烈地震撼了他。教历史的郑老师曾不止一次跟他们说，现在不要玩，努力学，吃点苦，考上了有你们玩的。

可是，进入大学之后，李响忽然发现原来的价值评判体系没有了。他是以全市第一的成绩考进来的，却依然只是班级最普通的一员。这让他很失落。大学不考试了，没有分数了，也不搞班级排名了。这让他一下子迷茫起来。

而且他发现，班级有人分数考得很低。那个同学炫耀说，他老爸直接跑到阅卷处，自己拿笔给他重新改了分数。那同学长得帅，球技很好，尤其喜欢斗牛，把别人晃得团团转，然后自己打板进篮。那同学是班级第一个有女朋友的，中文系的美女，而且是倒追他。中文系美女早上会把牛奶和面包送到他们教室，那同学打篮球的时候她就在场边呐喊助威。他们常常手拉着手在校园到处游荡，有时旁若无人地亲吻。很快他们就去开房，从此双宿双飞。

李响很快意识到，他以前那套靠拼命学习来赢取江湖地位的做法行不通了，很快他就转换了战略发展方向。

那时候学校有很多社团，大大小小真真假假几百个，其中甚至有骗财的，管理是相当混乱。李响一下子加入好几个，有比李白还牛的文学社，崔健门前走狗摇滚乐团，皇马球迷俱乐部，等等。

李响有天赋，而且他还很用功。不到一个学期他就练成了一身好球技，在和体育系的友谊赛中曾连过三人射进一个球。文章就不用说了，他的《穿过你的明媚我的忧伤》在校刊发表后，引起不小范围的轰动，后来又被校园广播选中，在一个周五晚上的黄金档，由知名女主播深情朗诵。他也能抱着吉他，简单地弹奏一两支曲子了。

男生之间开始传播，某某系的那个李响踢得不错，有卡卡千里奔袭的风范。有女生开始打听，你们系那个叫李响的，还没有女朋友吧。

遭遇迷惘，寻找方向，努力奋斗，实现自我价值。

李响一直走在这条螺旋式上升的道路上。

就在那个时候，李响遇见了张楚。这场相遇已经是晚了好几年。想当年某个电视台每天中午都放张楚的《姐姐》，一放就是好多天。李响也听过好多遍，只是那时候还不懂。直到这一年，偶然中听到《孤独的人是可耻的》，立即被征服。

相遇本来就是一件不可预知的事，也许太早，也许太晚，但终究是遇上了。

李响把更多的时间和精力放在了音乐上，他的知识和技能也迅速获得了较大提升。然后他就开始组乐队，还自己写歌。过程自然会有点曲折，遭遇了成员退出，遭遇了经费困境，但李响是个有毅力的有为青年，同时具有丰富的领导才能和较强的个人魅力，最终跨过困难昂首前进，在校园举办演唱会是个小小的辉煌。江伊敏的出现则是那场演唱会的意外收获。李响献歌一曲，把敏妹妹唱上了床。江伊敏是非处，曾让李响颇为纠结。李响甚至离校出走，在临安意外遇见郭小山，又在浙西大峡谷遇见高月。

李响回校后，江伊敏主动来找他，并且还哭红了眼睛，说自己不该那么大脾气，其实这些天一直很担心他，她说她很爱他。一刹那，李响真以为这就是爱情。于是两个人和好，晚上又去开房，把所有思念都付诸行动上。

现在看来，那时写的所谓的歌简直幼稚得可笑，即使是所谓的校园演唱会，也是胡乱折腾，骄傲得可耻。但在那时，那些日子，动荡不安而又充满快乐。

开房费用成了李响最大的一笔开支，很快他就发现自己遭遇了财政危机。解决财政问题，无非是开源和节流两个方面。房不能不开，不开江伊敏都不会答应。在教室、天台、操场或小花园这些公众地方满足自己一己私欲，是非常不道德的行为。当然，现在这些地方也已经被充分利用了，有一系列视频为证。那时李响还是比较传统的。

李响想来想去，发现赚钱是唯一的出路。

现在回头去看，李响和江伊敏的一次次开房，在李响从一个文艺青年向一个成功商人转变的道路上发挥了至关重要的作用，是外因与内因的哲学关系。

2

李响选择去酒吧唱歌。这当然不是一条好走的道，看起来很摇滚，其实很坎坷。先是自己一家家上门找，老板们趾高气扬地说，我们这儿不提供勤工俭学。后来找了朋友，辗转介绍，一家酒吧才答应让他们唱一个月试试。

那家酒吧档次不高，因而价格也便宜。一首歌才十块钱，一个晚上唱到喉咙沙哑也就一百多块钱。那个时候开一次房都要一百二十块。刚开始江伊敏觉得好奇，跟过去看了两次，等他唱完一起回校，在大排档点两个菜，喝两瓶啤酒，觉得是很惬意的生活。后来江伊敏就不去了。

李响辛辛苦苦攒了一个月的钱，除去给江伊敏买点小礼物，也就够开五六次房，平均每周两次性生活都不到。有次亲热过后，江伊敏躺在他的怀里，温柔地说："我们也不能一直这样开房。"李响心里一激动，以为她要为他节约开支。江伊敏却说："我觉得你该带我到档次高点的酒店去。"李响说："咱都是社会主义好青年，不能走拜金主义路线。"江伊敏说："青菜吃多了偶尔想吃点肉也不算高要求吧，你不是偶尔还想换个花样吗？"

我请你做一个流浪歌手的情人。说起来很文艺，但你连开房费都没有，更别说车震了，谁愿意做你的情人。

李响充分认识到这样的生活不能再继续下去了，为了维持他和江伊敏每周一次以上的开房频率，为了满足江伊敏偶尔想住高档一点酒店的美好愿望，事实上是不想自己偶尔想换个花样的美好愿望被江伊敏拒绝，他决定要赚更多的钱。

每个成功男人的背后都有一个狠狠鞭策他的女人。诚如斯言。

经过几番辗转，李响来到了鹰皇娱乐。鹰皇是这个城市最著名的酒吧，档次高、消费高。这里一杯纯净水都能卖到168块。

一首歌两百，但一晚上最多只能唱三首。即使这样，也算是收入不菲了。据说有好几个现在出了专辑的歌手当年都曾经在这里唱过。

忽然到来的小康生活，让李响有些飘飘然。虽然不能每晚都去唱，一个月也能挣到好几千。他也终于把江伊敏带到了四星级酒店的客房，那一夜江伊敏表现出从未有过的温柔，配合他的所有要求。第二天李响带她去金店，买了一条铂金项链。江伊敏当时就把双手吊在李响的脖子上，狠狠地亲了他一口，说老公我爱你。

很多人说爱太难，其实爱就是这么简单。

李响又陷入了他螺旋式上升的状态里，觉得这样的生活也挺好。江伊敏虽然不算很漂亮，但人家有时候很温柔。每个月挣得虽然不算多，但两个人花花也够了。在酒吧唱歌被星探发现包装之后一曲成名红遍大江南北，从此星光灿烂，他连这样的梦都没做过。

幸好，他遇到了刘佳玲。

3

那晚他唱完歌，收拾好东西准备走。小马过来叫住他，说一起喝一杯。小马是鹰皇的常客，也是李响来鹰皇的引路人。

李响跟在小马身后，到了包厢，发现还有一名女子在座。她很像李嘉欣，高挑，优雅，美丽逼人。小马介绍说这是佳玲姐，如果不是她跟这儿的老板打过招呼，我面子再大也不可能把你带进这里。

李响很懂礼貌，说："谢谢佳玲姐。"

刘佳玲微笑，说："不用太客气，坐。"

刚开始大家寒暄，随便聊一些无聊的话题。刘佳玲说她已经看过好几次他的演唱，觉得舞台表现力很好，能够压得住场面，但唱歌的才华并不突出，音域不够宽，技巧也很粗糙。她讲话很直接，不做作，也不顾忌他的感受。李响还是稍微受到了一些打击，说自己其实也就是唱着玩，并没想在这方面有多大发展。

刘佳玲说："那你明天就回去吧，不用再来唱了。"

李响愣住了。

刘佳玲说："小马跟我说，你是一个追求上进的大学生，因为家里贫穷，想自己打工挣点学费生活费，他还说你很热爱音乐，希望能在这方面一展才华。"

李响看向小马，小马尴尬地笑。

刘佳玲问："你为什么要来这里唱歌挣钱？"

李响不想撒谎，因此无法回答。他总不能告诉面前这个高贵优雅的女子，说自己出来唱歌挣钱只是为了支付和女友出去开房的费用。

刘佳玲问："你唱一首歌多少钱？"

李响老实回答："两百。"

刘佳玲问："你知道这里的服务人员一晚上赚多少？"

李响像个小学生，说："不知道。"

刘佳玲说："这里的玛丽亚，小马知道的，一晚上赚了六万，有个老板跟她打赌，一杯酒六千，至少喝十杯，喝不到十杯她去百盛门口跳艳舞，白酒，用啤酒的杯子，她喝了十杯，拿走了六万，当天晚上去洗胃，在医院住了一个多月。"

李响听得很认真。

刘佳玲说："你以为这里是什么，浪漫天堂？你以为你一个月赚几千块已经很多了？你错了，六万块你要唱多少首歌，如果你只是为了赚钱，没有必要在这里唱。"

李响很真诚地说："谢谢您告诉我这些。"

在我们迷茫慌乱的成长过程中，如果能遇见一位睿智的长辈，偶尔真诚地指点一下迷津，那是一件多么幸运的事。

那个时候李响还不知道刘佳玲和鹰皇娱乐的关系，也不知道为什么她会对自己讲这样语重心长的一番话，但他听进去了。

那晚江伊敏给他打电话，问住外面还是住宿舍，李响说住宿舍。其实他在操场看台上坐了一夜。

他想了很多。小学时呼朋引伴占山为王统帅一方，初中时无知无畏组建香帅帮行侠仗义，暗恋遭遇挫折颓废堕落不堪回首，夜夜孤灯刻苦攻读终于学有所成，偶尔写些伤春悲秋的小文字，在足球场上做潇洒动作吸引女生注意，在酒吧唱歌故作冷酷吸引女观众喝彩。一次次和江伊敏去开房，激情消退后感觉到无尽空虚。

这就是我想要的生活吗？

我想成为一个怎样的人？

我该怎么办？

走得太快往往脚步轻浮，一不小心就把灵魂抛到无人问津的角落。反省是一面镜子，能够让人看清楚自己。

4

2001 年。

后来发动了伊拉克战争，曾经被一块饼干噎住的德州牛仔小布什同志就任美国总统。北京赢得 2008 年奥运会主办权，因此有了后来老谋子导演的史上最壮观开幕式。恐怖分子劫持的民航客机撞在了美国世贸中心和五角大楼上，世界从此进入反恐时代。中国男足首次获得世界杯出线权，米卢同志一夜之间成为偶像，从此每逢大赛便在国人面前高谈阔论。中国正式加入世界贸易组织。

那年春天，李响开了自己第一家房产中介门店。

那一夜脚踏实地仰望星空，李响又想起了高书记和黄旗胜回乡的场景。他对仕途没有任何兴趣，他选择从商。

李响确定了目标之后，感觉自己神清气爽动力十足。他不再给江伊敏买贵重的礼物，也不再和她出去开房，他要节约下每一分钱，作为启动资金。他晚上在鹰皇娱乐唱歌，不唱歌的时候去商场做促销，或是帮助商家派发广告单页。

江伊敏对此很有意见，觉得他不送礼物给她，也不花时间陪她，关键是两个人很长时间缺乏深度交流。那个周末的早上，她给李响打电话，说要去商场买衣服。李响说："好呀，那你去吧。"江伊敏说："你什么意思？你不陪我去？"李响说："我有工作要做。"江伊敏说："那你忙吧，以后也别来找我了。"李响说："你什么意思？"江伊敏说："我们分手吧。"然后就把电话挂了。

恋人之间的吵吵闹闹分分合合本来就是常事，何况都年轻气盛。后来也不知道是谁先联系了谁，两个人又和好。小别胜新婚，李响还是带她去开了房。事后，江伊敏幽怨地说，我发现你不爱我了。李响看着她，孤独感在心底蔓延。

后来又吵了一次，因为什么已经记不清了。缘分尽了，跟缘分来了一样，可能只是一个眼神、一句话，或一个不经意的动作。

李响原以为这一次跟以前一样，不过是闹别扭而已，他只徘徊了一个晚上，忧伤地抽了两支烟，便把精力全部放在工作当中。没想到几天以后，在校园里碰到江伊敏，她已经牵了别的男生的手。

伟大领袖毛主席说过，一切不以结婚为目的的谈恋爱都是耍流氓。两个人耍流氓耍了这么多次，怎么说不耍就不耍了？李响有点想不明白。在酒吧他想把自己灌醉，到后来却发现自己并没有想象得那么悲伤。

只是觉得孤独，铺天盖地席卷而来，一次次将自己淹没。

"天将降大任于斯人也，必先苦其心志"，李响以此来激励自己。

中介门店开业那天，李响放了一挂很长的鞭炮，他昂首站在门口，目眺远方，心里想，火已经点着，该一声一声地炸响起来了。

从事房地产行业，李响经过深思熟虑。最大的理论支持是中国的城市化进程在很长一段时间内将保持高速发展，直观的感受是城市里到处都在拆到处都在建，市场调研的结果是房产中介门槛低、投入少、上手快、盈利很丰厚。

出手狠一直是李响的特点。他以高出行业标准两成的薪水，一下子从别人家店里挖了四个经验丰富的业务员，又招了一些大学生发传单，扫楼找房源。一时间声势浩大，做得风生水起。现在回头去看，其实还是水涨船高，借了整个行业的大势。

事情当然不会这么简单。经过最初的红火之后，他发现成交量直线下降，后来竟入不敷出。他冥思苦想不得其解，后来还是在跟小马的聊天当中，无意间知道了真相。小马说，这些做销售的经常做私单，不看严点还真不行。说者无意听者有心，李响暗中调查了一番，果然发现了问题。那四个业务员自恃经验丰富，便欺负老板是新入行，竟联合起来做单，吞了大部分佣金。

李响一怒之下将四人全部辞掉，并要求他们吐出私吞的佣金，否则将追究法律责任。他也只是恐吓，那四人便将几笔已经被查实的中介费交了出来。

李响重新招聘，这次不再那么盲目挖人，而且更加注重应聘者的人品。他也增加在店里的时间，并深入业务一线，抓紧提升自己。

经过一番折腾与摸索，总算慢慢走上了正轨。

5

经过一个夏天的辛苦，大三开学的时候，李响的中介门店已经发展到了三家。在那个时候算是初具规模，在房源采集和信息交换上具有一定的优势。

一如既往，生活提升到一个平台之后，又进入了螺旋状态。

那年九月，杨语音出现了。

相遇太像琼瑶剧，让人都不好意思说出来。李响意气风发地骑着自行车，杨语音怀抱几本书走在校园。他很远就看见她，她一袭长裙娉娉婷婷。他似乎被灵魂附体，立即就失去了自控力。他骑着车直直地向她撞过去。

还好，最后一秒钟他刹车了。那辆新车制动性能不错，纵是如此，杨语音还是被惊到花容失色，书都掉落在地。

他赶紧下车，帮她拾书。

她站在那里，惊魂未定地看着他。

他把书递给她，一脸真诚地道歉，说："对不起，对不起。"

她说："我认识你，《穿过你的明媚我的忧伤》，才子李响，我是一匹来自北方的狼，摇滚李响。"

他尴尬地笑，说："年少轻狂，不足挂齿。"

她也笑了，说："追求者我碰到过很多，但像你这样骑着车直接往人身上撞的还是第一回，比较像一匹狼。"

他再次真诚地道歉，说："对不起，我不是故意的。"

她说："不是故意的，那就是有意的了？"

他没想到她会这么问，支支吾吾的，竟说不出话来。我们已经知道，面对心动的女生，李响同学通常都会变得羞涩内向忐忑不安言辞局促。事实上，李响第一眼看到杨语音，忽然想起了他的初恋，那个黄昏时怀抱一摞书靠在教室廊柱上的身影。

她把他的慌乱看在眼里，反而变得从容起来，说："你好，我叫杨语音。"

李响立即惊讶起来，说："原来是你，难怪刚才我……"

杨语音追问："刚才你怎么了？"

李响坦白从宽，说："刚才我远远地看见你，突然间像那个被至尊宝灵魂附体的武士，心里只有一个想法，我要过去，我要过去。"

杨语音看着他，说："我相信你，你的眼神看起来很真诚。"

她被加冕为校花，早就芳名远扬。他听过很多关于她的传说，都是如何美丽动人，如何魅力无限。宿舍里的小吴几乎每个星期都要提到她几遍，将追到一个她这样的女生作为自己的终极理想。他曾说："那帮老前辈们总是说我们80后没理想，屁，我们都是有远大理想的大好青年，我的理想就是娶一个杨语音那么漂亮的老婆。"

学校很大，有三个校区。校花通常也都很神秘。

李响一直到今天才遇见她。

遇见杨语音，是李响人生的又一次重大转折。他陷进去了，这让他自己都很意外。他已经不是当初那个懵懂少年，可是爱有如晴天霹雳，继而大雨倾盆，让他躲无可躲。

李响和江伊敏认识第二天，他们就去开房了。可是在杨语音面前，李响又回归成那个羞涩慌张的少年。认识好多天后，他还是连她的手都不敢碰。

他们就这样很柏拉图式交往了一段时间。有一天晚上，他们坐在操场看台上看月亮。杨语音随手一指，轻声说："你看，嫦娥。"李响抬头去看，她轻轻地吻了他。

李响很感动，一刹那想到了婚礼。他想娶她。

那个吻之后，他也终于牵了她的手，还是很紧张，出了好多汗。杨语音拿出纸巾给他擦手，说你怎么像个孩子一样。

李响说："因为我爱得太单纯。"

杨语音忽然说："你这样一个人，真是叫人疼惜，可惜相见恨晚。"

恋爱中的人耳朵是聋的。李响听到了相见恨晚，他以为她是在表示如果能早点遇见他那将会更美好。他没听到"可惜"这两个字。

李响的房产中介门店发展平稳，短时间他也没有再扩大规模的打算，日子又变得简单和幸福起来。除了偶尔听闻台风的报道，或者是下雨了忘记带伞，似乎没有任何烦恼。天高云淡，岁月悠长。

偶尔写一封情书。买设计淡雅的信纸，用华丽缠绵的辞藻，诉说一番浓稠的思念和莫名的担忧，然后期待一次美丽的约会。

他们一起去西塘旅游。那时西塘还没有现在这么商业，没有这么多酒吧，没有这么多商店，也没有现在这么熙熙攘攘。他们牵手走过烟雨长廊，在石皮弄留下串串清脆的笑声。那时候想，岁月就此停住，大概也没有什么不好。

十月，秋意渐浓。那晚下了一场小雨，湿了她的长裙。她那么楚楚动人，走进他的岁月漫长，走过他的短暂纯真。

现在想起来，这是一件多么悲伤的事。

有时候甚至会想，若从不曾遇见，也许反倒是一种幸运。拥有没那么美好，失去就不会那么刻骨铭心。

临河的房，雕花的床。佳人就在眼前，触手可及。

她为了缓解他的紧张，甚至跟他开玩笑说："你不用怕，我不会说你非礼的。"但他放弃了，古老的念头闪过脑海，他说："我要娶你，我要把最美好的留在洞房花烛夜。"他一脸诚恳，眼睛里闪动着纯真。

多古老的念头，多腐朽的思想。后来他将这事跟小吴提起，小吴说你真傻，现在都什么年代了，还有谁等到洞房，有妞堪上直须上，莫待无妞空上床。

可是，即使做了又如何？终究还是一场悲伤。

6

从西塘归来，第二天李响就接到一个恐吓电话。对方并不盛气凌人，也不骂人，但很冷，彻骨之寒，就像十二月一脚踩进冰水里。

对方说："我给你三天时间，把三家店都关了。"

李响问："你是谁？"

"叶巷，你可以叫我小叶哥。"

"你叫关就关，你以为我是被吓大的。"

"我从不吓人。"

李响还真不怕别人恐吓，当年是他去恐吓别人。他混街头的时候，曾一砖头拍得人家血流满面，也曾一酒瓶把人砸得缝了七针。当年他就是因为出手狠，年纪轻轻就扬名立万。大黄也是看中了他这一点。

叶巷也没有说谎，他从不吓唬人。

第一天，李响被砸了一家店。两个彪形大汉，一身黑色西装，墨镜，白手套，手握棒球棍。三五棒之后，店内一片狼藉。店长赵阿姨和实习生小孙哪里见过这架势，两个人吓得跟筛糠似的，小孙当场就放声大哭。两个大汉跳上接应的面包车扬长而去，留下一圈围观的群众叽叽喳喳。

李响接到消息后，立即报警，自己也打车赶过去。他到的时候，警察也到了。警察看了现场，拍了照片，问了群众，就打算回去了。李响说："你们也不问问我？"警察说："问你什么？等我们消息。"

第二天，李响又被砸了一家店。李响没想到自己报了警，对方还这么嚣张，而且专去砸他不在的那个店，看来对他的一举一动很清楚。

李响给所有店员放假一周，并给每人发了五百块的慰问金。

大家让他自己小心，说看来对方来头很大。李响笑笑说："我向你们保证，你们休假结束后，问题已经处理完了。"

第三天，李响一个人待在还没被砸的那家店里，恭候对方的大驾光临。

这次，叶巷来了。

叶巷很瘦，看起来很单薄，特别是双颊，像刀一样瘦削。因而整个人显得很凌厉，给人刀锋一样的感觉。

李响坐在办公桌后面，看着叶巷。

叶巷站在门口，看着李响。

两人暗战了一分钟，叶巷跨进了门。他的手下打算跟进去，他挥挥手，示意他们在外面等。他甚至还关上了门。

小叶哥在江湖上是个传奇人物。现在他已经不在江湖上走动，江湖依然有他的传说。传奇的人总会做一些奇怪的事，就像叶巷这次单刀赴会。

屋内发生了什么，没有人知道。这有些像李寻欢和上官金虹的决斗。没有人敢去推开那扇门，人们竖起耳朵，想听听里面的动静，然而却一无所获。

叶巷打开门，走了出来，随手又关上门。人群围成一个规则的弧形，与叶巷保持距离，静悄悄无人说话。叶巷一行人迅速跳上面包车，绝尘而去。

围观者开始议论纷纷，猜测是发生了凶杀。终于有胆大者，战战兢兢地推开了门，却看到李响安静地坐在办公桌后面。人们显然想不明白，仔细看了又看，希望能看出点异常，然而却一切平常。他们终于觉得无趣，慢慢散去。

关于这件事，西城有很多个解说版本。

有人说李响拿刀捅了叶巷，叶巷是负伤逃走。有人说叶巷拿刀捅了李响，李响是故作镇定。后来叶巷跟李响成了朋友，有人说是因为叶巷佩服李响的勇敢，有人说是李响想借助叶巷的势力。也有人问起过叶巷，说小叶哥那次你到底捅了他没有。叶巷只是笑了笑，什么都没有说。随着李响平步青云，逐渐地位显赫，已没有人敢在他面前重提这件事。

7

叶巷找李响麻烦，是受人所托。以他那时的江湖地位，自然也不会是拿人钱财替人消灾。托他之人于他有恩，早年他犯事的时候，那人曾帮助过他。

李响问："为什么？"

叶巷说："红颜祸水。"

叶巷说出来的事实很残酷。杨语音早已经被人包养，那人就是叶巷的恩人，一个房地产开发商。

即使她颔首，他都不敢牵她手，即使她躺在他面前，他都选择珍惜她的纯洁。可是，原来她一直是这样一个身份。

那一刻，李响觉得他这辈子再也不会爱上谁了。

他也再没见到过杨语音。那个人突然就从他的世界消失了，仿佛从不曾存在过一样。可是，她一袭长裙楚楚动人的画面依然清晰。他们执手看月轻轻一吻，仿佛就在昨天。

你一辈子会遇到很多人，可是能够让你心动的也就那么一两个。年轻时遇见，已经算是幸运。至少那时候还经得起折腾。

李响颓废了一个星期。此时颓废，与少年时已是大不同。那时是茫然无措慌不择路，现在则是一种调节与治愈。

在球场一个下午挥汗如雨累到虚脱，和小吴喝酒从凌晨到天明喝到相拥高歌。一个人坐在操场看日升月落看到黯然泪下。

那时候江伊敏跟新男友分手，辗转借他人之口，问他是否可以原谅她。其实无所谓谁原谅谁，他心想，只可惜你还是你，我已经不再是原来那个我。

李响下决心大干一场。这一次他将没有退路，甚至连停歇都不可以。他想迅速将公司规模扩大，但他没钱，只好去找刘佳玲。

那时候他还不知道刘佳玲的身份，但凭直觉，他知道这必定是个非常不凡的女人。他去问她，这个时候自己该怎么做。

刘佳玲不回答他的问题，却问他自己有什么想法。

李响说了自己的想法。刘佳玲说很多想法都很好，关键是看什么人去做，怎么去做，我支持你闯一闯。刘佳玲答应投资五十万。

李响心里一直有个疑问，他不知道刘佳玲为什么一直帮他。难道她是他失散多年的同父异母的姐姐，这样的故事也太瞎扯。刘佳玲的身份也很神秘，年纪轻轻，出手阔绰，而且人脉关系极广。

早已经过了藏不住好奇的年龄，李响当然不会问。只是在一次喝酒后，他旁敲侧击问小马，说刘姐好像很厉害的样子。小马说佳玲姐当然很厉害。李响说刘姐对我这么好，我真的谢谢她。小马说天上掉下个刘姐姐，你小子运气太好。李响说诚惶诚恐。小马说，但愿别一语成真。李响还想探听些什么，小马已转换了话题。

李响还曾去过刘佳玲的住处。那晚他去鹰皇娱乐找小马，两个人喝了点酒。后来刘佳玲出现，问他公司经营情况，简单聊了几句，刘佳玲说先回去。小马说天已经不早了，外面还在下雨，李响你送送佳玲姐。

刘佳玲没开车，两个人打车回。到了楼下，刘佳玲说身上都淋湿了，你上来喝杯热水。李响说不了，我直接回去了。刘佳玲说，姐让你上来你就上来，别跟姐客气。她的语音里有亲切，也有强制，不容人拒绝。

那一刻李响有些杂念，想到电影里男人送女人回家，女人邀请男人上去坐坐，之后总会发生点什么故事。只是想到而已，他并不希望有什么故事发生。

刘佳玲的住所很简朴，严重出乎李响的预设。一居室，装修简洁，一张床，一架钢琴，很多很多书。

她把沙发上的书挪开，为他整理出一个座位，示意他坐下。她给他倒了一杯热水，让他随意。然后她径自坐在地上去看书。

他安静地坐着，偶尔安静地喝一口水，尽量不打扰她。

时间便在安静中悄悄流逝。他突然发现，夜已经很深了，便起身告辞。她也不再挽留，说把门带上，路上注意安全。

她依然坐在地上看着书，不抬头，不送他。

8

那年冬天，西城响了一串鞭炮，天下大同房产公司开业。这在李响的创业史上，又是一个里程碑式的事件。

房产中介公司逐步走上正轨，规模也扩大到近二十家，张云天慢慢脱颖而出，展现其在管理与决策上的能力，李响也敢于放手，将公司日常事务都交与他来负责。瓶颈出现之后，李响思索了很久，决定向新房领域进军。

他去征询刘佳玲的意见。他说相对于新房市场来讲，二手房市场简直可以称为残羹冷炙，一手市场吃了鱼肉，二手市场只能喝汤。他说为了让公司能有长足发展，必须扩大经营范围，介入新房市场。

刘佳玲表示同意。

代理公司成立后，李响亲自上前线，新项目一家一家跑，项目负责人一个一个找，跑了半个月却一无所获。虽然他在西城二手房市场已有一定知名度，但财大气粗的开发商根本不把他放在眼里。大多数项目他只能见到销售经理级别，层级再高的领导见都见不到。

李响也跑过一地集团的一个项目。他现在还记得，那个姓高的销售经理趾高气扬，说我们一地的项目还需要找代理吗，即使要找也不会找你们这些三脚猫的公司。李响当时就想扁他一顿，好不容易才忍住。后来这位老兄因为拿供应商好处被一地开除，跑到理想集团应聘，见到李响后那叫一个羞愧。李响告诉他，做事先做人。

后来找到一个叫温馨花园的楼盘。项目体量不大，而且已经是销售中期，因为销售进度太慢，前一家代理公司被炒掉，有点知名度的公司不愿接，正好李响找上门，开发商抱着试试看的态度，只跟他签了三个月的合同。

前一家代理公司的项目定位是"城里太贵，这里也是家"，主要针对低收入人群推广。李响调研后发现，项目位置偏僻，公交车都还没开通，虽然价格较低，但无法满足中低收入者的基本配套要求。经过几番论证后，他决定棋走险招，定位改为"城里太吵，这里也是家"，只是一字之差，却把离尘不离城的诉求充分传递出来。主要推广人群也定位为有钱有闲、追求宁静生活的这部分群体。同时他充分利用中介门店的客户资源，通过电话营销等方式主动出击，取得非常好的效果。所剩房源两个月全部售罄。因为资金回笼及时，根据当初的约定，开发商还发了一笔奖金。

现在中介门店做新房销售已经成为常态，甚至渠道营销都有点泛滥成灾，那个时候这种内外场结合的打法还比较新颖，效果也特别明显。

温馨花园这一仗打得很漂亮，天下大同在西城房产界赢得了一些尊重。但也正因为这一仗太漂亮，李响颇有些轻敌，很快就摔了一跤。

9

温馨花园销售基本结束后，团队主要负责一些签约后的按揭追款等工作。李响打算先休息一段时间，因此也没太急着去找新项目。有一些小项目销售出现了困难，主动找上门，李响都没有轻易接盘。

玉兰山庄是西城很著名的楼盘，定位高端，产品为联排和独栋别墅，广告做得铺天盖地，西城几乎无人不知。当玉兰山庄主管销售的张副总坐在李响对面时，李响彻底心动了，不仅心动，而且热血沸腾。

他一直在等这样一个机会。

在江湖，成名最快的捷径就是挑战最知名的高手，如果你能打败西门吹雪，还会有人不认识你吗？做房产代理，提升知名度最好的方法，便是跟着一个知名度很高的开发商，做成一个知名度很高的项目。冯仑同志也曾经说过，学先进，傍大款。

张副总提出来的销售代理政策，同样让李响血脉偾张。虽然他心里已经下定决心，为了不表现得那么急切，还是说等开会研究后再给答复。

会议上，市场部经理说有难度但也不是不可以做，销售部经理说可以做但是难度很大。张云天表示反对，一方面，甲方在广告上投入巨资，信息传递已经非常充分，如果市场有这个消化能力，早就卖掉了；另一方面，也是最重要的一点，甲方提出的对赌协议太苛刻，对公司来讲风险太大。

对赌协议是这样的：乙方（代理方）确保两个月内回笼销售资金两个亿，如能完成则代理佣金在原有基础上增加百分之二十，如逾期不能完成，则罚收乙方一百万保证金。

玉兰山庄的张副总当时这样解释，我们设立这一条，一是对你们的销售能力很有信心；二是为了对你们的销售有个激励；三嘛，当然了，我们的资金链现在确实有点紧张。

李响说，我们应该看到，这对于我们来说，是一个绝佳的机会，如果这个项目能够做成，将会确立我们在西城房产界的地位。

张云天说："两个月销售两个亿是不可能完成的任务。"

李响说："对于一个销售公司来说，没有什么是不可能完成的任务。"

张云天说："一百万保证金对公司来讲，事关生死存亡。"

李响说："我们应该有置之死地而后生的决绝与勇气，也唯有这样，我们才能完成看似不可能完成的任务。"

张云天说："你可以做决定，但我坚决反对。"

李响拍桌子，说："我决定了，接。"然后他强调，一切争论留在会议室，走出这个房间，我们只有一个声音，坚决完成任务。

很不幸，这一次李响错了。

太急迫地想做成一件事，往往适得其反。因为急切，忽略了很多客观限制，勇敢便变成了鲁莽。

两个月过去，销售额一个亿都不到，一百万保证金被罚收。

现在回头去说这件事，李响已经很淡然，但在当时却是很痛苦的煎熬。据张云天说，那两个月李响心力交瘁，瘦了将近十斤，头发都白了不少，撤场之后立即病倒，在医院打了一个星期点滴。

但凡在事业上取得一定成就者，都或多或少经历过挫折与失败。残酷之处在于，当你最终取得成功时，那些挫折与失败都是人生辉煌的点缀，如果你最终一事无成，这些挫折与失败则是一张张耻辱的标签。

江湖传言，俞敏洪在电线杆上贴过小广告，江南春在火车站派发过传单，贴小广告和发传单的人何止千万，但俞敏洪和江南春只有一个。

谁说不以成败论英雄。

10

李响坐在地上，靠着窗台，翻看海德格尔的《诗意的栖居》，偶尔停下来，闭上眼睛想一想，偶尔微笑。

刘佳玲也在看书，杜拉斯的《抵挡太平洋的堤坝》。她穿朴素的家居服，光着脚，盘坐在沙发上。

笔记本电脑在播放音乐，声音很轻。"想逃离你布下的陷阱，却陷入了另一个困境，我没有决定输赢的勇气，也没有逃脱的幸运。"《棋子》，王菲作品。刘佳玲每次听歌，都是一首歌曲无限循环。

歌曲有点伤感，王菲的声音也很疏离。但在李响的记忆里，那个下午很温暖，空气中弥漫着宁静与温馨的味道。

一整个下午，在一首歌的婉转缠绵中过去。傍晚，刘佳玲去熬粥。李响上网处理邮件，浏览新闻。

晚饭很简单，小米粥加一碟萝卜干。李响一时竟记不起，自己还是什么时候吃过这样朴素的一顿饭。也许要追溯到读小学。突然间，竟有点想家。

你们很早离开家乡，一个人在遥远的城市打拼，总有某一个瞬间你会很脆弱，回想起家的安逸与温暖。

孤独一直在我们心底，只是偶尔才跳出来。

李响去洗碗筷。

刘佳玲在电脑上玩棋牌游戏。她的中国象棋水平不错，一连赢了几局。李响收拾好后，就坐在身后看她下棋。

刘佳玲去看书。李响看了会体育新闻，坐在电脑前发呆，然后玩了两局斗地主，运气不错，抓了一副好牌。

王菲还在唱。刘佳玲盘坐在沙发上看书。李响坐在地上靠着窗台看书。

大概十一点多，李响告辞。

刘佳玲送他到门口，说路还很长，不用太急。她给他一个拥抱，用手轻轻拍了拍他的肩膀。他们挥手告别。

那是李响第二次去刘佳玲的住处，也是最后一次。两个人几乎都没说话。在李响的记忆里，那是最美好的一个下午。

他代理玉兰山庄，对赌惨败，公司陷入困境，自己也大病一场。她让他过来坐坐。他原以为她会给他指点，她却什么都没有说。他们第一次相遇，她言辞尖刻，步步紧逼，不给他留一点余地。这一次，她只是给他煮了一碗粥。

他想，她是要放手让他自己去经历。努力、骄傲、失败、挣扎、崛起，她看着他跌倒，也相信他能够重新崛起。

他也相信，自己不会让她失望。

11

李响痛定思痛，深刻反省，并向张云天同志表示了诚恳的歉意。张云天也很大度，说因为我相信你，我才据理力争说得那么直接，事情既然已经过去，咱就二次创业重新开始吧。李响使劲拍了拍他的肩膀。

二次创业往往比第一次创业显得更悲壮，因为之所以有第二次，大多是第一次已经光荣牺牲。当然，二次创业比第一次创业要稍微那么容易点，毕竟已经有了历练，有了第一次失败的教训与成功的经验。

小马同志雪中送炭，给李响介绍了一个项目，一地集团的一个住宅盘。项目很大，分三期开发，商务条件也很优越，甚至愿意提前预付一笔启动资金。天上当然不会无缘无故掉馅饼，小马当然也没有那么大能量，刘佳玲还是暗暗地帮了他一把。

也是从这个项目开始，李响有幸认识了一地集团董事长蒋天宇，并一直合作了较长时间。蒋天宇给了他很多帮助，最重要的是战略高度上的指引，他也直接促成李响从代理领域介入开发领域。李响成立了理想集团后，开发的第一块地便是一地集团转让给他的。可以这么说，没有蒋天宇，李响也不可能走得这么快，站得这么高。

　　事实上，大多数成功者都不太愿意详细讲述自己成功的经历，他们反而更愿意说起自己的挫折与苦难，而将关于成功的那部分一笔带过。

第六章　千金

1

黄昏，一场急雨之后。李响一个人在陵园，站在蒋天宇的墓前，回忆突然来袭，漫山遍野。他想起自己一路的辛苦与孤独。那些快乐与悲伤，现在回望过去，都是淡淡的惆怅。他想，多年以后，我们再来看今天，究竟是自豪多一些，还是遗憾多一些。

暮色渐深，李响离开陵园，驱车返城。

张云天打来电话，说与刘行长已经约好，晚上在薛家宴吃饭。李响实在不想去，宴请这些官方人士，每次都得赔着笑脸，花费心思准备礼物，吃饭唱歌再安排小姐，一套流程下来比三次商务谈判还累。可是事关几个亿的贷款，他又不能不去。

刘行长一把年纪，头发梳得油光闪亮，苍蝇落在上面都会摔断两条腿。黄段子更是一个接着一个，一副不把你染黄了他绝不甘心的样子。

张云天发现李响情绪不高，便竭尽所能调动酒桌气氛，甚至跟刘行长进行了一场文学大赛，比谁的黄段子更多更精彩。张云天原本是个严肃得略显木讷的人，在商场多年摸爬滚打之后，也终于练就一身过硬本领，什么段子都敢讲，什么小姐都敢上，什么枪眼都敢堵，堪称钢铁是怎样炼成的最佳案例。

刘行长喝酒是太平洋的量，要跟李响拼酒，被张云天接了过去。张云天说李总最近胃不舒服，医生说了，不能喝酒，实在是遗憾，只好由我代李总敬您。

刘行长说，今天看来是兵不牺牲，将不出马，李总面子够大。

李响二话不说，先干为敬，然后解释说，张副总说的是事实，医生不让我喝酒，但今天刘行长在，不能喝也得喝。说完，又连干两杯。

刘行长见他这么爽快，倒也不再强求，说："喝酒喝的是交情，李总已经给了这个面子，就少喝点吧，身体重要，要是真喝多了，只怕叶区长也会怪罪我。"

张云天立即接上去，说："叶大小姐很不喜欢李总喝酒呢，但是人在商场也没办法，喝茶喝不出感情嘛，为了世界和平，下面还是由我敬您两杯。"

席间，收到小唐的短信，说是终于下了决心，决定辞职考研。中心思想之外，又说了一些诸如感谢培养之类的客套话。

李响给她回了短信，说："学校谈恋爱不靠谱，毕业就成了剩女，你又何苦增加社会负担？"算是表示了挽留的意思。

小唐姑娘去意已决，说为了追寻儿时的梦想，为了实现远大的理想，更为了学成归来报效理想集团，因此明天就会递交辞职信。

李响回短信，说："若读书太苦，教授太坏，欢迎回来。"

刘行长看见李响在发短信，便打趣道："我们的手机一天到晚都不响一声，还是李总年轻帅气，忙呀。"

李响情绪更加低落，却还是勉强挤出一点笑意，胡乱扯了几句。

吃完饭，张云天安排去唱歌。刘行长挽着李响的胳膊，说："李总工作繁忙，更应该放松放松。"李响寻思着怎么找个借口，恰好来了一条短信，便说："叶大小姐去香港旅游，今天回来，我得去接机，实在抱歉，下次一定补上。"

刘行长笑说："美人归来，李总回家放松也好，令人羡慕呀。"

城市，华灯初上。一切看起来美丽而迷离。一辆车呼啸而过，卷起一片灰尘。路人骂道，赶死去呀！

一眼望去，每个人都行色匆匆。

2

西城的机场很小，航班也不多，最远只飞到东南亚。据说原来是军用机场，后来转为民用。那时候周边几个城市都在申建机场，西城算是抄了近道。

夜已经很深，接机的人并不多，大厅显得有点冷清。出口告示牌上显示某某航班因为晚点延迟到子夜一点抵达。李响微微有些困意，便在大厅里缓慢地走动，来来回回走了几趟，又觉得有些累，便在长椅上坐下来。

他觉得无聊。当年为了等杨语音吃饭，他可以站在女生宿舍楼下半个小时，有一次甚至是下着小雨，他也心甘情愿地站在那里。关于等待，终究是越来越没有耐心了。或许是习惯了快节奏，或许是已不觉得有什么是值得一直等的。

两个女生站在出口一侧，看起来还很年轻，大概是在校学生。其中一个问："你们视频过吗?"另一个说："他上网大都在公司，不方便视频，给我传过照片，很帅，长得有点像金城武，是我喜欢的类型。"前一个说："你运气真好。"

一个少年坐在长椅上，穿宽大的 T 恤，韩式宽松的裤子，染一头黄发，戴着耳麦，似乎已经睡着。

两个中年男子一直站在出口处，不停向里面张望，手里把玩着一串钥匙，大概是准备揽客的出租车司机。

两个女生说了什么悄悄话，然后轻声笑。一个红了脸，作势去打另一个。一个笑着避开，又说了一句什么。两个人更大声地笑起来。

带耳麦的少年还是没有醒，或者根本就没睡，只是不想搭理这个世界。

出租车司机看了看告示牌，两个人交谈了几句，其中一个终于也失去了耐心，嘴里嘟囔着什么，一摇一晃地走了。

一个男子捧着一束鲜花，急急忙忙地赶过来，差点撞在出租车司机的身上。他看了告示牌，知道晚点，便安心下来，伸手擦了擦额头上的汗。

李响这时才想起，自己忘了买花。他忽然想到了一个恶作剧，于是便笑起来。这个世界很无聊，总得自己找点乐趣。

他走到那个男子的身边，问他："在等人?"

那个男子点头。

他问："等女朋友?"

那个男子再点头。

他问："这束花多少钱？"

那个男子说："八十八，在人民路上买的。"

李响说："我也是来接人的，女朋友从香港回来，我晚上处理了点事情，赶得太急，没来得及买花，我出八百八，你花卖给我，怎么样？"

那个男子犹豫了几秒钟，说："好。"

男子空着手站在出口处等。李响抱着花坐在长椅上看。广播里甜美的声音说，某某航班到了。大概十分钟之后，一批乘客从通道出来。一个背包女子蹦蹦跳跳跑到那男子面前，两个人拥抱。两人分开后，女子问："你就没给我准备点啥小礼物？"男子说："晚上加班时间太紧忘记买了，回去一定补上。"女子踮起脚尖在他脸颊上亲了一口。

这批乘客散去，大厅里更加冷清。那两个女学生也已经走了。带耳麦的少年依旧坐在长椅上，不知是等人，还是离家出走。

3

李响怀抱鲜花，站在通道出口，看着叶扶桑向自己走过来。他跟她之间，始终有一种陌生感。那种骨子里生成的东西，再故意亲密，也消灭不了。

她相貌普通，不难看也绝不惊艳。她读的大学普通，算是211院校，但排名绝对进不了前二十。她爱好也很普通，喜欢逛街购物，喜欢看韩剧。但她一直趾高气扬，甚至飞扬跋扈。她父亲是叶区长。

李响微笑，把手里的花递过去。叶扶桑接过花，看似心情不错，也踮起脚尖，在李响的脸颊上亲了一口。李响有些受宠若惊，一刹那竟也生出一丝甜蜜。

叶扶桑抱着鲜花走在前面，李响拖着拉杆箱跟在后面。李响小声问："在香港玩得不错吧。"

叶扶桑说："我买了不少东西，也给你买了礼物。"

李响问："你打算回哪儿？"

叶扶桑说："都这么晚了，去你别墅吧，再说，这些天没见，我也想你了。"

她突然的亲密，反倒让他不太适应。

别墅临湖而建，装修豪华，价格不菲，但他们一年也住不了几天。平时就秦妈一个人在，负责维护清洁。

叶扶桑先去洗澡，李响坐在沙发上看书。朱天文的小说集，随手翻看了几页。叶扶桑洗好，穿上睡衣出来。李响放下书，进去冲了个热水澡。打开卫生间的门，便闻到淡雅的香水味道。

卧室灯光已经被调暗，粉红色诱惑而温馨，音响放着轻音乐，节奏舒缓娓娓道来。叶扶桑从门后闪现在他眼前。她已经换了一身情趣内衣，神情迷离，眼神魅惑。李响颇感意外，他也不掩饰自己的诧异，他想这应该是叶扶桑希望看到的效果。

那一夜，叶扶桑风情万种。

4

李响与叶扶桑的相识，说起来一点都不浪漫。

媒人就是叶区长的秘书刘子山。那时候李响和刘子山已经很熟。一次酒足饭饱之后，刘子山问李响有没有成家，李响说还没有。刘子山说那一定有女朋友了吧，李响说也没有。刘子山大呼暴殄天物浪费资源。李响说他工作太忙实在没有什么机会接触到女孩子。刘子山说怕是你眼光太高太过挑剔。李响说其实他要求很低，只要是一女的就行。刘子山说站在为社会和谐做点贡献的高度上，他一定要给李响牵个红线。

刘子山把叶扶桑介绍给李响，说咱叶区长家这千金，琴棋书画样样精通，善良贤惠、大方得体、温柔体贴等，凡是赞美伟大女性的词汇放在叶家大小姐身上都不为过，总而言之，天上没有，人间就一个。

李响倒是被说动了心，多少有了些好奇，说那就见见吧，可是也不能相亲呀，那太尴尬了，也太俗了。

刘子山说那咱就设计设计吧。于是刘子山就设计了几个他们相遇的情节。比如一起去图书馆两个人的手同时伸向《玉女心经》，突然下雨她狼狈不堪他撑着一把小伞出现，她钱包被偷他英雄救美当场拦住小偷痛打一顿。

李响说叔叔你琼瑶剧看多了，生活哪有这么多浪漫，你说的这些情节早已经 OUT 了，现在电影的情节已经变成了这样，女的弯腰捡钱包，胸前春光一片，男的忍不住看一眼，女的啪的一耳光，然后就认识了，更干脆的就是在酒吧，男的问 ONS 不，女的说去哪里。

刘子山问他 ONS 是什么意思，李响解释给他听。刘子山大呼世风日下人心不古，然后叹息一声，说自己没赶上好时代。

两个人商量来商量去，最后决定采用刘子山的设计。他女儿过生日时，请李响和叶扶桑吃饭，再叫上几个人，这样既能达到认识的目的，也不那么明目张胆。李响当时开玩笑说："万一我没看上叶大小姐，令千金却看上了我，岂不是大麻烦了。"

刘子山说："小女小学刚毕业，目前只喜欢周杰伦。"

那天，李响自己开车去酒店，刚把车停好，有个姑娘敲他车窗。原来姑娘平时很少开车，自己怎么停也停不好，请他帮忙停下车。李响帮她停好车，姑娘连声道谢。两个人一起进酒店，一起进了二楼凯迪拉克包厢，才发现彼此都是刘秘书的客人。那姑娘自然就是叶扶桑叶大小姐。后来刘子山一直感叹，生活是最伟大的编剧。

有教养，懂礼貌，这是李响对叶扶桑的最初印象。第一次约会是李响主动，当时张学友来西城，他打电话给她，说有两张演唱会的票。她答应了。后来他才知道，其实她也有票，别人送给她爸爸的。

后来就慢慢开始交往起来。他约她喝咖啡，她约他看电影。两个人一起去了厦门、三亚、泰国，玩得酣畅淋漓。

在三亚的海边，他牵了她的手。那晚他们住在一起，一切顺其自然。

恋人关系确立后，李响去她家见了家长。她父母对他很满意，特别是叶母，果真是丈母娘看女婿，越看越顺眼。

不知道从什么时候开始，她渐渐显露出她的官家小姐脾气，很多观念格格不入，很多细节相差太多，也曾争吵过，像很多情侣那样。她闹，他劝；她哭，他哄。也有个别时候，她会撒娇，哄哄他，让他觉得她也有可爱之处。

后来，又是没有征兆，两个人的关系过渡到另一个阶段。他们开始相敬如宾，彼此给对方足够的自由，同时也越来越陌生。

自始至终，谁也没有说过爱。

也许是过了说爱的年龄，因此羞于启口。也许是彼此心里都很清楚，相伴才是真相，相爱是一种奢望。

5

李响醒来时，叶扶桑已经醒了。

叶扶桑趴在床上，认真地看着李响。她这架势把李响吓了一跳，说："干吗这么看着我，不会是想谋杀亲夫吧。"

叶扶桑却亲了他一口，说："李响，我们结婚吧。"

李响笑了，说："好呀。"

叶扶桑说："别嬉皮笑脸，我是认真的。"

李响说："我也是认真的。"

叶扶桑说："我父母你是见过了，你父母我还没见着呢，这父母之命媒妁之言的传统，咱们还得尊重一下，你看什么时候我拜见一下你的父母？"

李响说："其实我早就想把他们接到城里来住，他们说不习惯，还是在老家乡里乡亲的亲切自在。现在我要大婚了嘛，当然把他们都接过来，先住一段时间。"

叶扶桑突然用一种很奇怪的语调问："李响，你会对我好吗？"

李响看着她，认真地点点头，说："我会对你好。"

叶扶桑扑到李响怀里，死死地抱着他，说："我是决心想跟你过，你可别骗我。"

李响揉揉她的头发，说："不会，不会，你放心好了，宁可我骗天下人，也不能骗你叶大小姐。"

叶扶桑竟傻傻地追问："你对我好不是因为我爸爸是区长吧？"

李响笑了，说："我对你好就是对你好，跟你爸爸是谁没关系，而且我想让你知道，我对你的承诺足够真诚，足够坚定。"

叶扶桑说："你这么说，我就放心了。"

李响说："你今天表现得有点特别呀，很少见你这么脆弱，这个词不好，换个说法，很少见你这么温柔。"

叶扶桑掩饰道："有吗？我一向很温柔的。"

李响说："好吧，叶大小姐一向温柔，你再睡会儿吧，我先起床去公司了。"

叶扶桑说："不，你陪我再睡会儿。"

李响说："泰山大人上次跟我说了，男子汉大丈夫当以事业为重。"

叶扶桑说："那，好吧。"她忽然想起什么，又说："忘了跟你讲一声，我有个朋友想来西城发展，今天就到，托我帮她介绍份工作，你看你们公司有没有合适的位置。"

李响问："男的女的？"

叶扶桑说："你怎么一下子就关心男的女的呀？"

李响问："那么，老的少的？"

叶扶桑说："刚毕业。"

李响做思考状，说："哦。"

叶扶桑说："女的，还是个美女。"

李响做惊讶状，说："哦！"

叶扶桑问："有合适的职位吗？"

李响说："做我秘书吧，刚好小唐辞职了。"

下午三点多，李响接到叶扶桑的电话，说她朋友已经到了，晚上一起吃饭，先认识一下。时间六点，地点就在刘家煲。

下午四点，李响接到蒋晓龙的电话，说他老爸跟他讲了，安排他来李响的公司学习，因此他打算晚上请李响吃饭，先拜拜李总的码头。

李响说："叶扶桑已经约了吃饭，要不就大家一起。"

蒋晓龙说："你两口子吃饭，我这电灯泡也太亮了吧。"

李响说："还有别人，很可能是新同事，你既然屈尊来我们公司，提前认识一下也没什么不好，据说是个美女。"

蒋晓龙说："那你还是先向嫂子打个报告，问问她的意见。"

李响打电话问叶扶桑。叶大小姐说好，人多热闹。于是就这样定了下来。

下午五点五十分，李响接到蒋晓龙的电话，说他已经到了，在楼下等。李响说："你这么准时，到底是想向我这个老板献股勤，还是因为我说了有美女。"

蒋晓龙说："绝不厚一个薄一个，既向老板献股勤，也向美女献股勤。"

李响下楼，远远就看见蒋晓龙那辆红色小宝马停在路旁，很是醒目。蒋晓龙说："你就别开车了，今天我当司机。"

李响说："我还得开车，一会得送你嫂子回家。"

两人到了刘家煲，叶扶桑还没到。李响正准备打电话去问，叶扶桑的电话到了。叶扶桑说她们在逛街，稍微晚点，让他们再等会儿。李响说："我等你没关系，你让我等一个下属太久不太好，况且蒋家大公子在。"

叶扶桑说："好啦，别啰唆了，一会儿就到。"

李响挂了电话，向蒋晓龙摇摇头，摊摊手。

蒋晓龙说："对待女人不能太温柔，一定要强势，现在女人都很嚣张，而我们作为先富起来的那部分人，一定要带头打击女人的嚣张气焰，这也是为那些长期受压迫受屈辱的男同胞们伸张正义。"

李响说："女人这么嚣张，你们富二代也脱不了干系，你们如果不给她宝马坐，她想在宝马里哭都没机会。"

蒋晓龙说："误解，纯属误解，整天包二奶找女大学生的，要么是暴发户，要么是诈骗犯，咱们富二代都是有理想、有素质、讲道德、讲文明的大好青年。对于那些贪图物质、爱慕虚荣的女人，我的宝马也只能让她坐在里面哭；如果我真喜欢她，一定骑单车带她去郊游，给她买一块五一根的棒棒糖。"

李响说："你这番话改变了我对富二代的印象，人们一直以为你们只知道炫富飙车泡马子，虽然不做什么坏事，基本也不干什么正事。"

蒋晓龙说："富二代里面当然也有人渣，但是人渣哪里都有。"

说话间手机铃声响了，张云天打来的。李响一边接电话，一边就出了包厢，找到一处安静的角落。张云天简单地汇报了一项工作，然后说贷款基本上已经确定，问他打算给刘行长准备什么级别的礼物。

打完电话回到包厢，看见叶扶桑已经在座。李响四下看看，说还有一个人呢。叶扶桑说去洗手间了。

蒋晓龙对着李响做了个很惊讶的表情，小声说："果然是个美女，大大的大美女。"

叶扶桑问："你是不是很期待？"

李响摇头，说："在我还没见到美女之前，我先郑重声明，在理想集团，禁止员工之间谈恋爱。"

"都什么年代了，谁还谈恋爱呀。"一个女声说。

说话这个人，竟然是林诗涵。

6

你总会遇到一些出乎意料的事，好的，或者坏的。更多时候，你遭遇了，但并不知道这场遭遇战的胜负。比如，你遇见一个人，你不会知道是一场缠绵，还是一场伤害。

如果说林诗涵第一次出现，李响还相信那是一场偶然，那么这一次，他坚决不会再信了。当然，他也不会说破。

林诗涵也没有任何重逢的意思，甚至连一点惊讶都没有，而是伸出手来，微笑着说："李总，以后请多关照。"

李响却不与她握手，而是随手拿起桌上的纸巾递过去，说："你去跟服务员讲一下，把纸巾全部撤掉，换手帕。另外，把啤酒撤掉，换红酒。"

林诗涵顺势接过纸巾，出门去找服务员。

叶扶桑把一切看在眼里，待林诗涵出门后，才小声说："李总，第一次见面，不用表现得这么威严吧。"

蒋晓龙附和道："就是，李总一点都不怜香惜玉。"

李响说："既然要进公司，就得遵守公司的规矩，特别是与领导有点关系的，如果一开始就嘻嘻哈哈，后面还怎么管理？"

蒋晓龙说："李总这话有点指桑骂槐呀。"

李响说："你跟她不同，你是来考察，她是来工作，这有本质的区别，对待领导考察，我们一般要陪酒赔笑陪玩，对待下属我们应该严格要求督促成长。"

说话间，林诗涵已经推门进来，安静地坐在一边，等李响说完，才汇报说："李总，已经都跟服务员交代清楚了。"

李响点头。

叶扶桑笑了，说："诗涵，别看李总这么严肃，其实他人很随和，他们公司的企业文化就是平等合作。"

林诗涵说："以后还请李总多多指导。"

李响点头，不说话。

蒋晓龙说："林姑娘你放心好了，李总不指导你，我也会指导你的，虽然我没有李总那么多实战经验，但这两年管理培训班倒是上了不少。"

林诗涵说："谢谢晓龙哥。"

叶扶桑赶紧拦住，说："诗涵你可得端住了，晓龙是富二代，立志让天下美女坐在他的宝马里哭，你可别轻易上当。"

蒋晓龙向李响抱怨，说："李总，你看你看，嫂子把我说得跟灰太狼似的，好像我整天想着捉羊吃，其实我是一挺高尚的人，只是意志没那么坚定，容易在糖衣炮弹面前投降，谁让现在糖衣炮弹这么多呢。"

李响说："连你都标榜自己高尚了，那我是不是该去天安门广场立块碑。再说了，你一直走玩世路线，这标榜高尚好像不是你的作风嘛。"

叶扶桑说："看来还是诗涵有魅力。"

林诗涵微笑，不说话。

李响说："这倒也不是坏事，如果白晶晶收了孙猴子，至尊宝也就不会去祸害紫霞姑娘了。"

林诗涵忽然说："李总，我第一天报到，您就要给下属做媒吗？"她此话一出，空气立即紧张起来，然而她话锋一转，又笑道："其实我不喜欢《大话西游》，我喜欢《东邪西毒》。"

蒋晓龙说："林姑娘也喜欢看金庸？"

李响说："王家卫的梦呓果然是让很多人都中了毒。"

那顿饭吃了三个多小时。席间，蒋晓龙一直表现活跃，喝了不少酒，也敬了林诗涵几次，似乎颇有点兴奋。林诗涵话不多，总体上低调，有礼貌。李响心里有事，便沉默了许多，并暗中观察林诗涵的反应。叶扶桑似乎兴致不错，一直笑容满面，也喝了好几杯酒。

服务员小杨看着他们，多少有点羡慕，都是俊男靓女，穿着时尚，谈论的话题好多她都不懂，他们说买只包都要两万多块，而她一年的收入还不到两万。

其实，他们各怀心事，未必比她更快乐。

蒋晓龙把杯子里的酒一饮而尽，感叹说："真是意犹未尽，要不我们去唱歌，或者，或者我们飙车去。"

李响摇摇头，说："谁刚刚说自己高尚来着？"

蒋晓龙说："兄弟我技术好。"

叶扶桑说："算了吧，古语云，河里淹死的都是会水的。"

蒋晓龙看向林诗涵，说："他们夫唱妇随，欺负我一个人，林姑娘你一定要不畏强权行侠仗义锄强扶弱帮助弱小。"

林诗涵笑道："我这人胆小，看见光头就害怕，看见文身就逃跑，更别说不畏强权了。"

蒋晓龙说："其实这种天气很适合飙车，那种速度带来的快感简直无与伦比，没有体验过的话，绝对是一种遗憾。"

李响总结说："蒋晓龙追女生有个三段论，一装高尚，掩盖自己的狼子野心；二装柔弱，激发女生的母性保护欲；三就是装酷，每个女生灵魂里都住着一个动荡不安的浪子，所以这最后一招通常很有效。"

蒋晓龙说："别说得你好像很了解我似的，那些一眼看过去很有道理的话其实都是瞎扯，每个女生灵魂里都住着一个浪子，屁，难道嫂子灵魂里也住着一个？"

叶扶桑尴尬地笑。

李响不语，也不做任何反应。

林诗涵接过话来说："听叶姐说，李总当年也很有浪子风范呢，叶姐心里住着的那个浪子自然就是李总了。"

叶扶桑说："时候不早了，大家散了吧。"

蒋晓龙说："这也太早了吧，夜生活才刚开始呢，咱们再安排点什么活动？"

李响问："你什么时候到公司报到？"

蒋晓龙说："明天。"

李响说："那你还是回家睡觉吧，记住了，明天别迟到，迟到十分钟罚五十块，迟到半小时以上，扣罚一天工资。"

蒋晓龙说："我爸收缴了我全部银行卡，现在我连加油的钱都没了，就等着李总的工资过日子呢，我还是乖乖回家睡觉吧。"

李响结了账，一行人往外走。

蒋晓龙问："林姑娘住哪里，要不我开车送送她。"

叶扶桑说："你也别太殷勤，别把人家姑娘吓坏了，她暂时住我那里，就不麻烦你蒋家大公子亲自充当司机了。"

蒋晓龙故意叹了口气，说："还是嫂子仗义。"他发动自己那辆红色小宝马，朝大家挥挥手，一踩油门，绝尘而去。路边骑电动车的大婶被吓了一跳，小声骂了句什么。

叶扶桑说："我们也回去吧。"

李响说："好，我先送你们。"

叶扶桑说："先送我们，什么意思？诗涵刚来西城，房子还没找好，暂时先住我们那里，反正别墅地方大，房间空着也是空着，诗涵住过去我也多个伴？"

李响说："你说她住你那儿，我还以为先住你们家呢。"

在他心里，他与她之间终究还是没有那么亲密。所以潜意识里，并不以为她所说的家，是指他们两个人的家。

林诗涵说："如果李总觉得不方便，我可以先住宾馆。"

李响连忙说："我没问题，如果你不觉得不方便的话，一切 OK。"

叶扶桑说："上车再说吧，逛了一天，都快累死了。"

7

车穿城而过，开往城郊。

城里车水马龙人潮汹涌，高楼大厦林立，灯火辉煌霓虹闪烁。城外冷清如古墓，没有行人，偶尔一两辆车疾驰而过，连路灯都昏暗而落寞。

那些原本生活在城外的人，正昼夜拼搏，不惜抛家弃子，牺牲健康，就为了有朝一日能在城里立足。那些已经享尽城内繁华的人，在每个夜晚弃城而去，寻求一片安静之处。

人生，充满了这样的向往、追求与逃离。

李响忽然想起一封邮件。寄信人牧童，她是他的大学同学，在学校时几乎不怎么说话，后来却一直写邮件，联系了很多年。她谈到她与 K 的友谊，冬天寒冷的夜晚，她们坐在操场看台上，一边说话一边抽烟，她们在宿舍看《情人》，电影结束时拥抱着哭得一塌糊涂。他看着看着，慢慢就湿了眼眶。

他的大学生活太过匆忙，一直是打马疾奔，所有记忆与情感都显得浮光掠影。他甚至已经不记得大多数同学的样子，已经叫不出任何一个老师的名字。

毕业照也没有拍。他公司有重要的客户要接待，为了签单喝得昏天黑地。散伙饭倒是吃了，他看着其他人哭，表现得很疏离。后来为了表现得不那么冷漠，在别人摔酒瓶的时候他也摔了两个。

岁月，终究也穿城而过。

猛一回头，发现繁华都已经在身后。

曾经，我们都以为自己与众不同。最终，我们发现自己和他们一样。还有什么事，能比这更让人悲伤？

李响瞟了一眼后视镜里的林诗涵，恰好她也在看他。她的目光明亮，锐利。一刹那，李响觉得自己老了。

十七岁时说苍老是一种矫情，是年少轻狂。现在这样觉得，已经是一种倦怠、一种怅惘、一种伤感。

曾经她四处行走，冷漠而锐利地与世界相处，现在她也将踏入职场，是否早晚也会成为和他们一样的人？

8

叶扶桑躺在床上，手里拿着书，却一个字都看不进去。李响在卫生间冲澡。她在想，这个即将成为她丈夫的男人，是否知悉自己的心事。

饭桌上蒋晓龙一句无意的话，却一下子刺痛了她。她的灵魂里，也住着一个浪子。浪子一向决绝，而她十分卑微。

从小她就被所有人宠着。妈妈宠她，爸爸想严都严不起来。因为爸爸的职位，身边的叔叔阿姨也像小公主一样待她，也因此养成了她娇纵的性格。

大院里有个小男孩，羞涩地递给她一个苹果，她却伸手给了他一个耳光。那个时候她才五岁。男孩恨恨地看了她一眼，委屈地哭了。她却觉得他懦弱。

渐渐长大，她知道自己不是最漂亮的那个，因此在注重衣着之余，便用高傲来打扮自己。读中学时，还是有勇敢的男生给她写情书。她把那些书信拿给同班女生分享，从她们的羡慕中得到满足。

可是她遇见了他。这是一个意外，对她来说，那是一个灾难。说起来也不是多么了不起的事情，连写小说编电影的都不屑于这样的情节。大二那年，她在操场跑步，他在踢球。他的射门高出横梁，球砸在她的身上，她一如既往很生气。他跑过去捡球，她指着他的鼻子，让他道歉。他直直地站在那里，目光从头发后面射过来，冷若冰霜。她愣住了，一时不知如何是好。对峙间，她恼羞成怒，伸手去扇他耳光。他捉住她的手，给了她一个耳光。她愣在那里，哭都忘了。他竟扬长而去。

她不得不承认，他就是那个下凡降服她的男人。他冷酷的眼神吸引了她，这是一种致命的吸引。

如果是别人，她可以动用关系，找人揍他一顿。可是对于他，她却选择买了两张电影票请他看电影。她还特意穿了一件自己最喜欢的裙子。电影结束后，他们去操场散步。在转角处，他强悍地吻了她。她毫无防备，并因此而惊喜。

他坐在地上抽烟。为了讨好他，她也要了一根。他给她点着。她狠狠地吸了一口，被呛着，剧烈地咳嗽，眼泪都流了下来。他却冷漠地看着她。

她一开始就爱得卑微，而他始终保持冷漠。甚至是第一次开房，都是她主动提出来的。他可有可无地说好。她打电话订了房间。

事后他睡着，她默默流泪。可是她又想，自己不就是爱这样的一个人吗？如果他也像苍蝇一样围着她，自己还会爱他吗？

之前，她以为自己是妖孽，他是收了她的佛。最后，她才醒悟，他是魔，而她沦陷在他的魔掌，无处可逃。她无原则的卑微，也不能阻止他离开。

他冷漠而决绝地离开，也不能阻止她继续卑微地爱。到最后，她自己也不知道这究竟是爱，还是不甘，或者仅仅是一种自虐。

这么多年，他走南闯北，身边也从来没缺少过女人。他从未主动出现过。她一直通过各种途径关注他的踪迹。

他居然也会结婚。2009 年的 9 月，这一天寓意长长久久。她飞抵他居住的城市。人群喧闹，她藏匿其中，远远看着他挽着一个相貌平庸的女子走过。他妻子的平庸，又让她愤愤不平起来。

她甚至跑到香港去找他。街头人潮汹涌，她突然出现在他面前。她看到他眼里的惊讶，看到他把惊讶埋葬，依然一脸冷漠。她把双手吊在他的脖子上，肆无忌惮地吻。他不回应，也不拒绝。有人以为他们是热恋情侣，居然鼓起掌来。拙劣，犹如电影情节。

她带他去开房，他们做爱。他突然变得热烈，像一头已经饥饿很久的狮子。她却突然悲从中来。她感觉到他身体的腐败，以及他的绝望。她忽然明白，他冷漠这么多年，也许只是自卑，就像她高傲这么多年，不过是不自信。

他攻城拔寨，一个耳光击碎她的伪装。于是她沦陷。

她追寻多年，突然出现，他眼里闪烁着悲喜交加的复杂。他动作热烈，泄露内心恐惧。每一次冲击，都是一层绝望的累加。

她总算看穿，曾经偏执，竟是如此无聊。

李响围着浴巾出来，看见叶扶桑在发呆，也不去打扰，坐在一旁。叶扶桑还是被惊醒，转过头来看他，然后像只小猫一样钻进他的怀里。

李响揉揉她的头发，轻声问："怎么了？"

叶扶桑说："没怎么，就是有点累了。"

李响说："你哭了？"

叶扶桑说："我想起你对我的好，有点感动了。"

李响说："傻瓜，我对你好是应该的，你是我老婆嘛！"

李响这样说，觉得自己有点虚伪。她在香港的种种，他当然都是知道的。私家侦探小何同志虽然行为有些古怪，但专业技能非常过硬。他知道关于她的一切，照片都锁在保险柜里。

叶扶桑却忽然换了个话题，说："林诗涵很漂亮吧？"

李响说："还可以吧。"

叶扶桑追问："只是还可以？"

李响老实说："算是很漂亮吧，比那些所谓的嫩模好看多了。"

叶扶桑问:"你对她有没有想法?"

李响说:"当然,没有,兔子不吃窝边草嘛!何况我这么一高尚的人,一心追求人类文明与进步,从不追逐低级趣味。"

叶扶桑说:"如果我不介意呢?"

李响说:"我介意。"

叶扶桑说:"诗涵很前卫,也很开放,你有没有想过,比如我们三个人一起,比如那个叫什么双飞,叫什么三人行。"

李响说:"你怎么能有这么低俗的想法。"

叶扶桑问:"别虚伪了,你真不想?"

李响说:"真的。"

叶扶桑说:"李圣人,明天我得跟团委打声招呼,将您老人家树立为新时代道德模范,作为典型大力宣传,并推荐给中央电视台《动物世界》栏目。"

李响笑,说:"这哪跟哪呀!"

叶扶桑解释说:"因为人类就没您老人家这么高尚的。"

李响说:"别胡思乱想了,早点睡吧。"

李响关了灯,自然想起了林诗涵。奇怪的是,她每次出现,都让他产生一种警觉,类似于狐狸嗅到前方五米处有陷阱。最近没看悬疑类电影和小说,应该不会是触类旁通。他把这归结为自己老了,对年轻与锋利开始戒备。

这一次,她为什么出现?

我站在你看不见的地方泛滥我的忧伤,因为我想把美好与阳光呈现在你面前。可是,可是我一想起你,就禁不住在心里流下泪来。

你知道吗?

第七章　硝烟

1

　　那天的天气有些奇怪，先是晴空万里，忽然就飘了些小雨，雨下得急促，然后又是阳光灿烂。李响开着车，林诗涵坐在他的身边。

　　车到楼下，远远就看见蒋晓龙那辆红色小宝马。李响微微扯出笑意，蒋晓龙居然来他的公司上班，林诗涵居然出现在西城，她居然是叶扶桑的朋友。他早上打开手机，居然收到一条短信，"蒋天宇车祸事出有因，一地集团控制权争夺渐趋白热化"。这么多奇怪的事情凑在一起，看来会有一些有意思的事情要发生。

　　蒋晓龙与前台小许已经打成一片，他讲了什么段子，小许捂着嘴笑得花枝乱颤。小许看见李响，笑声戛然而止。蒋晓龙喊道，威武。

　　李响拍拍手，大家停下手上的工作，纷纷起立，听候宣讲。李响指了下蒋晓龙说："一地集团蒋家大公子，奉命来我们公司考察学习，大家欢迎。"大家鼓掌，掌声停，李响再介绍林诗涵，说："这位新同事叫林诗涵，大家欢迎。"大家再鼓掌。林诗涵答谢，说："初来乍到，请多关照。"人们不清楚她与蒋晓龙以及老板是什么关系，虽然有心调侃两句，却又不敢。

李响介绍完毕，径自去自己办公室。蒋晓龙与林诗涵便跟着他。李响坐定，才看看二人，问："你们跟着我干吗？"

蒋晓龙说："你介绍是介绍了，但还没安排工作，不跟着你跟着谁。"

李响说："你们是不是从没上过班？"

蒋晓龙摇头。

林诗涵也摇头。

李响说："你们先去前台，问问人事部怎么走，然后去人事部填张应聘登记表，人事部面试通过后，到副总经理办公室找张总，他会安排的。"

蒋晓龙问："这么麻烦？"

李响说："既然要学习，就要从基础学起，总得先学会一加一，才能学等差数列。"

蒋晓龙和林诗涵出去后，李响给张云天打电话，安排二人的工作。蒋晓龙进市场部，任职副经理，跟着跑跑调研做做活动。林诗涵进行政部实习，一个星期后调任蒋晓龙秘书。既然这两个人神奇出现，就让神奇和神奇待在一起。

李响说完，刚准备挂电话，被张云天叫住。张云天神神秘秘地问："李总，你有没有收到短信？"

李响问："什么短信？"

张云天说："蒋天宇车祸事出有因，一地集团控制权争夺渐趋白热化。"

李响说："收到了，你怎么看？"

张云天说："山雨欲来风满楼。"

李响说："天要下雨，娘要嫁人，由他去。"

挂了电话，刚批阅了两份文件，铃声又响。《西城日报》财经版小王打来的，开门见山问他有没有收到关于一地集团的短信，得到肯定答复后，又问他对这件事有什么看法。李响说："我们也算认识不短时间了，你应该知道这样敏感的话题我不会发表任何评论。"

小王说："李总不愿评论我也不敢勉强，我倒是有个最新消息可以透露给李总，蒋天啸已向法院提起诉讼，状告刘佳玲非法侵占蒋天宇遗产。"

李响立即问："当真？"

小王说："当然是真的，我哪敢跟李总开玩笑。"

李响问："还有其他消息吗？"

小王说："暂时没有，如有新动向，我保证一定先向李总您求证，另外，广告部的马主任托我问问您，贵公司别墅项目的广告什么时候开始启动。"

李响说："这个你问下张总，他会具体安排。"

2

短信。

"问好。"

"好，勿念。"

3

蒋天宇车祸身亡。根据他的遗嘱，刘佳玲继承大部分遗产，顺其自然成为一地集团大股东。

蒋天啸向法院提起诉讼，状告刘佳玲非法侵占蒋天宇遗产。

消息被曝光的第二天，《西城日报》财经版全文刊登了一地集团大股东致董事局的信函，要求召开临时股东大会撤销蒋天啸董事局主席职务。

4

"打扰你实在觉得冒昧，但是我再没有其他办法了。请你帮帮我。"

短信。来自高月。

5

去追寻曾经的美好，其实是一件很危险的事，所谓相见不如怀念。李响与郭小山登门拜访，对高月产生了巨大的冲击。

我们大部分的痛苦，并非来源于自身拥有的多与少或好与差，而是来源于比较之后产生的失落。猫吃鱼，狗吃肉，奥特曼打打小怪兽，都是很幸福的事。可是，一旦你发现他吃的不是鱼，而是鱼翅，你就不平衡了。

高月也不平衡了。

她是万万千千人当中的一个。东拼西凑成功挤进房奴行列，每天睁开眼睛四百块先预算给银行。这种日子要过二十年。想起来，这样的人生真叫人无望。

可是，不是还有很多人想当房奴都当不了，不是还有很多人一日三餐都没着落，想想又觉得生活还不错。丈夫体贴本分，工作稳定，按时上下班，女儿聪明乖巧，这不是很美满吗？多少人羡慕呢！

可是，李响与郭小山让她想起了曾经的那个自己。那时她明眸皓齿青春逼人，那时她性格张扬藐视世俗。那时她是高老大。现在她是万万千千中的一个她，和她、她、她没什么区别。这是一件想起来就让人绝望的事。

她忽然觉得生活像一潭死水，而她即将溺毙。她觉得再也不能这样过下去了。必须有所行动。必须。立即。

她想起一个叫褚律师的网友。他们交往了三年多，一直很温和，谈谈文学艺术，或者聊聊国际政治。这是她的最后一块领地。这里谈梵高和肖邦，不谈西红柿和鸡蛋。

偶尔也会聊一些前卫话题，交流看法。她还是那么不羁和张扬，一如当年。那年元旦，丈夫带女儿参加单位组织的活动，她一个人在家上网。他说每一朵烟花都很寂寞。她问寂寞的时候你会想起谁。他说此刻我在想你。她说你过来吧。他问你喜欢用哪个牌子的套套。她说每个套套都是一个圈套。

也仅此而已。他没有问她要地址。即使他要，她也未必会给。

现在，她决定约他见面。

"我们见面吧。"她很快打出这几个字。让她自己觉得意外的是，她很平静，没有心跳加速，也没有手指颤抖。

"你确定？"他问。

"确定。"她回。

有人说，你在街上看到一百个骑着车闲逛的人，里面必定有一个是为那些想扩张的连锁酒店寻找物业的人。也有人说，快捷酒店的飞速发展与人们性观念的日益开放密切相关，快捷酒店事实上已经成为具有中国特色的情人旅馆。

高月站在 911 号门前，犹豫了三十秒。她不知道这房间号是偶然还是故意，莫非是在暗示这是一场灾难？

她敲响了门。

门打开，褚律师出现在她面前。很久以前他们有过一次视频，因此还依稀记得。他算是英俊的男子，只是略微有些发福，不过并不影响。

他侧身，让她进来，然后关上门。

屋内很安静，灯光也很暗，气氛有点尴尬。她忽然发现自己手足无措，不知如何是好。她已不是那个众目睽睽之下，面对捉奸的师娘，把双手吊在老师脖子上的嚣张少女。她只是一个骑在墙头忐忑不安的良家妇女。

他说："看会儿电视吧。"

她不置可否。

他去把电视打开，调到音乐台，在放小虎队的歌，很怀旧。"别让年轻越长大越孤单，把我的幸运草种在你的梦田，让地球随我们的同心圆，永远的不停转。"三个少年那时青春逼人，如今早已各奔东西，各自坎坷各自沧桑。

他问："要不要先洗个澡？"

他并没有表现出足够的耐心，也许他以为一切理所当然。他们聊过前卫话题，她主动约他出来，他定了房间，她现在坐在床上。已经走到这一步，接下来自然就是上床，做爱，然后告别，拉进黑名单。按了按钮，程序就开始启动。如果缺少了某一环节，反而是意外。

"你先去吧。"她说。

"好。"他说。

男人去洗澡，卫生间的门并没有关严，水声清晰。高月坐在床上，如坐针毡。她以处女之身嫁给林城，这么多年安分守己，胡思乱想都没有过。

现在，一时冲动，竟将自己置于混乱的境地。

6

她的声名狼藉，林城也是知道的。

那时候他还只是一个小小科员，从农村考上大学出来，能找到一个不错的工作已经是万幸。他生性忠厚，或者说过分忠厚，因此显得木讷。他很长一段时间都不适应科室生活，也几乎完全没有交际。

到了该成家的年龄，他遇见了她。她若愿意，他自然也是愿意的。他这样一个人，原本就没有什么选择余地。

她选择他，只因为他忠厚。

既然没有风花雪月，那就柴米油盐。厌倦了颠沛流离，有一处地方可以落脚，自然也是好的。伤痕累累之后，总要休养生息。

新婚之夜，她把疼闷在喉咙，只狠狠地抓林城的背。落红在床，他的意外与惊喜一一被她捕捉。他说了一句这辈子最温柔的话。

"你是一个让人心疼的女子。"他说。

她立即泪如泉涌，趴在床上放声大哭。这么多年，最懂她的竟然是这个最木讷之人。有这一句话，还不够么。他看到她哭，以为自己做错了什么，又不懂安慰，便手忙脚乱不知如何是好。她余光见他这样，觉得很是可爱。

为报他之疼惜，她隐忍生活，磨光了所有棱角，平息了一切骚动。

　　她买菜，做饭，尽量一起在家吃。虽然他在饭桌上很少说话，显得很闷。她和他做爱，温柔体贴，有时还千娇百媚。虽然他程序单一，缺乏情趣。

　　她觉得这样也很好。

　　是呀，我们都有过那样的时光，觉得这样也很好。可是我们不知道，从哪一个时刻开始，一切变得不再那么美好了。

　　百货商店里漂亮裙子总是五彩缤纷。隔壁邻居家刚买了辆奥迪轿车。偶像剧里都敏俊动人一笑。论坛里谁写了一句"原来姹紫嫣红开遍，似这般都付与断井颓垣"。每一个都可能成为导火线。

　　后来，高月也想过，早知如此何必当初。她以为林城是船，其实他只是浮木。她以为林城会救了她，没想到自己却害了他。

　　后来的后来，她想，如果林城没有遇见自己，是不是会多些快乐。

7

　　卫生间里水声已停，男人应该已经洗完澡。高月起身，又坐下，觉得呼吸困难。电吹风声音响起，男人应该在吹头发。

　　零与一有本质区别。有了一，就再难避免二三四了。

　　电吹风声音停。

　　高月起身，几步冲到门口，打开门，狂奔而逃。眼泪也跟着泛滥成灾。在过道遇见两个服务员，好奇地看了她两眼，并不做出任何反应。这样的场景，她们大概不是第一次看见，已经习以为常。

　　酒店里，每个晚上都在发生某某门。

有些流出。有些湮灭。

8

林城这天回来得晚。局里有活动，上级下来检查，他们自然要尽全力招待。这样的宴请，原本并不需要他出场。局里几个酒场干将这段时间出国考察，他怎么说也是一个爷们，便被抓壮丁一样抓上酒桌。

他酒量不好，也不会推脱，觉得在座都是领导，自己应该主动敬酒。领导回敬，自然更不敢不喝。没过几轮，醉态已现。

局长帮他挡了几轮，说小林人很实在，酒量一般。不管是出于爱惜下属，还是担心他出丑，总算给了他时间缓冲。

喝到后来，局长也已经高了。将军也会参与厮杀，但阵亡首先是士兵的事。局长说小林你业务能力突出，就是人际关系偏弱，需要逐步改善。也算是语重心长，酒后吐真言。话说到这份上了，林城自然要挺身而出，哪怕是充当炮灰。

上级领导说小林忠勇可嘉值得培养。林城居然把这话当真了，豪气干云地说："敬您，我三杯您随意。"喝完三杯，他就滑到桌子底下去了。领导嘴角的笑意是一种嘲弄，可惜他也没能看见。

林城倒下去之后，依然没有弄明白一个问题，为什么领导都这么能喝？是能喝才能当领导，还是当上领导就能喝了？

愚笨如此，自是要被淘汰掉的类别。

高月打开门，看见满身酒气的林城，被一个中年男子架着。男子说："是嫂子吧，林主任喝多了，我送他回来。"高月谢了男子，把林城架到沙发上。

他们都叫林城林主任，可是林城自己都不知道自己是什么主任，从没见过文件，领导也没宣布过。大概算是外号吧，就像奥尼尔叫大鲨鱼，姚明叫小巨人。

高月原本心怀愧疚，准备深刻反省，却没想到面对的是这样一个林城。这一刻，他的敦厚与温良不见，只剩下卑微与肮脏。

她愧疚遁形，绝望滔滔，怒火开始燃烧。少女时代的尖锐，忽隐忽现。图一寸一寸展开，匕终究要显现。

她拿了盆去接水，水声哗哗，内心波涛汹涌。她原本是要为林城洗脸，却把一盆冷水全部倒在他的头上。

林城惊醒，惊恐地看着她。他在她面前，一向是弱者。

她拿着盆，站在那里，看着他，三分愤怒，七分悲哀。

林城竟还想讨好她，说："对不起，对不起呀，今天上级领导下来检查，实在没有办法，领导说了，我忠勇可嘉，值得培养，值得培养……"

她终于彻底被激怒，声嘶力竭地喊："林城，你醒醒吧，这种狗屁的话你都信，你有没有脑子呀，人家嫖你，你还当是一见钟情，我她妈嫁给你算是倒了八辈子霉，咱离婚，现在立即马上，这日子没法过了，再过下去不是我被你气疯，就是我把你逼疯，林城，我们没救了，你救不了我，我也救不了你，我们完了。"

林城惊恐万状，他从不知她心底埋着一座火山。她之前一直强势，但总体上还是温婉，相夫教子，相敬如宾。他这时才明白，原来他并不懂她。

他试图挽救他那已经被宣告猝死的婚姻，唯唯诺诺地说："对不起，我错了，我会改，我会努力挣钱，我会给你们好的生活，我会的……"

她把盆砸在地上，深夜里响声清脆。她转身冲进卧室，甩手把门关上，还加上保险，却忽然看见女儿朵朵光脚站在地上，惊恐地看着她，满脸是泪。

9

冷战持续了一个星期。

林城睡沙发，很早就起来，洗漱完毕就去上班。晚上回来也比以前晚，并且都在外面吃了才回。回来便躲在书房里，看书或者上网。

高月早上起来，做早餐，伺候女儿吃完，送她上学。然后去菜场买菜。回来上网，浏览各大招聘网站，投递简历。接到通知便去面试。晚上做好饭，跟女儿一起吃完，也会多做一点，单独装好放在冰箱里，为林城留着。

林城想和好，看见她冷若冰霜，又不敢惹。想着让她眼不见为静，便处处躲着。

高月也没有一定要离婚的打算，那晚说出来，也是一时气愤，图个痛快。她知道林城并没有错，他平时不抽烟不喝酒不去娱乐场所，是个顾家的好男人。

错的是这个时代，好人越活越艰难。

有家传媒公司通知她去面试，老板亲自接待。几轮问答下来，老板显得很满意。她也在心里暗自高兴。可是后来，那个满脸冒油的肥胖男人还是实话实说："其实设计这个职位已经满额，他希望她做他的秘书，薪水多少她自己开。"男人见她居然没有答应，便把自己名片递过来，说想好了给我电话。

她接过名片，犹豫了一下，把名片扔在男人的脸上。

如果是当年，她会给他一个耳光。可是现在，居然还犹豫了。

为什么有钱的都是这些人渣？是人渣更容易有钱，还是有钱了便会变成人渣？高月想到这样的问题，觉得自己已经中林城的毒太深。

一个星期后。

如果能够预知未来会发生什么，高月会觉得，即使是冷战也是一种幸福。当然，谁也无法预知未来。否则有一半的人，会选择提前结束生命。

那天下午，高月刚接完一个通知面试的电话，门铃响了。她打开门，看见几个大盖帽站在门口。

"是高月吗？"其中一个问。

她点头。

"林城是你丈夫吧？"那人又问。

她再点头。

"林城涉嫌受贿，已经被羁押，现在请你协助调查。"那个人说。

高月永远都想不到，这种事情会发生在林城身上。林城负责一个高新技术项目，相关企业为了获得局里的扶持资金，送了五万块钱给他。林城收下了。

这是林城第一次拿钱，紧张得出了一身虚汗，手都哆嗦了好一会儿。之前他也有机会，但一直不敢伸手。如今受到妻子刺激，便决定铤而走险。

林城的运气很不好。这家企业内部出现争斗，两个创始人为利益闹翻，二当家向检察院举报大当家，把林城牵扯出来。

高月上网查了相关法律，五万可以处五年以上十年以下有期徒刑，可以并处没收财产。了解之后，着实吓了一跳。开始还心存侥幸，越想越是害怕。

高月去探视，林城不愿意见她。这让她更愧疚，觉得很难过。

她决定想办法把林城弄出来，想来想去，觉得李响也许是唯一可以帮她的人。她判断的依据是，大家都说房地产开发商能量巨大。

10

小巷狭长，幽深。整个下午都看不见几个人。咖啡屋很小，装饰简单。墙上挂着几幅油画。灯光幽暗，音乐如水。

李响叹了口气，说："你太憔悴了。"

高月说："我们早已经被生活折磨得面目全非，当初我们肆无忌惮，自以为是，最后却发现谁也没逃脱这琐碎命运。"

李响说："第一次见到你，你震撼了我，说不清楚那是一种怎样的触动，当时心里想，世上竟有这样的女子，世上竟有这样的活法，偶像呀，如果抛弃现在的一切，我们能够回到那样的时光，我也是愿意的，可是时间川流不息，我们谁也无法回头。"

高月说："你还好……"

李响打断她，说："其实我们并没有什么不同，都已经背离了最初的自己，而且越走越远，小山在书里过，你打马而过，我落荒而逃，时间一路疾驰，我们全都败下阵来。"

高月说："如果林城没有遇见我，会不会过得幸福些？"

李响说："当初在临安城，如果我没出现，小山会不会去抢蛋糕，会不会被追打，世上因此少了一个畅销书作家，我想他还是他；林城没有遇见你，林城还是林城，不会成为郭富城；我是宿命论者，你和他相遇，或者我们和你相遇，都是逃不掉的。"

高月问："你能不能帮忙？"

李响说："我既然来了，必定会尽力，其实小山也是能量巨大，不过他是名人，有些事不太好亲自出面，所以，你放心，你要放松，我们都希望你能快乐些。"

高月说："这样就好，我觉得是我害了他，心里很是愧疚。"

李响说："两个人之间，没有谁亏欠谁，若没有主观恶意，就算是一个愿打，一个愿挨，也没有什么不妥。"

高月勉强笑了笑，说："等林城的案子结了，我们一起去个地方玩一下。"她特别强调，说："我和你，还有小山。"

李响说："我没问题，小山比较忙，目标也大，不知道他能不能走得开。"

高月说："尽量吧，当年我们说最多三年要见一次，没想到一别就是十年，这次再不下个决心，也许以后再也不会了。"

李响说："年轻时我们轻易许诺，跟很多人有很多约，说一起去西藏磕长头，说一起去草原骑马，说一起去丽江碰艳遇，说一起去海边哭一场，可现在回头看过去，什么都还没做，已经青春不在了。"

高月说："别人在旅行与工作之间纠结，倒也情有可原，你算是财务自由了吧，应该没有他们那么多顾虑。"

李响说："你错了，我财务自由，但是身不自由，这么大的公司，这么多的人跟着你吃饭，责任重大呀，如今这个市场，如履薄冰，一不小心就万劫不复。"

高月说："我该为你鼓掌叫好。"

李响说："我没那么伟大。"他看了看表，说："已经十二点过了，小山也许又被什么事耽搁了，你要不要先回？"

高月说："当然不。"

这三个字，透出那么几分肆意，几分倔强，几分俏皮。恍然间，李响仿佛回到了那一年，他们在山谷跳跃，纵情高歌。

怀旧不是一种格调，而是一种伤感。

我们常常去想旧时光，歌者亦在唱如果再回到从前，其实不是因为从前有多美好，而是现在不够美好。

11

临近中午一点，郭小山才出现，蓝色牛仔裤，白色 T 恤，一身休闲打扮。往日他出现在电视杂志上，都是锦衣华服，甚至妆容精致。今日可算是返璞归真。

郭小山很真诚地道歉说："来晚了。"

高月说："你能来就好。"

李响说："我们知道你忙，盛名在外，辛苦难为人知。"

三个人简单聊了几句。郭小山也劝高月不用太担心，有李总出马，自然能够大事化小小事化了。高月说遇见他们两人是她这辈子最幸运的事。李响说："错也错也，我们遇见你才是我们的幸运。"郭小山说："李总讲话还是一如当年的好听，丰胸壮阳，功效强大。"李响说："你三爷骗得天下少女为你落泪才是真正的高手，每个仰望夜空的脸颊，都蜿蜒着忧伤。"高月说："如果我当初不嫁人，抓住那次去法国留学的机会，也许今天我会是名动天下的画家。"郭小山说："嫁人没什么不好，你不知道我们有多羡慕你呢，单身寂寞呀。"李响说："网上是这么说的，我是单身我骄傲，我为国家省橡胶。郭小山说后来有人给补充了，我是单身我可耻，我为国家浪费纸。"三人一起大笑。

郭小山说："今晚我很开心。"

高月说："我也是。"

李响说："小山，高老大希望等林城的案子了结后，我们三个能够一起出去玩一趟，也算是对当年的约定有个交代。"

郭小山说："这个建议当然好，不过为什么要等呢，选日不如撞日，明天不如今天，今天不如现在。"

李响鼓掌，说："小山这话很 MAN。"

高月问："去哪儿?"

郭小山也看向李响，问："去哪儿?"

高速公路。这是一条支线，白天都没什么车辆，更别说现在是深夜。一辆奔驰车风驰电掣，呼啸而过。一辆奥迪紧随其后，互不相让。

李响手握方向盘，眼睛紧紧盯着前方，说："小山文章写那么好，想不到车技也不错，我低估了他。"

高月坐在副驾驶，很兴奋，尖叫连连，说："小山压力很大，每本书出来都有千万双眼睛盯着，总需要减压，说不定人家自己练过很多次呢。"

说话间，郭小山已经超车，跑到李响前面去了。

李响笑，说："他好像听见我们夸他似的，说他胖他就喘了，看我怎么让他臣服。"说着话，脚下猛踩油门，车速拉到一百八，与郭小山并驾齐驱。

两车几番缠斗，却一直交替领先，难分胜负。

　　郭小山打了双闪，把车速逐渐降下来，并降下一面窗。李响也降了速，与郭小山的车并行，降下窗，看向他。

　　郭小山喊道："我抗议，比赛不公平，如果美女坐在我身边，我早就赢了你，你只能看见我的尾灯。"

　　李响大笑，说："无耻小山，强词夺理。"

　　高月小声说："那我就坐过去吧。"

　　李响也小声说："别呀，这会影响他发挥的，他当年暗恋过你。"

　　高月随即问："那你呢？"

　　此时，那厢郭小山在挑衅，说："李总你敢不敢接受兄弟我的挑战呀。"李响便应道："哪敢哪敢，不敢才怪，我只怕你连我尾灯都看不见。"

　　两人把车靠边停了，高月下李响车去郭小山车。高月刚下车，李响便一踩油门，把他们远远甩在身后。

　　李响开得很快。用句网络流行语来形容就是，不是开得太快，而是飞得太低。如他所言，郭小山连他的尾灯都看不到。

　　当然，也许郭小山根本就没有追。

　　快到收费站，李响放慢车速，边开边等，等了好一会儿都没等到郭小山的车。他打开收音机，里面正在讲鬼故事，调到音乐台，王菲在唱《乘客》。王菲唱完，又播了一首陈绮贞的歌，《旅行的意义》。这首歌快唱完，郭小山的车终于跟了上来。

　　郭小山先声夺人，说："李总你太不厚道，比赛哪有自己先发车的，简直卑鄙无耻下流，号召全国人民鄙视你。"

　　李响也不辩解，说："到收费站调头，正式比赛，捐建一所希望小学，费用输者出八成，赢者出两成。"

高月说："这样好，也减少我对你们飙车的负罪感。"

郭小山说："李总讲话越来越有企业家的范了，从为孩子们做点事的立场出发，我答应你的挑战，并且会给你机会让你为慈善多做点贡献，以改变人们对开发商的不良印象。"

李响笑，说："以前没见你这么多话嘛。"

郭小山说："三爷今天高兴。"

12

那天的比赛李响输了。快到终点，李响放慢了速度，郭小山的车立即窜到前面去。有句非常著名的矫情的话是这么说的，友谊第一，比赛第二。放在台面上是虚假，放在心里是真诚。

下了高速，在僻静处把车靠边停了。三人下车，李响说抽支烟休息会。郭小山说好。李响翻出一包苏烟，抽出一支递给郭小山。高月也要了一支。

三点星火，在黑暗中明灭。

高月说："我很久不抽烟了。"

郭小山说："但你抽烟的姿势依然很文艺，我基本不抽烟。"

李响说："我偶尔会抽一支，在心里觉得特别空洞的时候，不是说抽烟有助于创作么，很多搞文艺的好像都喜欢抽烟。"

郭小山说："创作与抽烟无关，关键是看有没有情绪体验，就像飙车，不是每次都能开很快，也需要状态。"

李响笑，说："你湿了。"

郭小山看了看自己湿透的 T 恤，坦白道："我很紧张，太刺激了，我的生活看起来五彩缤纷，其实一成不变，今晚太痛快了，酣畅淋漓。"

高月说："飙车不是我们这个年龄，不是你们这样身份该做的事。"

李响说："偶尔做一两件不该做的事，人生才有点意义，其实该与不该，不过是世人自己画地为牢。"

夜深，风凉。一架飞机从高空中驶过，灯光星星点点，忽明忽暗。

郭小山说："我真想仰天长啸，大叫三声，我再也不写了。"

高月说："想叫就叫吧，没人会听见。"

李响拦住他，笑道："别，别叫，我看见前面有一辆车。"

一辆黑色别克轿车停在前面较远处的小树林里，不仔细观察还真不容易发现。郭小山立即表示钦佩，李总你视力真好，估计毕业这么多年就没看过什么书。

高月有些紧张，提出疑问："大半夜的怎么会有轿车停在荒郊野外，莫非是抢劫，凶杀，我们要不要报警？"

李响与郭小山对视了一眼，异口同声地说出一个词，"车震"。

"去看看？"郭小山问。

"当然。"李响说。

两个人一前一后，悄悄地向那辆黑色轿车挺进，姿势和动作还真有点像影视剧里的鬼子进村。高月站在车边，紧张地盯着他俩，随时准备接应。

李响和郭小山猫着身子，借助遮掩物向前推进，在离别克十米左右的距离停了下来。眼前的画面验证了他们的猜想。借助黯淡星光，他们看到一双高跟鞋蹬在空中。鞋在脚上。腿修长，黑丝性感。车在震动，依稀还有对话，听不清楚。

郭小山伸手在李响的腿上掐了一下。李响瞪了他一眼，小声问："你沉着点不行?"郭小山坦白道："我紧张。"

李响却忽然站起来,大步走过去,边走边喊:"竟敢动我女人,大黄小黑,叫兄弟们把车围起来。"

郭小山看着那双套着黑丝的长腿像一条受到惊吓的蛇,闪电般缩回车内,立即大声呼应,喊道:"我守东面,小黑守南面,鸟人与猴子守西北。"

透过车窗,李响看到车内一男一女。男的四十多岁模样,肥头大耳脖子短,非富即贵,上身一件黑色衬衣,下身没穿。女的很年轻,二十岁上下,相貌清纯,身材性感,此时像鸵鸟一样躲在男的身后。

男子举起双手,哀求道:"兄弟,误会了,要多少钱你开个价。"

李响说:"你知道我是谁,上海一霸,外滩刀哥,你竟敢动我的女人,别以为花两个钱就能完,没那么容易,你是做什么的?"

男子声音开始发颤,说:"我是韩院长,好汉饶命,要多少钱好商量。"

李响笑了,说:"原来是大名鼎鼎的韩院长,久仰久仰,谈钱伤感情,今天我们不谈钱,身份证带了没,先放我这,我替你保管,钱的话题过两天我们慢慢谈,今天这场面不合适,太三俗了。"

男子在座位上下意识地摸索了几下,说:"对不起呀,好汉,今天钱包忘家里了,身份证没带在身上。"

李响掏出手机,对着二人拍了几张照片,然后叹了口气,说:"韩院长,你运气真不好,既然身份证忘了带,那我先走了。"

男子连忙求饶，说："别呀，兄弟，我给五万，你放我一马。"

李响摇头。

男子立即加码，出到十万。

李响还是摇头。

男子立即又加到二十万，再加到五十万。郭小山突然喊了一嗓子，说："刀哥别啰唆了，干脆做了他吧。"他原意是催李响见好就收，趁早撤退。没想到却把韩院长吓了个半死，立即提高筹码，一口价两百万。不知道是学院还是医院，看来收入很不错。

李响依旧摇头，说："今天不谈钱。"

男子见缓兵之计不管用，又怕李响把他的艳照发网上去，弄个院长门车震门之类的事件，赶紧把身份证摸出来，犹犹豫豫递给李响，还不忘继续哀求，说："兄弟你大人大量，放我一马，什么事都好商量，千万别做不利于社会稳定的事，否则于人于己都没有什么好处。"

李响接过他的证件，看了一下姓名，果然姓韩，看来院长大人没有撒谎。他拍了拍车身，说韩院长你也别急，过两天我会主动跟你联系。然后大喝一声道："大黄小黑，叫兄弟们先撤。"边说边往郭小山这边撤。郭小山又应了一声说："鸟人猴子咱收工了。"

两人往回走的路上，听到男子在车内发飙，说："你竟然找人整我，看我回去怎么收拾你。"那女子哭道："我没有呀，我也不认识他们。"李响和郭小山撒腿就跑，那边高月早已经将车门打开，三人分别跳上车，狂开了一段路，才放慢车速。

李响把刚才的经过跟高月讲了。高月大笑之后惊叹，说：

"你们两个太有创意了，而且居然配合得这么默契。"那边郭小山也感叹，说："生活真是太神奇了，再有创意的作家也比不过生活的创意。"

李响说："深更半夜到荒郊野外玩车震，不是卖淫嫖娼便是出轨偷情，咱们今天也算是惩恶扬善为社会主义精神文明建设做了一点贡献。"

高月问："你打算怎么办?"

李响说："把照片和身份证寄给纪委，给他们留一个月处理时间，如果他们没有任何反应，我便弄个院长门出来。"

说话间，李响突然踩了刹车，把车靠边停下。见李响车停了，郭小山也把自己车靠边停下来。郭小山开了车门，问："怎么了?"

李响也开门下车，说："我又看见一辆车。"

13

果然，顺着他手指的方向，郭小山和高月看到路旁小树林里停着一辆白色小面包车。刚才谈话间他们已经路过，不细心也不易发觉。

郭小山说："李总果然视力超人且观察入微，有成为一代偷窥之王的潜质。"李响说："地产江湖风吹草动兔死狐悲，有一双好眼睛是基本素质。"

郭小山问："现在怎么办?"

高月说："报警吧，车震也不会在面包车上震吧。"

李响说："我去看看，你们有没有人跟着?"

郭小山说："你去我也去，也没谁规定车震非得用轿车是吧。"

高月说："那我也去。"

李响说："你去干吗，很凶险的。"

高月说："不凶险我去干吗，今儿个玩的就是心跳。"

李响打头，郭小山居中，高月断后，三个人猫着腰，静悄悄地再次像鬼子进村一样摸向那辆白色小面包车。在离车十米左右远的地方，李响做个手势，大家停下。三人观察了一会儿，没什么动静，再次悄悄向前挺进。

"啪。"郭小山踩在了一根枯枝上，枯枝断裂，发出清脆的声响，在寂静的夜里显得格外清晰。三人赶紧蹲下，空气中弥漫着紧张的味道。

"谁?"一个男人压低了声音轻问。车门随即打开，一个黑衣大汉提着一根钢管跳了下来，四处张望。

李响三人自然是很紧张，伏在地上一动不动，连大气都不敢出。心是扑通扑通跳，一下快过一下，激烈得像是随时都会窒息。

"大黄，怎么了?"车内男人声音问。

"小黑，好像有人。"提着钢管的黑衣大汉回答。

真是太喜剧了。李响心想，刚才他们还冒充大黄小黑去吓唬别人，没想到现在居然出现了真的大黄小黑把自己吓了个半死。李响去看郭小山，他亦是一脸苦笑。万一发生什么不测，连累了小山和高月，那真是罪过了。

李响的担心即将成为现实。

从面包车内又跳下一名男子，身材偏瘦，神情阴郁，手里提着一把三尺长砍刀。

躲，还是逃? 这是一个问题。

这个问题并没有困扰李响太长时间。阴郁男子提着砍刀朝着他们躲藏的方向走过来，黑衣大汉随即提着钢管包抄过来。

"跑。"李响大喊一声。随即一跃而起，像离弦之箭，蹿了出去。他年少时混过街头，之后也一直注意锻炼，基础素质依然都在。

郭小山从没见过如此阵仗，虽然很紧张，腿脚发软，但身体的应急反应依然让他能够紧跟着李响逃了出去。

高月不紧张，甚至觉得很兴奋。在庸常的世俗生活中沉沦太久，哪怕是遭遇惊险，也算是逃离了沉闷的泥淖。

但她忘记了一个很严肃的问题，她跑不动了。当年在学校，两千米测试她跑了第一，并把第二名远远甩在后面。可是她已经很久很久没运动过了，刚跑了五十米左右，她就觉得胸口发闷，两腿变重，怎么也迈不动步子。更要命的是，她还扭了脚，跌倒在地。

完了。她想。

高月没有想到黄继光董存瑞，也没有想到孟星魂楚留香，甚至都没想到林城和朵朵，而是想到了一张报纸，粗大的标题写着：年轻女子裸死野外，案涉某著名作家与某开发商。若以这样的方式为他人做谈资，真是无趣。

很多时候，我们选择了开始，却无法预料到结局。

高月看见阴郁男子提着砍刀，冷冷地看着她。这一刻她又想，其实每天按时上下班，平平安安也没有什么不好。

李响停下脚步。郭小山紧急刹车，几乎撞在他的身上。郭小山很紧张，脸色苍白，大口喘着粗气，问："没追上来吧？"

李响说："没追。"

郭小山说："那就好。"

李响说："一点都不好，高月没跑出来。"

郭小山问："怎么办？"

李响说："能怎么办，我们不能置之不顾，我们得去救她。"

郭小山说："你想英雄救美，他们拿着刀，我们去是送死。"

李响说："如果你怕了，可以先走。"

郭小山问："为什么不报警？"

李响说："这里是远郊，等警察赶到该发生的伤害早发生了，而且警察容易激怒劫匪，导致他们伤害人质，我去跟他们谈，无非是谈一个合适的价格。"

李响说完就走。

郭小山想了想，也跟过来。

李响问："你确定？"

郭小山坚定地点点头，说："两个人总比一个人好。"

两个人大义凛然，像奔赴刑场一样悲壮。风萧萧兮易水寒，壮士一去兮还不还？黑衣大汉提着钢管，阴郁男子提着砍刀，两个人像两尊门神一样守护着那辆白色面包车。车门紧闭，高月应该是被囚禁在内。

李响看着他们，一步步走过去。郭小山紧跟在李响身后，两腿发软。在离车五米远的距离，李响停住。

阴郁男子冷冷地看着他。

李响说："我们只是路过，无意冒犯，还请兄弟们高抬贵手。"

阴郁男子看着他，冷冷地问："你女朋友？"

李响说："不是，是朋友。"

阴郁男子问："你是谁，你说放就放？"

李响说："我是小叶哥的朋友，这次算我得罪，改天我请小叶哥出面，摆几桌给兄弟们赔个不是。"

阴郁男子问："小叶哥是谁？"他扭头问黑衣大汉："你认识小叶哥吗？"

黑衣大汉说："姓叶的我只认识叶孤城。"

李响心里凉了半截，看来叶巷在道上的知名度还不够高，关键时刻吓不了人，至少出了西城行不通。他只好换条路试试，说："兄弟们，我赔不是，你们开个价。"

黑衣大汉说："八千。"说完扭头去看阴郁男子，征询他的意见。

阴郁男子把手里的刀晃了晃，说："你要求也太低了，一万二，至少一万二。"

李响心里暗喜，早知道这样，跑都不用跑了。看来这几个强人档次也不怎么高，万儿八千就满足了。

"高月。"李响叫了一声，以得到高月回应，判断她目前的状态。

"我在。"高月应了一声，声音不大。

车门打开，从车上又跳下一个男子，略矮，微胖，光头，长得有点像郭德纲，脖子上戴着一条拇指宽金项链。趁着金项链男下车，李响看到高月端坐在车上，衣衫完好，应该未受侵犯，心里松了一口气。

金项链男看了看李响，问："你刚才说什么？"

李响说："我们只是路过，无意冒犯，还请兄弟们高抬贵手，这两位兄弟开价一万二，算是兄弟我给诸位赔不是。"

金项链男说："你女朋友很漂亮。"

李响赶紧更正，说："不是女朋友，是朋友。"

金项链男说："不管你们什么关系，她这么漂亮，你出一万二，好像对人家美女也太不尊重了吧。"

李响问："你的意思是?"

金项链男说："你好像很有钱嘛，那就出一百万吧。"

李响心里一凉，心想大哥就是大哥，眼界跟境界都不一样，一个照面就能看出自己很有钱，而且还敢狮子大开口。

高月刚才被吓着了，脸色发白，胸口发堵，缓了半天终于缓过神来了，见到李响他们跑了又折回来，正跟强人谈判，刚才被惊飞的勇气又一丝一丝还了回来，喊道："再漂亮也都半老徐娘了，要一百万，你们敲诈呀。"

金项链男笑了，跟郭德纲一样幽默，说："连这都被您看出来了，姑娘真聪明，您要不说白了，人家还以为我们在相亲呢，下面进入男生权利环节，一百万，非诚勿扰。"

高月在想，找准一个机会撒腿就跑，可自己刚才扭伤的脚踝现在还在疼，就算没扭伤，还不是跟刚才一样，没跑几步就跑不动了。

李响在想，打还是不打，他可以对付一个，郭小山连一个都对付不了，何况人家手里都有家伙，不打怎么救，这问题很纠结。

郭小山一直躲在李响的身后，以至于在这样紧张的气氛下大家都忽略了他，这时他却伸出头，弱弱地说了一句："敲诈是违法的。"

金项链男立即盯上郭小山。

黑衣大汉把手里的钢管扬了扬。

阴郁男子把那把砍刀扛在肩上，刀锋明晃晃。

郭小山立即又躲到李响身后。

李响说："他不懂事，有话跟我说。"

金项链男说："你让开。"

李响张开双臂，翼护郭小山，说："有话好好说。"

金项链男又重复了一遍，说："你让开！"

李响毅然决然地继续翼护，空气中弥漫着火药味，蹦出一个火星儿就能爆炸。

那边高月喊道："你放了他们，我跟你们走。"

黑衣大汉说："真叫人感动。"

阴郁男子说："感动中国年度人物第一名。"

郭小山终于忍无可忍，李响的翼护与高月的舍身相救，让他觉得自己男人的尊严受到了嘲讽。他选择站出来，勇敢地看着金项链男。

金项链男也看着他。

两个人对视了十来秒。

金项链男忽然问："你是不是三爷？"

郭小山一时没整明白，愣愣地看着他。

金项链男解释道："三爷，就是写小说的那个三爷。"

郭小山点头，再点头。

金项链男立即跟变脸了似的，堆出一脸笑意来，说："真是抱歉，抱歉呀，误会，误会呀，大水冲了龙王庙，一家不识一家人呀。"

他这话让在场所有人都愣住了。差点打起来的两拨人，怎么忽然就成一家人了。黑衣大汉与阴郁男子一脸迷惑，李响也是如坠云雾里。

郭小山自己也没弄明白，问："你也是作协的？"

金项链男赔着笑脸，说："我不是作协的，我是做饭的，厨师，我女儿是你粉丝，忠实粉丝，很疯狂，她房间里贴满了你的照片，我们父女关系不好，昨天还吵架了，她一直想要你的亲笔签名，你给我签个名吧，我带回去哄哄她。"

郭小山再次向生活膜拜，伟大的无奇不有的生活，谁的创意能跟你相比。人类一思考，上帝就发笑。诚如斯言。

郭小山趁热打铁，问："今天你们这是？"

金项链男说："本来是想打劫的，太丢人了，实在不好意思跟您说，您千万别把这事往书里写，我女儿要是知道了会更瞧不起我。"

高月也终于听明白是怎么回事了，悄悄从车上下来，悄悄走到李响他们身边。李响向她使眼色，示意她先撤，以防事态再起变化。

金项链男连忙说："误会，都是误会，一会儿我请大家吃夜宵。"

郭小山问："干吗要打劫，做点小生意不好吗？"

金项链男指了指提着钢管的黑衣大汉，他原来是卖笛子的，又指了指扛着砍刀的阴郁男子，他原来是卖西瓜的。他说都是城管惹的祸，抢了他的笛子，砸了他的摊子，原来很开朗一西瓜小伙，现在都有点抑郁了。这事你得写写，金项链男说："我们也想安安稳稳过日子，可是他们砸了我们的生计。"

郭小山开始思想道德教育，说："要奋斗，不要抱怨；要和谐，不要对抗；要走正道，不能违法犯罪。"

金项链男连连称是，回车上取了两本郭小山的著作，他居然还备有签字笔。郭小山在两本书上都签了名。金项链男连连道谢，并大献殷勤，说自己开车送三爷回去。郭小山说不用了，你的心意我心领了，等我新书出来后，一定送你女儿一本，前提是你们不能再舞刀弄枪了，挺吓人的。金项链男连声说："一定一定。"

那天夜里，这件看似很凶险的事，最后竟然有了一个很喜感的结局。李响坐在车上，依然觉得这很荒谬。

很多时候，我们觉得一件事情荒谬，不过是因为我们已经习惯庸常。我们看见有人在地上爬，觉得很荒谬。猴子看见有人直立行走，觉得也很荒谬。

车进城，已经黎明。

下夜班的人们急切往家赶，盼着洗个热水澡，安安稳稳睡一觉。上白班的人们陆续被闹钟叫醒，开始洗漱，准备一天的打拼。

每一个夜，都藏了许多荒谬。

每一个白天，跟前一个白天和后一个白天一样，看起来没什么不同。作为大多数的我们，便在这日复一日的庸常中，一点一点被淹没。

甚至，连呼救声都听不到。

第八章　流离

1

林城的案子，李响托付给了刘爷。他安排了饭局，以及娱乐活动。依然是出手阔绰。刘爷拍着胸脯说李总你放心，你的事就是我的事。

安顿好刘爷，李响又去拜访了宋碧柔。两个人在咖啡厅坐了一个多小时，大多数时间不说话，偶尔聊聊娱乐圈八卦。临别的时候，李响送她一个 LV 手袋，里面装着一支蓝色玫瑰，号称每张身份证只能购买一支。

宋碧柔说："我不缺钱，但是你送我礼物，我还是很开心。"

李响说："对于上好的胭脂而言，只有美人才能体现它的价值，否则就是暴殄天物，我一直觉得，美好的东西应该赠予美好的人。"

宋碧柔说："你一定很讨女孩子喜欢。"

李响说："事实上我一直情路坎坷，至今没有美好记忆，我也不知道像我这样五讲四美三热爱的大好青年，为什么感情上的运气会这么差。"

宋碧柔说："如果是三年前，我想我也会喜欢上你的。"

李响说："真是诚惶诚恐，这是我这几年以来听到的最开心的一句话，对于太美好的事物，我一直觉得，只应远观。"

宋碧柔说："以后来上海，我们便一起坐坐，喝喝茶，聊聊八卦。"

辞别宋碧柔，李响返回西城。于小伟驾车，又一次表示心虚，说李总不应该自己开那么多车，既然给他薪水，就要物尽其用。

李响说："你空着的时候可以自己找点事情做做。"于小伟说："我能做什么呢?"李响问他有没有听说过张志铭。于小伟说上次听张总提起过。李响说他当初也只是黄光裕的司机，后来做到北京国美的总经理，不在于你起点高低，关键是你有没有想法，肯不肯付出。于小伟说他是娶了黄光裕的妹妹，才会获得那么多的机会。李响说这就是成功者与普通人的区别，成功者看到别人的努力，普通人看到别人的机会，机会都是争取来的，没有努力哪来的机会。于小伟说今天受益匪浅，李总你以后多指点我。

车下高速，已经又是深夜。

于小伟小心翼翼地说前两天好像看见林诗涵了。李响说她来我们公司上班了。于小伟便不再说话。李响说："你是不是从此以后每次出车都希望碰见一个美女。"于小伟笑，有点不好意思。

依照惯例，于小伟打车回家，李响自己开车。他有一套临湖别墅，有一套高级公寓，然而此时开着车，却不知道该往哪里走。

他觉得自己一直是个无家可归的孩子。

2

李响停好车，才想起叶扶桑不在家。她陪母亲去旅游了，遥远的敦煌，去看鸣沙山与月牙泉。

他开了门，进了屋，然后把门关上，一边脱鞋，一边去摸墙上的开关，摸了好一会儿，竟都没有找到。他对这个家很陌生。他忽然发现沙发上有个黑影，他被吓了一跳，轻喝一声，谁？

黑影没有动，也没有回答。李响终于摸到开关，把灯打亮。

林诗涵穿着睡衣，抱着双腿，蜷缩在沙发上，满脸泪水。李响这才想起林诗涵一直住在这里。李响经常出差，即使在西城也很少住别墅，一时倒把这事给忘了。他看看四周，没发现什么异常，确认没有发生盗窃之类的事。

李响问："你怎么了？"

林诗涵居然笑了，梨花带雨，说："没什么，刚才做了个噩梦。"

他说："你吓到我了。"

她问："你是担心我？她说话依然这么直接、锐利。"

他想换个氛围，便说："深更半夜你坐在这里哭，我还以为发生了什么刑事案件，心里很激动，终于有了英雄救美的机会，没想到原来只是一个梦。"

她说："我梦见你了。"

他笑了，说："我没那么恐怖吧，居然能把你给吓哭。"

她楚楚可怜地说："我梦见你赶我走，你不知道我有多伤心，一怒之下，我拿刀捅了你，一连捅了好几刀，你捂着肚子转身就跑，我在后面追，你一直跑，我一直追，你以为我要杀你，其实我想抱你，鲜血滴了一路，你终于跑不动了，倒在地上，满脸哀伤地看着我，我把你抱着怀里，你低下了头，我便一直哭，哭到醒。"

李响脸上的表情复杂，忽明忽暗，说："你这个梦确实很吓人，以后做梦就做轻喜剧，别做恐怖片。"

她娇嗔地说："我又不是张艺谋，《英雄》也拍，《三枪拍案惊奇》也拍。"

他笑，说："已经很晚了，去睡吧。"

林诗涵却看着他，说："你抱抱我。"她依然满脸泪水，楚楚可怜，亦楚楚动人。她每次提出要求，都那么理直气壮，好像原本就该如此。

李响犹豫了三秒钟，伸出双臂，揽她入怀，轻轻拍了拍她的背，说："快去睡吧，天都快亮了。"

林诗涵却不放手，说："我怕，你陪我睡。"

李响说："别闹。"

林诗涵立即就哭，泪如雨下，说："连你都不关心我，太叫人伤心了，我一直以为你是好人，你会对我好，原来你也不关心我。"

李响只好缴械投降，说："别哭，我答应你。"

林诗涵立即又破涕为笑。

李响却是哭笑不得。他初见她时，她是个冷漠的背包客，一副泰山崩于前也面不改色的样子。此时她却像个孩子，哭笑皆在一念间。唯一不变的，是她的直接与尖锐。

3

1991 年，林诗涵出生。

那一年，以美国为首的多国部队在联合国安理会授权下，为恢复科威特领土完整，对伊拉克进行的局部战争，史称海湾战争。美国全美航空一架波音 737 客机，在洛杉矶国际机场因航管失误在跑道上和另一架飞机相撞，34 人遇难。我国第一座跨海公路大桥厦门大桥正式通车。俄罗斯等 11 国领导人签署《阿拉木图宣言》，苏联完全解体，战后存在四十多年的两极格局崩溃。台湾女作家三毛自杀。香港歌手邓紫棋出生。

4

林诗涵一直不知道自己父亲是谁。韩雅琳是唯一知道答案的人，但她始终目光闪烁。她给出的答案，让人生疑。

韩雅琳说，那个姓林的男人死于那场事故。林诗涵问她，诗涵诗涵，是不是尸骨未寒的意思。那时候她才五岁。韩雅琳随手抓起一只皮鞋，尖叫着砸向林诗涵。皮鞋在空中旋转，尖尖的鞋跟，划破了林诗涵的额头。

血蜿蜒往下爬。林诗涵倔强地看着韩雅琳，像一头悲伤的小兽。

韩雅琳又抓起一只皮鞋，扬了扬手，却画出一道绝望的弧线，终于垂了下去，皮鞋应声落地，声音很清脆。她蹲在地上，抱着自己的头，放声大哭。

林诗涵走过去，站在韩雅琳的身边，摸着她的头，说别哭别哭，我都没哭呢。韩雅琳哭得更厉害，山崩地裂。

多年之后，在网络上看到一个句子，"心中有座坟，葬着未亡人"。林诗涵心有戚戚焉，以为韩雅琳心里也葬着一个。她也曾想到去查一查那次空难的资料，想想又放弃了。是又如何，不是又如何？韩雅琳贴了块膏药，自己何必要去撕扯下来。伤口总是丑陋的。

六岁那年，家里住进一个男人，姓姚。林诗涵说："你就不能找个姓林的，这样我也好跟同学说。"韩雅琳使劲瞪她。林诗涵不知羞耻地笑。也许是干涸了太久，男人住进家里后，那张老旧木床，便常常吱吱呀呀地响。某一夜，林诗涵从噩梦中惊醒，又听到这吱吱呀呀的声响，便抓起桌子上的茶杯，狠狠地砸在房门上。

那些记忆，像烙印一样，想清洗都清洗不掉。

林诗涵天资聪慧，功课优秀，在学校里一直是个好学生。老师们都很喜欢她，便将她树立为典型，用以鞭策其他孩子用功读书。教育那些调皮不上进的学生，老师常常会说："你呀你，就不能像林诗涵一样。"

林诗涵就这样茁壮成长，一天都没有怠慢。

1998 年，长江流域发生特大洪水，百万军民奋战在抗洪一线，那些英勇故事现在读来依然可歌可泣。朱镕基总理在九江大堤上怒斥豆腐渣工程。金融危机横扫亚洲，香港阻击战气势磅礴。三大门户网站先后建立。马化腾成立腾讯公司，小小企鹅即将改变人们的生活。《泰坦尼克号》在中国上映，席卷票房1.04 亿。

香港回归一周年举办了晚会，林诗涵坐在电视机前，觉得陈晓东很帅。

那些可歌可泣气势磅礴，在林诗涵的世界里未曾存在。她在读书之余，看了一场晚会，遇见了陈晓东，觉得这个男子很帅。

因此，1998年，对她来说，具有特殊意义。

一切宏大，在她面前，都被轻易消解。

十四岁，林诗涵已经出落得亭亭玉立。韩雅琳常常会盯着她看，看到发呆。林诗涵以为她是想到了自己年轻的时候。

韩雅琳原本也是个貌美的女子，此时却已经老态尽显。姚姓男子早已经走了，不辞而别，不知去向。她自然也有别的男人，并且更换频繁。她似乎想借男人的爱慕，回味那些早已经远离的美好时光。

对于韩雅琳的朝三暮四，林诗涵已经足够包容。她住校，很少回家，两个人几乎没有什么交流。她亦觉得韩雅琳可怜，不如就成全她吧。

她对自己要求甚高，对男生避而远之。但像她这样美丽的女生，想要不被骚扰，几乎是不可能。少年们蠢蠢欲动，而且都很勇敢。

终于有一天，晚自习之后，那个男生拦住她的去路。林诗涵早已经忘了他的名字，只记得大家都叫他小高。小高功课一般，有时还逃课，在班级是反面典型。小高很帅，留长发，很有九八年陈晓东的范儿。

小高看着她，想表现得洒脱，却又掩饰不了紧张。他说："我喜欢你。"

林诗涵盯着他，针锋相对。她的愤怒开始升腾，她觉得自己受到了羞辱。愤怒一览无余，像是随时都会把人焚毁。

小高落荒而逃。

5

说起 2003 年，你记得什么？

2 月，因伊拉克战争而起的反战大游行在全球 600 多个城市同步举行，大约有 600 万人参与。3 月，以美英为首的联合部队正式宣布对伊拉克开战。4 月，张国荣坠楼身亡。5 月，淘宝网诞生。6 月，维基媒体基金会宣告成立。彼得·杰克逊凭借影片《指环王：王者归来》获得奥斯卡最佳导演奖。南非作家约翰·马克斯维尔·库切获得诺贝尔文学奖。

你还记得什么？

非典席卷而来的时候，你在哪里？

林诗涵在学校。局势已经很紧张，媒体上感染以及死亡的数字每天都在攀升。他们依然觉得这是很遥远的事情。青春正好，依旧嬉闹。小高在教室里叫嚣说："怕什么怕，十八年后爷又是一条汉子。"

韩雅琳打来电话，说组织上安排她去一线。林诗涵想也没想，说："哦，我知道了。"她本想说："你眼睛不好，要注意休息。"自己又觉得矫情，便没有说。却没想到，她再也没有机会对妈妈说出这句话。

一个月后她接到电话，是组织上打来的，说韩雅琳同志已经因公殉职，希望她节哀顺变。她挂了电话，茫然地站在角落，一滴眼泪都没有流。只是觉得心里很空很空，像一片一望无际的大沙漠，寸草不生。

那是一节自习课，老师不在，学生们便放肆了。她坐在那里，倚着课桌，茫然地看着黑板，上面写着一个方程式。

某一个瞬间，她忽然明白，所谓死亡，就是那个人再也不在了。

韩雅琳再也不会默默地看着她，发呆好久。再也不会煮好一碗面，悄悄地放在她的面前。再也不会买一套新衣服，悄悄放在她的枕头旁。她再也不会接到韩雅琳的电话。一切的一切，再也不会了。

没过多久，救护车呼啸着开进了校园。校园开始变得安静，并被一种压抑的氛围所笼罩。孩子们一直无忧无虑，从没见过这阵仗，有些显得很紧张。有些已经不来上课了。最后学校决定停课。停课后的第二天，她听说小高发烧了，被送进了医院。学生们接到通知，要求自我隔离。半个月后，林诗涵收到小高的短信。

"我不想死。"小高说。

青春正好，没想到死亡也会这么近。总有些音符戛然而止，总有些剧情会提前落幕。总有些人要提前告别。

她想，当初小高向她表白，如果她答应了，那该有多好。

6

那个冬天，雪下得很早。

林诗涵穿着厚长的白色羽绒服，蹒跚着走在操场上。班长走在她的身边。班长说自己喜欢她很久了。她只是"哦"了一声，什么都没有说。两个人默默地走了两圈，班长说我扶着你吧，她说好。

他牵了她的手。他手掌宽厚，她觉得很温暖。

第二年春天。那天细雨连绵，班长撑着一把大伞，她躲在里面。他们觉得无处可去，便去看了一场电影。一部港片，打打闹闹，看完了便忘了。从电影院出来，已经晚上十点多。他问去哪儿呢，她说不知道。

他们去开房。

一切似乎水到渠成。那日之前，她冰清玉洁，连一个吻都没有过。那日之后，她彻彻底底，与过往告别。

快捷酒店到处都是。白色墙壁，白色大床，房间里几乎一切都是白色。只有她的血是红色的，很刺眼，触目惊心。

空气清冷，青春肌肤暴露其中。她内心宁静，无激动，亦无羞耻。她知道，这场爱与告别，只与自己有关。她闭上眼睛，看见小高帅气的脸庞。

第二日清晨，她很早起床。之后，便再没理会过班长。班长倒也豁达，并不纠缠于她，也从未向旁人提起过他们这段过往。

高中阶段，又陆续交往过几个男朋友，跟其中两个上过床。有一个很夸张，一夜未眠。她看着天花板，觉得自己像一艘小船，孤独地在海面上漂浮。没有风声，也没有灯塔，黑暗一望无际。

有两个男生为她打架。场面之壮观，在校史上前无古人后无来者。晚自习后，两帮人在操场谈判。二十几个人吵吵嚷嚷，闹成一团。后来不知道是谁喊了一嗓子，"沧海一声笑，下手要趁早"，之后就打起来了。有人冲上去了，有人掏出了手机。后来参战人员越来越多，加上围观群众，整个操场黑压压一片。人群像朝圣一样，虔诚。那场架一直打到十二点过后，直到警笛呼啸，大家才作鸟兽散。后来，大家再说起这件事，谁也弄不明白为什么会有那么多人参战，为什么打架打得那么兴高采烈。

那场像闹剧一样的群架，产生了两个后果。领衔主演的两个男生被学校记大过，林诗涵芳名远扬，知名度全校第一。也许有人不认识校长，但没有人不知道林诗涵。

盛名之累，便是一切都不自由。她也因此更加疏离。

7

这种状况一直到大学才有好转。她天资聪慧，但心思不在课本上。她喜欢读野书，对偏僻生冷的知识反倒充满好奇。考取了一所三流大学，却也因此获得更多自由。

她从大一便开始行走。韩雅琳留给她的钱早用完了，她自己打工挣路费。在麦当劳做过临时工，在街头派发过单页，在商场做过促销，后来给一些网店做模特。挣到了一些钱便出走，钱用光了就再打工。

她去过厦门看过大海，去过戈壁看过沙漠，去过内蒙古看过草原，也去过甘肃农村，看望过那些贫穷的孩子。国外不去欧美，反倒去了以色列和伊朗。

她去过阳朔，去过凤凰，去过丽江，去过那些被文青们渲染的地方。一路上遇见形形色色的男子，眼神对了，她会跟他们上床。她喜欢被男子牵着手，走过山山水水。既然不能是一个，那就无数个吧。

有个男人跪在她面前，涕泪俱下，说自己如何爱她，如何离不开她。她依然冷漠，绝不藕断丝连。她知道，在她离开之后，男人一定会爱上别人。

　　大多数男子也洒脱。原本就是想艳遇，那就到此为止吧。谁会对一个艳遇上的女子动真心呢。想想自己都没信心。

　　有个男子气宇轩昂，极像某个超级富豪。他们没有做爱。她听他一直说，说他的孤独与苦恼，最后他还大哭了一场。临走时，他给了她一张银行卡。她到银行去查了查，居然有六位数。她亦受之坦然。

　　大二时候，她遇见了小钟。

　　那时候小钟读高三，周末跑到大学校园来玩。他说要感受一下大学生活，却没想到会碰见她。她穿一袭长裙，旁若无人地走过，一下子就打动了他。小钟平常胆怯，这时却勇敢地拦住她，英勇无比地说："做我女朋友吧。"

　　她看着他，锋芒毕露，问："你确定？"

　　小钟点头，一脸真诚，说："我确定。"

　　她叹了口气，说："好吧，这是你自己的选择，希望你不会后悔。"年少的小钟肯定地说："不会，当然不会后悔。"她伸出手，让他牵住，说："你跟我走。"

　　他陪她在校园里走，走过草坪，穿过垂柳，也走过了他的年少无知。少年一脸幸福，说："我要跟你永远在一起。"

　　永远到底有多远？有时候，只有一厘米。

　　一个星期后，他们去开房。他唯唯诺诺，不知所措。她跟他开玩笑，说："你还是个雏儿吧，别怕，我会对你负责的。"

　　这个世界，谁能对谁负责呢？

　　没多久，小钟看见她跟一个男生在一起，两个人举止亲密。少年一脸天真，跑过去责问她。她觉得很无聊，连说个谎都懒得去做。

她绝没想到，小钟会从六楼跳下去。她哪曾想到，这个世上毕竟还残留着一些单纯的情感。谁少年时，不曾单纯过。但她早已经不记得。

小钟的家长辗转知道了事情的来龙去脉，跑到学校来闹。她懒得去理睬，亦是心里难过，再次离校出走。跟以往不同，这次她再没有回去。

这些事情，说起来总让人心灰意冷。

8

她差点死在木渎。不过是淋了一场雨，她根本就没放在心上，没想到却发高烧。一个人躺在小旅馆里动弹不得。

屋外阳光灿烂。人们来自四面八方，带着想象，以及浮躁，来这个地方走走，拍照。世界越是喧嚣，人便越是寂寞。

半夜，隔壁传来叫床声。肆无忌惮，毫不掩饰，像是一场直播。她忽然想起那些与她有过肌肤之亲的男子，她不知道他们的名字，连面目都已经模糊不清。此时，他们都已经散落在天涯海角。不过是一场欢愉，逃避虚无，安慰寂寞。

快天亮的时候，又模糊睡去，做了一场梦。大片油菜花迎风摇摆，少年小高面带羞涩地看着她，说："我喜欢你。"

醒来，脸上冰凉。

内心那些期望与怀念，从不敢与人说起，极度缺乏安全感。只怕一说出口，便泄了底气，露出懦弱了。在丛林里，一切懦弱都会被嘲笑。

门被撞开，一个男子冲进来。他衣衫不整，一脸慌乱。尴尬，羞愧，以及隐忍在眉间的恼怒，被她一览无余。她向来尖锐，直抵人心。

临河家庭旅馆，置办的是古朴雕花大床，男子竟一头钻到床底下去。随即，听到隔壁吵闹声。一个女人破口大骂，一个女人哭哭啼啼。后来又发生了厮打。根据这些零碎信息判断，不过又是一个古老的捉奸故事。

声息全无之后，男子方才从床底下爬出来，居然向她致谢，说打扰了。男子眼观六路耳听八方，小心翼翼地出了门。过了一会儿又折了回来，问："姑娘你是不是病了？"

故事很简单。方宇读大学时，谈了一个女朋友，毕业后谈婚论嫁。他从农村考进大学，留在城里，成为所谓的凤凰男。女方是个城市女，家里还有个小厂，算不上是富二代，却是名副其实的娇二代。思想观念及生活习惯的诸多不同，导致二人摩擦不断。她觉得他不能赚钱，他觉得她眼里只有物质。他自恃才情，网络上有三五红颜，算不上知己，却也能相互唱和。时间长了，便动了逃的念头。他逃到木渎，与红颜相会，原本以为是一场高山流水，最终未能免俗地上了床。却没想到女方神通广大，一路追捕，差点就将他捉拿归案。

方宇陪了她一个星期，直至她完全康复。这个男子体贴，温存，把饭菜端到她床头，温柔地看着她，叮嘱她小口吃，别噎着。

有一瞬间，她产生了流泪的冲动，最终还是拼命抑制住了。

多少有些委屈。原本就应该有这样一个男子，在她生病的时候，或是脆弱的时候，或是想撒撒娇的时候，给她关爱，予她体贴，揉揉她的头发，说一声乖。小时候应该是父亲，长大后应该是男友。

可是，她都没有。

她逐渐恢复元气，脸色也开始红润起来。他便没有再留下来的理由。他说："不如我们一起走，找一个小城，过过世俗的小日子，好不好？"

她看到他一脸真诚，心知他是喜欢她的。出乎意料，自己心中居然很是欣喜，几乎就要答应他了。脱口而出之前，毕竟犹豫了。她问："可以吗？"

他说："可以。"

她笑了。脱口而出的承诺让她如何敢信。她是来历不明的女子，他亦有自己难以切割的过去，真的能说忘就忘，说断就断了？

她给了他一个拥抱，说："我们就此分手，都不要回头，不要幻想，也不要留念，原本就是偶然，牵不出什么希望来。"

她说："我已经停不下来了。"

> 她说她找不到能爱的人，
> 所以宁愿居无定所地过一生。
> 从这个安静的镇到下一个热闹的城，
> 来去自由从来不等红绿灯。
>
> 酒吧里头喧哗的音乐声，
> 让她暂时忘了女人的身份。
> 放肆着灵魂贴着每个耳朵问，
> 到底哪里才有够好的男人。
>
> 没有爱情发生，
> 她只好趁着酒意释放青春。

刻意凝视每个眼神，

却只看见自己也不够诚恳。

推开关了的门，

在风中晾干脸上的泪痕。

然后在早春陌生的街头狂奔，

直到这世界忘了她这个人。

——《失踪》林忆莲

9

遇见李响，亦是一场偶然。

她在社交软件上遇见一个退役特种兵，此人是个狂热冒险者，正在筹划穿越新藏线。两个人一拍即合，不日启程。

这场行走，灵魂历经生死，身体备受考验。途中曾遭遇山体滑坡，他们看着一块巨石从天而降，把前面一辆车砸成废铁。路遇朝圣者，看着他虔诚地磕长头，向遥远的前方缓慢地前进。

那些艰苦不用多提，缺氧，寒冷，食物匮乏，沿途单调，但是天很蓝，水很清，那是城市里再也看不见的景象。因为装备充分，加之特种兵经验丰富，一路上总体来说还算顺利。他们甚至在旷野做了一场爱。远离城市，远离浮躁与功利，与天地融合，浑然一体。

到了喀什，住进宾馆，舒服地洗了个热水澡，安心睡了一觉。醒来觉得世间一切美好，能够活着走出来，已经是万幸。

在喀什逗留了三天，特种兵又将启程，开赴伊犁方向。挥手告别，互说郑重，心知只是结伴而行，谁也没有流连。她不能再走，打算休养生息，经乌鲁木齐转飞南京。

南京这座城市，色彩太过悲凉。六朝古都，繁花似锦，最终却背影苍凉。她去了总统府，隐藏在如潮人流中，旁听导游解说。那张照片记录的是哪个重要时刻，她已经忘了，好像是总统就职典礼吧。李宗仁问蒋介石该穿什么服装出席，蒋回答说既是军人自然该军装出席。照片上众人皆穿中山装，唯李副总统一人着军装。不知是正史还是野史，导游讲来声情并茂，犹如亲见。

曾经最高政治中心，政客钩心斗角之场所，如今游人如织，来往拥挤热闹，贩夫走卒皆可登堂入室。"旧时王谢堂前燕，飞入寻常百姓家。"乌衣巷亦在南京。

在乌衣巷遇见了班长。这么多年未见，彼此改变都很大，面对面坐在小饭馆差点都没认出来。最后还是他试探着问："你是……"她说："我是。"当初手牵着手在操场走过，如今却无话可说，气氛很是尴尬。

他考进一所名牌大学，每年都拿奖学金，毕业进了一家外企，薪水丰厚，妻子在银行工作，孩子刚满月。一路光明，生活安稳。这次来南京出差，大概会呆两个星期。

"你怎么样？"他问。

"还好。"她说。还能说什么呢，他们早已经不是一个世界的人。他安稳光明，她颠沛流离。他前途无量，她前程未卜。

他提议一起走走，她断然拒绝。他眼睛里有优越感，这惹恼了她。这些忙于尘世间营生的蝼蚁，原本就不被她放在眼里。

是夜，他给她发短信，说他看出了她的忧伤，他想请她喝一杯咖啡。她冷笑着合上手机。他搭讪的手段，笨拙一如当年。

这破坏了她的心情，她随即决定离开南京。

早上去火车站买票，排队将近一个小时，最后发现只有下午一点以后的票。她要立即离开这座城市，一刻都不想再等。恰好旁边有人在拉客，她跳上一辆车便走。后来发现那辆车只到苏州，她便在高速上下了车。

说百转千回也罢，说前因后果也好，反正是遇见了。

10

那天早上阳光特别温暖，至今让人怀念。阳光透过落地玻璃窗，被一层粉色丝质窗帘过滤后，恰到好处地洒落在床上。

李响醒了，看见林诗涵趴在床上，正看着他。他懒懒地笑，问："你很早就醒了？"她什么话都没说："突然就吻过来。"

猝不及防。

缴械投降。

她动作激烈，却又不失温柔，温柔里偏偏又有些许粗暴，粗暴中竟然若隐若现那么几分楚楚可怜。

他投降了，向她的温柔，向她的粗暴，向她的可怜。

"哥。"她叫了他一声。

他还没来得及答应，她的一滴泪已经落在他的唇上。很凉，很凉，像一块冰刚刚融化，还没来得及升温。

总会有那样的时候，你想抛弃一切，世俗功名都随风去吧，只做一个彻彻底底干干净净的人，与世无争，甚至与世无关。

李响倚在靠枕上，盯着对面的墙壁。墙上挂着一幅油画，晴朗的天空，金黄的麦地，三个妇人在拾麦穗。叶扶桑置办的，应该是仿作。

"在想什么？"林诗涵问。

李响没有回答，把目光转向窗帘。他当初设计的是紫色，后来被叶扶桑换成了粉色。他觉得粉色太轻佻，但还是尊重叶扶桑的意见。

"现在情况有些复杂，在公司我是你的下属，在家里我是你未婚妻的朋友，你是不是有些后悔？"林诗涵笑，嘴角有嘲弄的意味。

李响依旧不说话。

林诗涵说："其实问题比你知道的还要复杂，我并不是叶扶桑的朋友。"

李响也笑了，说："你跟叶扶桑一起在西城出现，如果我还以为是偶然，那我也太愚蠢了，我看起来似乎也不太像一个愚蠢的人。"

林诗涵说："但是你一直不问。"

李响说："我知道你迟早会告诉我的。"

林诗涵叹了口气，说："我一直以为我很聪明，没想到你才是主角，不过故事说起来有点伤感，叶扶桑终于下定决心要嫁给你了，但她不确定你是否知道她之前的故事，不确定你对她是否真心，我是一个面试官。"

李响笑，说："你赢了。"

林诗涵摇头，说："这并不是故事的全部，故事的另一个真相是，我主动找到叶扶桑，怂恿她在婚前对你进行一场考验，其实我只是想接近你，制造一个在你身边的机会。"

她说："你赢了，输的是我。"

李响问："为什么？"

林诗涵苦笑，说："你这么聪明的人，居然也问这么愚蠢的问题，没有为什么，也许是某一个眼神让我觉得温暖，仅此而已。"

李响说："其实我不过是一个俗人，在这个世界奔波忙碌，过着自己不想要的生活，一直抗拒，却又缺乏足够的勇气与之决裂。"

林诗涵说："你不必太在意，其实跟你关系不大。"

李响笑，说："可是，刚才我却在想，如果你要带我走，我会不会放下这一切，跟着你，不管南北与东西，不管贫穷与富有，也不管是一世还是一年。"

林诗涵看着他，凝视良久，想挤出一丝笑意，泪水却决堤而出。

11

这世上怎会有你这样的男子？笑容温暖如春能融化一切冰冷，眼里深藏的寂寞却如千年寒冰从未消融，笨拙得不会讲什么情话，说来却又如此动听，想伸手摸一下你眼角的细纹，却又怕你深陷漩涡，我已经是万劫不复之身，没什么好怕，只是心疼，不忍，一挥手便万水千山，一转身便天涯海角。

第九章　暗战

1

蒋天啸状告刘佳玲非法侵占蒋天宇遗产案即将开庭，判决结果对一地集团控制权争夺至关重要。若刘佳玲输，其大股东身份自动丧失，若刘佳玲赢，则股东大会决战在所难免。

蒋晓龙请李响吃饭，李响答应了。这一次蒋晓龙没带其他人，开车载着李响来到一处度假村，说这地方湘菜很有特色。

湘菜很有特色的餐馆很多，蒋晓龙特意带李响来这个度假村，当然不是为了吃湘菜。俗话说："一人不喝酒，二人不赌钱。"两个人吃饭也很无趣，特别是两个男人。这桌饭吃得很单纯，没有觥筹交错，也没有黄段子。甚至菜也很朴素，两荤两素外加一碗丝瓜汤。因为都开车，酒也没喝。蒋晓龙谈 NBA，说火箭说湖人说科比詹姆斯说很喜欢杜兰特。李响谈时政，说奥巴马说华尔街说货币战争说国际宏观经济运行凶险。

蒋晓龙最后还是提到了林诗涵。他直截了当毫不掩饰自己对她的欣赏，他说从没遇见一个女生对他这么冷漠。李响笑说他贱，投怀送抱的不要偏要找不理不睬的，表面上是自讨苦吃，实际上是心里优越感的无意识流露。蒋晓龙断然否认，说以前也遇到过故作清高的，一沓钞票就砸回原形了，林诗涵与任何人都不同，尖锐得让人心生怜悯。

李响说："因为你这句话，我对你重新定位。"

蒋晓龙看看表，说那就撤吧。李响自然没有异议，附和说好。两个人到了停车场，上了车，还没发动，恰好有车从外面开进来。

三辆奥迪，鱼贯而入，最后面一辆车上下来一位长者，李响看着有点眼熟，一时又没想起来。蒋晓龙小声说："杨叔叔，我爸爸的老战友。"然后他似有意若无意地说："这个地方不对外开放。"

李响笑了。

2

法院一审判决，蒋天宇遗嘱有效，刘佳玲合法继承其全部遗产。

蒋天啸不服判决，表示将上诉。

郭小山在北京。

新书出版。签售现场人山人海，犹如朝拜。新书限量版卖到八百八十元一本，依旧供不应求。

高月在上海。

林城的案子已经结了。但他终日郁郁寡欢，常常把自己关在屋子里抽闷烟。高月试图与他沟通，但他总是拒绝。也许是这件案子伤了他的自尊。原本他铤而走险，也不过是想改变自己在妻子面前的形象，最终却让自己更加狼狈。高月一时也无他法，只有小心翼翼地相处着。

叶扶桑在敦煌。

她陪着母亲看莫高窟佛像，在月牙泉看月，在鸣沙山玩沙。偶尔也会走神，想起某个男子。四野辽阔，时空浩瀚，当初的义无反顾，原来不过是一场毫无意义的偏执。

徐克在西城。

他和妻子刚从民政局走出来，冷战历时一月有余，两个人终于心力交瘁，于是便把结婚证书换成了离婚证书。他北大毕业，不到两年便在理想集团做到中层，但他出身贫寒，不菲的工资也不足以在这个城市买一套房。她出身小康家庭，当年慕他才华，一路辗转追随。怎奈感情敌不过物质，美好溃败于流年，她开始抱怨，婚戒上的钻石克拉数太低，同事结婚蜜月去了马尔代夫，当年同寝室的女生家买了辆奥迪。他觉得妻子没有错，只是自己心里越来越疲惫。徐克一个人走在大街上，看着城市车来车往，心里盘算着写一封辞职信，一个人去次西藏，如果运气不好，也许会死在路上。

吴森在成都。

醒来时觉得头疼欲裂，他知道是昨晚喝多了，女人已经离开，枕头上还留有几根长发。他出差到此，夜晚无聊便去了家酒吧，不记得怎么认识说了些什么怎么回到宾馆，只记得女人的叫声很大。洗完澡，倒了杯茶，收到未婚妻的短信：我们分手吧，我跟别人上床了，不想瞒你，祝你幸福。他把茶杯摔到地上，心里刚刚开始蔓延的愧疚顷刻间荡然无存。

冯晓在西安。

她刚刚在豆瓣注册了一个新 ID，写了一篇长长的帖子，诉说自己一生的不幸，童年父亲出车祸身亡，十四岁被继父强暴，十六岁被初恋男友抛弃，十七岁被语文老师骗上床，二十一岁为拿奖学金被系主任潜规则，二十三岁为保研被学院院长又潜了一次，二十六岁被上司性骚扰，二十七岁喜欢上一个同事没想到却是个 Gay，二十七岁追求一个开宝马的富二代上床后被抛弃，二十八岁闺蜜的男友给她发暧昧短信。关了电脑整装出发，这是一个星期内的第八次相亲。她对着镜子叹了口气，然后骂道，奶奶的，今年一定把处女之身给破了。

陈凯在北京。

他坐在地下通道，怀里抱着一把吉他，在唱汪峰的《春天里》。"如果有一天，我老无所依，请把我留在那时光里。"他怀念那些无忧无虑的少年时光，有些调皮，有些无忌，漂亮女生长发飘飘裙角飞扬，善良老师念念叨叨永不休止。昨晚他收工回出租屋，在一个巷口被一个相貌清纯的女子拦住。帅哥，玩不，一百块。他觉得自己已经老无所依，虽然他才二十五。

张艺在南京。

他的理想是做个电影导演，可是现在他身上连一张电影票的钱都没有。毕业三年，五个城市七份工作，杂志编辑、摄影、网络写手、房产公司销售员、麦当劳送餐工、传媒公司销售经理、书店营业员。他觉得自己流离失所，离梦想无限遥远。

我们，在这个时代。

李响在江南小镇。

千灯。

听名字就有很多故事。其实它已不似想象那样，现代化开发席卷一切，它也做不成漏网之鱼。但依然有古朴建筑，有传统小吃，麦芽糖、重阳糕，说起来就让人觉得童趣盎然。

林诗涵外祖母居住于此，她回来看望老人家。李响陪她来。

老人孤居此地，已接近半个世纪。丈夫在 20 世纪中叶的动乱中死去。大儿子去非洲做生意之后便音讯全无。大女儿死于非典。小女儿远嫁加拿大。一笔带过，寥寥数语，对于老人却是一部宏大叙事。

老人把李响当成外孙女婿，初见面就拉着他的手，连声说好。林诗涵不说明，李响便也不刻意去解释。林诗涵做饭，淘米洗菜切菜烧菜，李响打下手，端盘子递调料。老人眯着眼睛看着他们，满脸慈祥。

大多数时候，老人搬个板凳坐在门口，晒太阳，看来来往往的人。街坊路过会招呼她，她爽朗地回一声。也有年轻的女性游客，希望与老人合影，她也欣然答应。后来的后来，李响在某个著名女作家的摄影集里，看到过这幅影像。来去无意，宠辱不惊。她有过明媚时光，少女羞涩，青春悸动，到如今满头银发满脸沟壑，还有什么看不透。

时光摧枯拉朽，没有什么能够抵挡岁月。

李响说："想来我们是悲哀的一代，小时候条件差生活苦，诗歌泛滥民谣盛行的年代我们还小，没赶上装逼的大好时代，都被高晓松宋柯那帮人占了，大学生是天之骄子的时候我们在读中学，我们读大学的时候大学生已经一文不值，很多人毕业即失业，进了小私企的睡得比猫晚起得比鸡早吃得比猪差，房价低的时候还没毕业，毕业之后发现房价坐在火箭上，前辈们二十大几的时候孩子早会跑了，现在却剩女成群人人恨嫁，做了房奴结了婚的每天醒来算算要还多少钱给银行，连双好点的袜子都不舍得买别说生孩子了，物价不停涨当初在学校五块钱一顿能吃很好现在十五元都是清汤寡水，老婆发现同事挎的包包是 LV 的大概需要两万块，立即羡慕嫉妒恨你却只能花二十块给她淘宝一个，好像每件好事都慢了历史一步，心里还没忘记年少轻狂时那点破事，一不小心发现眼角已经有涟漪了，照照镜子才明白原来白发已经不止一根，好像背也不那么直了，神情总有些落寞，一副饱经沧桑的模样，不再关心时政，管他希拉里还是奥朗普，甚至连英国退欧这等大事都过了好久才知道，不再开很多博客天天写日志乐此不疲，不再主动添加异性网友，QQ 经常隐身，看这个门那个门觉得也不过如此，不如看好自家大门，一不小心喝多了还是会吹牛。想当年，想当年，脱过男生裤子，扯过女生辫子，逃过课，打过架，骂过老师，写过检查，说过情话，吻过女孩，半夜看欧冠，天明反日货。想当年，想当年……最后意兴阑珊连想都懒得去想了。"

没想到你会有这么多感慨。林诗涵说："你算是幸运儿，属于被羡慕嫉妒恨的富贵阶层，按常理早就脱离群众了，没想到还能如此观察入微。"

李响说："其实我与这个世界一直疏离。"

"我知道，"林诗涵说，"第一次见你我就知道，你眼神里寂寞太浓重，不是商人的寂寞，是诗人的寂寞。"

李响笑，忽然觉得温暖，在心底深处。

"我们最近在做一个项目，目标购房者定位为 80 后，婚房首置或以二换三的初次改善，项目组做了大量调研，所以我对这个群体了解比较多些。"他说。

她也笑，便不在这个话题上继续下去。她知道，其实他们是同一类人，对这个世界充满抗拒，不过方式不同而已。她出世，而他入世。她隐于野，而他隐于市。

晚饭后，李响返回西城。夜色苍茫，高速公路却依然繁忙，常常有车呼啸而过。这样一个晚上，他们不和家人一起聊天嗑瓜子看电视，有什么事值得匆匆忙忙？哪怕是和佳人对坐不语，不是也很好。

"唯有你懂。"他给她发了一条短信。

3

子夜一点，李响打开电脑，登录豆瓣，找到一个旅行小组。"故人西辞黄鹤楼，烟花三月下扬州"，有一帖如此简洁，让人不明所指。

豆瓣上类似小组很多，旅行者发布旅行计划，求同行，求攻略，或者求住宿等。这帖点击十五，留言三条。一楼问：什么意思？二楼问：LZ 是要去扬州吗？三楼说：我是打酱油的。

李响留言：已阅。

发帖者 ID 为"不爱梁朝伟"。

扬州。

个园旁，小茶馆。

李响端起茶壶，小心翼翼地斟了一杯茉莉花茶，茶至七分满，轻轻放下茶壶，将茶端到她的面前。

刘佳玲将茶接过，浅浅地喝了一口，置于桌上。她微笑，说："这么多年了，你还记得我喜欢茉莉花茶。"

李响给自己倒了一杯碧螺春，说："当然记得，我还记得你喜欢吃蛋黄酥。"

时间过得真快。她说："当初你还是个青涩的大学生，锐气有余沉稳不足，如今已经是房地产公司的领导者，运筹帷幄决胜千里。"

"当初是恰同学少年风华正茂，如今老了。"李响笑道。

"连你都敢说自己老，那我怎么办？那我该退休了？"她问。

小文艺是这么说的，时光如水，没能在你脸上留下任何痕迹。李响说："跟当年相比，你几乎没有什么变化，还是那么从容，那么淡定，也还是那么美丽。"

她笑，说："难怪那么多女生会喜欢你，话是越说越好听了。"

李响说："都是真诚的话，比如李嘉欣，比如徐若瑄，我们小时候看她们，觉得她们很漂亮，如今再看她们，她们美丽依旧；而当年青春飞扬的小虎队，如今都已是满脸沧桑，看来时光这件事，对男女是有偏颇的。"

李嘉欣毕竟只有一个。她说："对于大多数女人来说，青春要易逝得多，也许就一封信，一个转身，一个瞬间，内心就苍老了。"

说起时光，总让人伤感。

李响再为她斟茶，说："二审已经定下来了，维持一审判决。"

刘佳玲说："你费心了。"

李响说："蒋天啸能量巨大，中院承受了很大压力，省里面有人给了指示，说是要维护社会稳定，言下之意要保持现有格局，最后还是陈叔叔打了招呼，才把这事给定下来。"

刘佳玲说："事已至此，就在股东大会上做个了断吧。"

李响问："是否有必胜的把握？"

刘佳玲不答反问："蒋天啸有没有怀疑你？"

李响说："到目前为止，他没有表现出他的怀疑，但戒备是有的，他让蒋晓龙来理想集团，说是学习，其实有两个目的，一是拉拢，二是情报收集。"

刘佳玲说："从个人占股来说，我远远超过他，我们的支持者，加上你的股份，超过百分之五十应该没有问题。蒋天啸最大的支持者是和声机构，我的人也与他们接触过，他们目前态度暧昧，有待于进一步观察。"

李响说："据我所知，和声与蒋天啸之间签过捆绑协议，双方一荣俱荣一损俱损，和声在资本界浸淫多年，这个问题有点棘手。"

刘佳玲微笑，说："你不用担心，既然我敢跟他在股东大会上对决，我至少已经有了八成的胜算，跟男人相比，女人要谨慎得多。"

李响说："我不担心，我相信你会赢，也相信邪不胜正。"

刘佳玲说："这一场不仅会赢，而且会赢得很漂亮，我跟蒋天宇虽然没有感情，也算是知交一场，我不能让他留有遗憾。"

李响轻叹一声，说："我也有幸得到过蒋叔叔教诲，一直心存感谢。"

刘佳玲不想在这个话题上继续下去，便说："你与叶扶桑认识时间也不短了，也该给人家一个交代了吧？"

李响说："正在酝酿当中。"

刘佳玲说："一个女人，即使在人前表现得强悍，其实内心也是脆弱的，越是强悍便越是脆弱，作为男人，你要懂得包容才是。"

李响坦白说:"其实我是有犹豫的,我想我不爱她,大概她也并不爱我,所以我不知道结婚对于我们而言,是相互妥协还是相互欺骗。"

刘佳玲轻叹一声,说:"很多婚姻与爱情无关,以前夫妻双方在洞房前连面都没见过,现在人们又爱得太早,爱的时候太小,婚姻遥不可及,耐心又少,一言不合便一拍两散,等到了结婚年龄,人已经换了好几个,心已经死了好几回,其实早已经倦怠了,经不住家庭社会压力,便匆匆找个人凑合。对于大多数人而言,婚姻只是人生的一个步骤,如此而已。"

李响在听的过程中,想到了叶扶桑,想起了江伊敏,甚至想起了杨语音与杜小芳。杜小芳事关中学记忆,懵懂年龄,容易对相貌清秀功课又好的女生心生好感。他与江伊敏之间的故事,每所大学里每天都在上演,实在是平淡无奇。他们遇见、牵手、上床、吵架、上床、吵架、分手。每个角落都有爱情发生,每个夜晚都有荷尔蒙在飞,每棵树下都有一对情侣,每个清晨都有梦醒后的眼泪。

他对杨语音倒像是动了真心。她绝世容颜、鹤立鸡群、举止高贵、谈吐优雅,她让他瞬间沦陷,却又戛然而止。他不能忘记,也许便在这戛然而止。犹如烟花之美,瞬间湮灭,反而让人回味。

他心里想着杨语音,抬头看了一眼刘佳玲,忽然有个念头一闪而过。他对杨语音念念不忘,也许还因为她身上有刘佳玲的投影。这个念头,吓了他一跳。

李响低头喝茶,以掩饰瞬间的惊慌。刘佳玲于他,像一个姐姐，某种程度上，他对她还有一定的心理依赖。

他对她一直保持敬意。

4

那日，他们未去二十四桥，去了大明寺。

一路拾级而上，刘佳玲于前，李响随后。她不说话，他也不说话。两人立于牌楼前，见"栖灵遗址"四字，刘佳玲轻叹一声。

在大殿，刘佳玲虔诚拜佛。

李响伫立门前，遥望远方，忽然兴起思古之幽叹。这寺庙沧桑千年，几经战乱，每次都不能自保，又何以来保天下苍生？

安生坐在蒲团上，看着佛说，他们知道一切吗。然后她说，那他们知道我喜欢你吗。李响忽然想起安妮宝贝的这篇小说，没有缘由的，自己都觉得好笑。

有个小孩跑到他面前，站定看着他，说叔叔可以帮我们照张相吗？他微笑，说当然可以。他跟在小孩后面，转到建筑的另一边。正是一天中阳光最暴烈的时候，有一瞬间他觉得有点眩晕。

孩子跑到一个女子身边，说妈妈妈妈，这位叔叔答应帮我们拍照。女子正在看山下，闻声转过头来，对李响温婉一笑，说："谢谢。"

两人各自向前走了一步，她递出相机，他伸手去接。他看见她的嘴角牵出一条惊讶的弧线，他听见她说，原来是你。

他立即开始搜索，她会是谁，某个生意伙伴的妻子，某个公司职员的家属，还是在某个娱乐场所曾经见过。他当然不记得每个生意伙伴妻子的相貌。公司每年都举办年会，员工家属们大都认识他，而他当然无法全部记住她们。生意场上，难免会有公关应酬，也许是他请任总，也许是冯总请他，也许是商务会所，也许是 KTV 包厢，也许她对他笑过，也许他揽过她的腰。

突然，突然一个人闪过他的脑海。她不仅对他笑过，还叫过他老公，还说过要一辈子为他缝衣做饭。

那是秋日的午后，阳光温暖，学生们三三两两，有在打球，有在打牌，有在嬉戏。他们坐在草地上，虚度光阴。她问："如果明天世界就将毁灭，你最想做的事是什么？"她们总喜欢问这样无聊的问题。他答："做爱，和你。"她竟然就笑了，为这个答案感到欣喜。她靠过来，亲了他一下，小声说："今晚我们就去开房吧。"他点头，心里很温暖，很甜蜜。

有爱时，全世界都光明，鲜花漫山遍野，幸福唾手可得。

他从口袋里摸出一条石头记的项链，拿到她眼前晃悠，说："送你的，生日礼物。"她颇觉惊讶，感动得眼泪都出来了，说："你从来都没问过，我还以为你不知道呢。"他说："这种事哪有亲自问的，那也太没技术含量了，要的就是意外之喜，这才浪漫嘛。"她扑到他怀里，不管不顾地亲他，说："太感动了，太幸福了，我要嫁给你。"然后她又追问了一句："你会一直对我好吗？"他肯定地说："当然。"她泪飞顿作倾盆雨，说："老公，我爱你。"

现在想来，那时候的他们真是太容易满足，太容易获得幸福感。现在他送叶扶桑蒂梵尼的项链，她也只是随手丢在一边，甚至过几天自己都忘记放在哪里了。

那时候幸福是一件很简单的事。如今，简单却成了一件很难很难的事。

李响凭栏远眺，恍惚了良久，那些已经渐行渐远的画面忽然一幅幅跳出来，洋溢着一种泛黄的温暖。你以为早已经忘记，其实它一直都在某个角落蠢蠢欲动。

刘佳玲缓步而来，见李响此状，便也不言语，只是站在一旁安静地陪着。

不知道是游客嬉闹，还是恰到时间，浑厚钟声突然间响起。李响犹若梦中惊醒，温暖阳光下，竟生生地打了一个寒战。

"你还好？"刘佳玲问。

我刚才做了一个梦，好像是梦，又好像是现实在眼前上演，我从山下一个台阶一个台阶往上爬，越爬越慢，越爬越累，越爬越高，终于登上了山峰，却发现上面一片荒凉，寸草不生，一阵狂风扫过，我跌落山崖，我在空中不断翻滚，看见江伊敏。李响解释，她是我大学时的女朋友，我看见她抱着一个小孩，站在下面朝我笑，说来吧来吧，这里才是你的家。

"你累了，"刘佳玲说，"给自己好好放一个假吧。"

李响苦笑："我也想，可是怎么走得开。"

我们下山吧。

5

叶扶桑叶大小姐携母远游归来，早早就通知李响到机场接驾。李响在机场等了足足一个小时，回了两封邮件，接了三个电话，甚至还玩了两盘植物大战僵尸，广播里终于通知叶大小姐的航班抵达了。

李响殷勤地接过行李，问候伯母安康，询问旅程是否顺利。叶母倒是满面红光，一脸兴奋，说新疆好开眼界开胸怀，说旅游就应该到不一样的地方去。叶扶桑则显得很是疲惫，甚至有点心事重重。

李响说我定了酒店，为你们接风洗尘。叶扶桑说回家吧，我爸在家准备了饭菜。叶母说也好也好，家里吃温馨。

叶家住在一个中档小区，兴建于 21 世纪头几年，地段很好，但相较于现在新建小区，多少显得有些落后和破旧，最明显的区别就是绿化率极低。叶家三室一厅，一百二十多平方米也不算太宽敞。李响曾几次表示送一套住房给二老，作为自己对长辈的孝敬，叶母倒是想要，每次都被叶父婉拒，说自己房子虽然不大，但三口人住住已经足够了。后来叶扶桑无意中提及，其实他们家还有两套房产。李响从此便不再提房子的事。

时间还早，钟点工阿姨在做饭。叶扶桑与叶母都说要先洗个澡，好好歇一歇。叶扶桑让李响陪他爸聊聊。

叶父一直是领导做派，对李响也算客气，但总让人觉得有一种生疏在里面。李响陪他，向来是小心翼翼。叶区长喜欢下棋，李响便说不如下一局。叶区长说算了，今天就随便聊聊。他问李响公司情况，李响便走马观花地介绍了一下。他又问李响对房地产市场走向怎么看，李响说中国房地产市场是政策市，看中央宏观调控，更要看地方执行力度，还有货币政策、土地政策；从长远来看，由于城市化进程尚未完成，短期内市场还有上升的空间。叶区长叹道，房价太高，老百姓太苦。然后他问李响高房价的根源在哪里？李响说市场上钱太多投资渠道太少，水涨船必然高，除非船翻了。叶区长叹道，就怕早晚有一天船会翻了。

叶区长今天叹息颇多，这是与往日迥异之处。往日之叶区长颇有几分大家风范，不管风吹浪打，胜似闲庭信步。

打算什么时候成家？叶父突然这么问，像个关心晚辈的慈父一样。

这问题倒是把李响给问住了。他问的不是什么时候结婚，而是什么时候成家，这不太像一个未来岳父的问法。李响揣摩着叶区长的意思，说："这个，要看扶桑的意思。"

"差不多也该结婚了，扶桑也不小了。"叶父说。

在李响的印象里，这是叶父第一次跟他谈及叶扶桑，以前每次见面，他更像是一个领导会见一个从事房地产的宾客，几乎从不谈及家庭私事。

"扶桑心地很善良，只是脾气不太好，小时候被她妈妈宠坏了，"叶父看了一眼李响，"以后还要请你多担待些了。"

李响说："伯父见外了，这是应该的。"

叶父难得露出了个笑容，说："时代不一样了，我们这辈人吃苦耐劳艰苦奋斗的精神在她们身上是看不到了，以前是婆婆给媳妇脸色，现在是媳妇蹬鼻子上脸，社会发展得太快，我们老人家思维都跟不上了。"

李响听这话总觉得怪异，一时也不太明白叶区长的话里之话，便避重就轻，顺便拍了个马屁，说："伯父您怎么能言老呢，你们现在正是家庭的顶梁社会的中坚，中午十二点钟的太阳，正当红。"

没想到叶区长听了这话，却又感慨起来，叹道："毛主席说了，未来是属于你们年轻人的。"说完又叹了口气，语重心长地说："这个社会，我懂，你也懂，剑走偏锋能有奇效，但风险太大，做房地产，有人说得好，学先进傍大款走正道，我给你再加上一条，戴红帽。"

李响点头，做思考状。

叶区长说："今天这番话，我不是为西城，而是为扶桑说的。"

李响说："我明白。"

那顿饭吃得有点压抑。叶父常常走神，好几次李响敬酒他都没听见，最后喝了不少酒，自斟自饮好几杯。叶扶桑显得心不在焉，几乎没说什么话，菜也吃得少。叶母倒是兴致不错，旅行中的奇闻趣事讲了一件又一件。李响一边附和叶母，一边记得敬叶父酒，还要时不时给叶扶桑夹菜。每次在叶家吃饭，他都觉得累。

饭毕，李响胜利大逃亡，告辞离开。叶母留他再坐会儿，李响便说还有些事情需要回去处理。叶扶桑坐在一旁，连送送的意思都没有。叶父有意无意地说："要不扶桑你跟李响一起回去吧，明天帮他把家里收拾收拾。"叶母也附和说："也是，一个男人住家这么久，还不知道要乱成什么样子。"叶扶桑懒懒地应了一声，说好吧。

在车上，李响开玩笑说："还是你爸妈体贴我，知道我们这么多天没见了。"

叶扶桑疲惫地靠在椅背上，问："你想我了？"

李响说："想，很想。"

叶扶桑闭上眼睛，说："我累了，我先睡会儿。"

到了家，进了卧室门，李响便把叶扶桑抱在怀里，一边亲一边向床位移，到了床边便将她推倒，压在她身上。他倒也不是真的欲望强烈，只是表示一种态度，这么多天未见，作为一个男人应该有的态度。

叶扶桑推开他，说："我累了。"

李响继续自己的动作，一边亲一边去脱叶扶桑的衣服，忙活了半天。叶扶桑躺在那里，纹丝不动，状若一尾死鱼。李响只好作罢。

李响翻身下床，去洗了个澡，回到卧室发现叶扶桑还在发呆，便拍拍她的背，说："累了就早点休息吧。"

叶扶桑钻进被窝，躺好，忽然问："林诗涵呢，怎么没看见她？"

李响说："她请假回老家看她姥姥，已经走了一个多星期了。"李响没想到叶扶桑这个时候会突然问及林诗涵，但也没有表现出丝毫慌张。这个谜底，迟早将要揭开。

叶扶桑又问："你真那么想我？"

李响说："真想。"

叶扶桑靠过来，说："那我帮你做吧。"

李响断然拒绝，义正词严地说："你这么累，我心疼的，好好休息吧，咱们来日方长。"李响多少有些意外，在这一点上叶扶桑从不主动，甚至有些抗拒，只有极少那么一两次还是因为她心情特好。

叶扶桑却依然靠过来，在他耳边说："有些日子没在一起了，你也辛苦。"

李响心底升腾起一股小邪恶，一点点欲望，一点点报复心理，还有一些其他莫名的情绪混杂在一起。他把叶扶桑揽在怀里，说："想你时你在天边，想你时你在心田。"

叶扶桑在他脸颊上亲了一下，说："睡吧。"

李响心底刚刚腾腾升起的小火苗，被这一盆冷水哗地浇灭，但他依然表现得很绅士，在叶扶桑的额头回亲了一下，说："亲爱的，睡吧。"

他不知道已经发生了什么，但他预感到将要发生一些什么。莫非林诗涵把他卖给了叶扶桑，莫非叶扶桑想摊牌，她的起承转合势必有因。李响并不担心，他预想过很多个结局，兵来将挡水来土掩，不过如此。

李响依稀睡去，做了一个很离奇的梦。在梦里，他插上一双翅膀在天空飞呀飞，飞过一座座山峰，穿越一片片云朵，突然听到一声弓响，他跌落下来，刚好掉进一只大锅，满锅的油正在翻滚，上面还飘着红辣椒青菜叶子，很像他在成都见过的超大火锅。

于是他就醒了，想起一个成语叫惊弓之鸟，好像是小学课本上讲的故事。一转头，却发现叶扶桑正支着头，盯着他看。

深夜，你身边的女人不睡觉，支着头死死地盯着你看，这场景多少让人有些毛骨悚然。若非她很爱你，便是她很恨你。

李响知道，叶扶桑两者都不是。

6

"你怎么还不睡？"李响问。

叶扶桑看着他，不说话，就那么执着地有些偏执地看着他，好像她的目光是一把手术刀，能够将他精确解剖，看清楚每一道纹路。

李响凑过去，轻轻地亲了她一下，说："睡吧。"

"我们结婚吧。"叶扶桑说。

"哦。"李响一下子不太确定她说的内容，便含糊其辞地应了一声。

"我怀孕了。"叶扶桑说。

"哦。"李响又应了一声。

"你不高兴?"叶扶桑问。

"高兴,"李响说,"我妈天天盼着抱孙子呢。"

"可是你一点高兴的样子都没有。"叶扶桑说。

"这是一份惊喜,人在大惊喜的时候都是这样,先懵一会儿,然后才是喜。"李响欲盖弥彰,说:"何况我半睡半醒,迷迷糊糊。"

"那你怎么打算?"叶扶桑问。

"结婚,让咱孩子名正言顺,"李响说,"我还要办一场全西城最豪华的婚礼,让咱叶大小姐风风光光,也让区长大人觉得很有面子,请中央电视台主持人做司仪,请董卿或者李咏,把德云社也请来,让郭德纲说一段,最好周立波也来,咖啡与大蒜放一起,还要请歌星,小众的陈绮贞,大众的凤凰传奇,雅俗共赏,花两千万,摆一千桌,婚车用迈巴赫,一千三百万一辆,再配二十辆奔驰。"

"你会一直对我好吗?"叶扶桑打断李响的言不由衷。

"当然,"李响说,"自家老婆,我不对她好那我对谁好呀。"

叶扶桑眼泪立即就流了出来,犹如决堤之洪水,一发不可收拾,先是默默流泪,后是轻轻哽咽,再后来是号啕大哭。李响把她拥在怀里,说别哭别哭,别吓着咱们孩子。叶扶桑哭得更厉害。

李响在心里叹了口气。他很清楚,叶扶桑肚子里的孩子并不是他的。

叶扶桑哭了一会儿,渐渐安静下来。她紧紧地缩在他的怀里，像一只受了惊吓的小猫，她用带泪的脸在他怀里蹭来蹭去，让他一时心生怜悯。

"我会对你好的，"叶扶桑说，"我要改掉坏脾气，做你的贤内助。"

"你明天问下父母，让他们挑选个日子，我们尊重长辈的意见，该走什么程序就走什么程序，"李响说，"定亲也不能少，这样显得尊重。"

"好的。"叶扶桑抬头亲了他一下。

"你现在要注意休息，调理身体是第一位的，"李响说，"我在人民医院有认识的医生，明天我陪你去做个全面检查。"

"你那么忙，我自己去吧，"叶扶桑身体轻微颤了一下，"我也可以让妈妈陪我去，妇幼有个医生是她老同学。"

"那好吧。"李响说。

7

清晨，出门时阳光温暖风轻云淡，没一会却风起云涌，大有暴雨将至的气势。已是夏末，天之脾气却依旧暴烈。今天，蒋天啸诉刘佳玲遗产争夺案将二审宣判。李响已经从自己的渠道知道了结果，二审将维持原判。

在公司楼下，李响刚把车停好，收到一条短信。"李叔叔，近日承蒙关照，不胜感谢，我已回，后会有期。"发信人蒋晓龙。话说得让人摸不着头脑，若非发错了对象，便是有更深刻的缘由。李响本想回个电话过去，想想又作罢，冷却一会再说。

李响刚进大楼的门，又收到一条短信——"新婚快乐"。只有四个字，发信人林诗涵。李响苦笑，看来这将是有趣的一天。

此时屋外已经大雨滂沱。

在电梯口，李响被人拦住。女生十六七岁模样，头发挑染成黄色，烫成小波浪，睫毛很长，眼睛很大，上穿紧身红色小 T 恤，下穿牛仔超短裙，踩着一双白色高跟凉鞋。"李总，李总，耽误您一会儿，就一会儿。"女生说。

李响停下来，看着她，等她继续说下去。刚才他第一时间在脑海里搜索了一轮，结论是他不认识眼前这个女生。

"我叫苏颜，非常喜欢文学，我想办一本杂志，希望能得到您的支持。"女生开门见山说明来意，倒也干脆爽快。

"你多大了？"李响问。

"2000 年的。"苏颜答。

"办校刊应该找李老师，不应该找李总，"李响微笑，很礼貌地说，"今天我很忙，不能跟你探讨文学，有机会下次再聊。"

我不是办校刊，我要办杂志，《最小说》那样的，全国发行。苏颜拦在李响面前，没有要让路的意思。

志向远大，值得鼓励。李响问："商业计划书带了没？"

"什么书？"苏颜一脸无辜地问。

"商业计划书。"李响又重复了一遍。

"什么叫商业计划书？"苏颜依然很无辜。

"这样吧，我今天确实很忙，你先回去，百度一下什么叫商业计划书，然后好好写一份，下次带给我，"李响问，"OK？"

"好，好的。"苏颜看到李响不像是婉拒，事情还有余地，便连连道谢："谢谢李总，感谢您对晚辈理想的真诚指导和大力支持！"

在电梯里，李响不禁在心里感叹，我们老了。

90 后汹涌而来，排山倒海般占领了一个又一个领地，他们的前辈，80 后们，已经陆续刀枪入库马放南山，开始为房贷和奶粉奔波。现在，00 后都要创办杂志了。

江湖是我们的，也是你们的，但归根结底是你们的。

窗外雨下得暴烈，砸在玻璃上发出噼里啪啦的声响，看其气势，一时半会没有要停的意思。李响正在批文件，有人敲门。

来者张云天，理想集团副总，李响的得力助手。张云天递给李响一份文件。《西城日报》的工作联系函，意思是他们将在年底搞一次西城楼盘大评比，将评选出"十大宜居楼盘"和"十大诚信开发商"，希望他们积极参与并鼎力支持。无非是想让他们多投点广告，到时候回报一张荣誉证书和一个奖杯。

李响问张云天的意思。张云天说十月还将有一批土地推出来，我们要抢一抢，年底需要结算银行贷款，所以下半年的广告额度应适当压缩。李响思考了一下，忽然想起早上收到的两条短信，他果断做出决策，下半年广告投入不仅不减，而且要再增加五百万的投放额度。

张云天表示不解，用疑问的目光看着他，试探着问："李总你是不是再考虑一下，这事反正也不急这一两天。"

李响也不过多解释，说："这事不能拖，你现在就去办，今天上午就把协议给签了，然后你再跟他们的杨总约一下，过两天我请他吃饭。"他想了想，补充了一下："你就说到时候负责宣传的刘秘书也会去。"

张云天见李响意思很坚决，便说："既然这样，那我就照你的意思去办。"他走到门口又停下来，说："李总，听说你就要结婚了，恭喜呀。"

李响心底一凉，脸上依然保持微笑，说："你的消息倒是很快嘛，比我知道得还早。"

张云天说："李总开玩笑了，弟妹在短信里说让我们多体贴你一些，别让你太累着，听这意思，是不是打算开始造人了？"他们公众场合做上下级，私下里像兄弟一样相处，所以张云天在李响面前讲话一向比较直接。

果然是叶扶桑，果然她等不及想嫁了，早早把消息放出来，营造出既成事实的气氛，让李响想拖都拖不了。李响说还早，刚开始走程序，还得先定亲什么的。

张云天说："都什么年代了，你们还这么老套，都说你们80后追求的是浪漫与激情，不是还有什么闪婚嘛。"

李响说："我们是80后，但我爸和他爸都是60后，再说了定亲不是俗套，定亲是对婚姻的尊重，这样才显得婚礼隆重，你看欧洲皇室婚礼，哪有不定亲的。"

张云天说："不管怎样说，还是恭喜你，立业成家都是人生大事。"

李响说："结婚这事，其实也没什么好恭喜的，不过是少了份自由，多了份责任，这个你是过来人，应该有更深刻的感悟。"

张云天立马开溜，说："你刚才交代的那么急，我现在就去办。"

8

雨过天晴，世界很清新，阳光却显得更暴烈。

十点，人事部经理送来了两份辞职信，一份是蒋晓龙的，一份是林诗涵的。蒋晓龙的辞职信写得很官方，说来公司这段时间承蒙领导关心和各位同事照顾，感觉在各方面都取得了不小进步，但自己才疏学浅资质愚钝不敢再受领导错爱，于是忍痛辞职另谋他途，希望日后仍有机会与各位同事相聚。林诗涵的辞职信很简洁，"不曾来过，未曾离开"。他们都是写的电子邮件，人事经理打印了拿过来，她知道他们两位身份特殊。

十点半，李响收到消息，蒋天啸诉刘佳玲遗产争夺案二审结果已经出来，维持一审判决，刘佳玲可按蒋天宇遗嘱合法继承相关遗产。

十一点半，张云天打来电话，《西城日报》的广告合同他已经签了，并且已经跟杨总约好，下个周六晚上一起吃饭。

十二点，李响给叶扶桑打了个电话，关心了一下她去医院检查的情况。叶扶桑说她妈妈陪着她，检查已经做完了，一切都好，希望他安心工作。放下电话，随手翻开一份晚报，一则案例讲的是，一个男子发现自己养了十年的儿子，原来并非亲生，一怒之下将孩子刺死。

中午，他小睡了一会儿。居然又做了一个梦。梦见自己跑呀跑，忽然生出一双翅膀，然后腾空而起，飞呀飞，突然一声雷，大雨倾盆，湿了翅膀，一头跌落下来。梦做到这里便醒了，惊出一身冷汗。最近梦多，且大都指向不安，他打算闲下来就去庙里烧炷香。

他给林诗涵发了条短信，她没有回。他写道：不悲不喜，不来不去。这是扎西拉姆·多多一首诗中的句子，他知道她会懂。

若说早晨一系列事情的发生只是悬疑剧的片花，那么下午正剧便突如其来地上演了。两点多，李响的手机铃声响了。他接通，电话那端是女子的哭声。他连声问："喂，您哪位，您找谁。"那端一句话不说，只是哭。他终于听出那是叶扶桑的声音，他说你先别哭，先说发生了什么事。电话忽然断了。他回拨过去，那边掐掉。

最焦急莫过于知道有事情发生却不知道发生了什么。叶扶桑突然而至的哭声，让李响坐立不安。他几次回拨，那边也不再掐断，但还是不接听。他正打算回去一趟，却接到《西城日报》广告部黄主任的电话。

报社接到匿名者的爆料，理想集团创始人李响与一地集团前总裁蒋天宇的情人刘佳玲关系暧昧，材料中还附有几张他们两人的合照，单纯从照片来看，确实很容易让人怀疑他们关系不一般。黄主任说杨总已经指示他把这件事情暂且压下去，他提醒李响应该立即与其他媒体沟通一下。

事情终于有了些端倪。难怪蒋晓龙在短信里称他为李叔叔，那么叶扶桑的哭难道也是因为这个信息？既然蒋天啸已经派人跟踪他们并拍了照片，为什么不在遗产案判决之前就炒作以施加舆论压力？

时间紧迫，容不得他把所有问题都想清楚。他打电话给公关部经理，说明竞争对手即将对公司形象进行污蔑，可能会有一系列的攻击手段，指示他密切注意媒体动向，与各方保持有效沟通，尽全力将负面言论消灭于萌芽状态。

这边电话刚放下，那边张云天又来电话，说是接到消息，一地集团名下楼盘全线八八折。蒋天啸如此大幅度降价销售，一定另有所图。莫非他很缺钱，想尽快套现？

答案很快就来了。傍水人家案场经理电话汇报，说从今天上午开始，陆续有下定客户前来退房，开始他以为是概率内的正常情况，没想到下午售楼处不一会就聚集了三十多个客户要退房，而且态度强硬，甚至有人叫嚣不退房就把售楼处给砸了，他觉得事情有些蹊跷便立即汇报。李响指示他，立即报警，震慑现场，不要冲突，先拖住，可以退，但不能当场退，不能全部退。他随即给张云天打电话，让他立即赶到现场去处理。

理想集团的傍水人家与一地集团的水岸花城一河之隔，一地集团是老牌开发商，家大业大名气大，现在水岸花城直接八八折，对傍水人家的冲击可想而知。至于退房客户如此集中，很可能有人暗中组织鼓动。

从发生的这一系列事件来看，对手早有布局，也许他们未料到遗产案二审会输，所以一直引而不发，现在案子输了，恼羞成怒之下立即动手。案子背后的较劲，是暗战；现在这一系列动作，则是宣战。

公关部经理汇报，已经与西城和省城几家媒体都做了沟通，他们也都收到了关于李响的爆料，经过交涉，几家媒体已经答应此事暂且不报，在本地论坛西城胡同上也有人发帖炒作此事，他与管理员沟通后帖子已经删除。李响指示他，此次不可轻敌，要密切注意舆论动向。

不一会儿张云天也打来电话汇报情况，警察已经到场，局势已经被控制，案场经理与带头人在小会议室周旋的时候，他在大厅成功地说服了大部分不明真相的群众，现在人们已经陆续散去。

李响决定召开一个紧急会议，他让秘书通知各部门各项目负责人五点钟前必须赶到总部会议室。

他又给叶扶桑打了个电话，依然无人接听。

那天，李响出门后，叶扶桑又睡了一会才起床。吃完早餐，她去医院做检查。事实上她根本就没跟她妈妈说起这事，她没去妇幼医院，也没去第一人民医院，而是去了二院。她自己心里很清楚，从时间上推算，这个孩子不是她未来丈夫李响的。

她打算生下这个孩子，算是对自己青春岁月的一种祭奠。她不打算告诉那个人，在香港的见面已经是永别。

叶扶桑对李响多少有些愧疚，但并不强烈，她一直觉得李响之所以选择跟她在一起，很大程度上是因为她爸爸是区长。她不觉得他爱自己，当然，她也不爱他，虽然他相貌堂堂年轻有为。她只是累了，觉得自己老了，折腾不动了，想嫁了。事情就是这样。

这一代人有很多都这样，年少时想着惊天动地轰轰烈烈，年轻时意气风发走马观花，到后来，都将就了。绝不将就说起来容易，那需要太多的勇气和足够的坚韧。

在医院，她看见一个四五岁模样的小女孩，觉得可爱，便走过去逗她。她说，让姐姐看看你的气球。她说，姐姐帮你系鞋带。她说，姐姐包里有巧克力你要不要吃。小女孩离开的时候，跟她很有礼貌地道别，说阿姨再见。

中午，叶扶桑小睡了一会儿，无梦，醒来后靠在床上看书。《目送》，龙应台的文集。怎么看怎么觉得悲凉，情绪低落间，收到一条微信。照片上是一对男女，从双方的神情来看，关系应不一般。那个女人她不认识，那个男人正是她未来的丈夫李响。

叶扶桑立即回拨过去，那边不接，却陆续又发了几张照片过来。一张背景是山上，两人并肩远眺。一张背景是宾馆，一个房间门口，女人在门内，李响在门外，女人穿着睡衣，似乎是李响去找她。

她打算嫁了，不求爱情，只求安稳。于是接受林诗涵的建议，对李响做了一次考验。爸爸最近一直催促她早点把婚给结了，他以前一直放任她的。她又发现自己已经怀孕，思来想去她终于下定了嫁的决心，并且先发制人地将他们要结婚的消息发布了出去。可是，只不过半天时间，她便收到这样的爆料。

叶扶桑很生气，她觉得自己被欺骗了。她被这种欺骗感深深伤害，因此怒火狂烧，一发不可收拾。她抓起床头的相框就砸了出去，相框落，玻璃碎，李响在碎玻璃的背后看着她笑。她觉得这是嘲弄，她的手都在抖。可此时此刻，她竟从未想起自己也一直在欺骗对方。

她终于拨通了李响的电话，她有一连串的愤怒与指责准备咆哮而出，可是张口无语，竟先哭了起来。她觉得委屈，她不过是喜欢上一个人，却因此葬送了整个青春岁月。她觉得很委屈，她不过是想嫁一个人，她都已经有身孕了，他居然有了别的女人，他怎么能这样呀。

叶扶桑因自己的哭而愈加生气，她觉得这是懦弱的表现。她挂了电话，打算先平复一下情绪，等积累起足够能量再去讨伐。这时她另一部手机又响了，她置之不理，它就一直响。她拿过来一看，是妈妈打过来的。

电话接通，她妈的哭声随即传过来。她还没来得及开口，那部手机上李响回了电话过来，她赶紧掐断。这时，她妈好像才缓过神来，说："你快回来吧，你爸出事了。"

叶扶桑脑子里嗡了一下，腿都有些发软，慌张地问："你别急，出什么事了，你倒是说呀，别哭了，哭有屁用。"

9

四点五十五分，李响准时出现在会议室。他环顾四周，发现还空着好几个位置，便问秘书还缺了谁。有三个案场经理没到，人事部经理没到。李响问人呢。秘书答不清楚，一看李响的脸色，赶紧说我再去联系一下。

秘书拨了两个电话，都是无人接听。拨了第三个电话，手机铃声在门口响起。人事部经理推门进来，递给李响几份材料，说："李总，他们的辞职信。"

辞职信写得很官方，说在公司这段时间承蒙领导关心和各位同事照顾，感觉在各方面都取得了不小进步，但自己才疏学浅资质愚钝不敢再受领导错爱，于是忍痛辞职另谋他途，希望日后仍有机会合作，青山不改，绿水长流。

很眼熟，除个别字词外，与蒋晓龙的辞职信完全雷同。这是明目张胆的宣战。李响一言不发，把几份辞职信递给身边的张云天。

会议由张云天主持。他先是简单地回顾了公司上半年发展情况，重申了公司三年发展战略的美好蓝图，最后他说："今天请大家来，还因为市场发生了一些变化，具体情况由李总给大家介绍。"

李响留白了三秒钟，扫视了众人一眼，说："从宏观来讲，整个房地产行业发生了深刻的变化，年销售面积已经触碰了天花板，同时，宏观经济走势和人口结构也发生了较大的变化，三者的叠加会导致怎样的结果，现在还无人知晓，但有一点，业内已经形成共识，那就是房地产行业已经进入下半场，之前粗放增长暴力营销躺着赚钱的日子永远过去了。虽然，今年上半年西城市场火爆，但大家要明白，供需结构的基本格局没有改变，调控的利剑也始终悬在头顶。"他停顿了一下，说："所以，我们的工作必须要有预判性，必须能够未雨绸缪，必须能够抵抗市场的起伏，我要求你们同心协力共创盛举，未来很美好，未来也并不遥远，我希望喝庆功酒的时候你们都在。"

他停下来，再一次扫视众人。有人表态，说坚决团结在以李总为首的司中央周围，坚持艰苦奋斗，坚持同心同德，为把理想集团打造成富强民主文明的地产集团而奋斗。平时这样说必会引起一阵笑声。今天气氛有点紧张，大家笑不出，说话的人也就很忐忑。

李响却笑了，并鼓起掌来。他一鼓掌，张云天也跟着鼓掌，随即大家都鼓起掌来。这倒把说话的这位弄得有点不好意思了。

待掌声停下来，李响方说："这话有点搞，也不全对，公司不是我李响的，是你们大家的，关于管理层持股，我跟张总探讨了很长时间，也咨询了专业机构，最快明年年初就会推出来，那我为什么要鼓掌，只为四个字，同心同德。理想集团虽然已经初具规模，但依然只是个小公司新公司，我们想和平崛起，人家未必同意，我们唯有同心同德才能争取到生存空间，唯有同心同德才能发展壮大自己，也唯有同心同德才能最终实现我们的远大理想。"

张云天带头鼓掌。

掌声停，李响说："为应对目前市场的突然变化，我们初步拟订了一份应对方案，由张总宣布一下，大家共同探讨。"

会议决定，理想集团旗下项目暂不跟风降价，边走边看，视市场整体动向再做进一步安排，但要加大渠道拓展力度，因地制宜推出促销政策，力争快速销售快速回款；对于傍水人家项目，因一地集团攻势凶猛，见招拆招，全部业主送装修，在宣传上主推"集团周年庆"的概念，淡化两个项目的直接竞争；重新修订公司的薪酬激励体系，力争做到能够发现人才，能够留住人才。

李响最后总结发言，说："没打过仗的士兵没有真正意义上的战功，没经历过战争的将军算不得一个真正的将军，现在，市场给了你们这个机遇，能不能够抓住，就看你们的努力与能力了，我希望你们都是真正的将军。"

叶扶桑在电话里摆出一副强悍的样子，挂了电话自己也瘫坐在地上。叶区长，她的父亲，被纪委的人带走了。现在还没有进一步的消息，但是无风不起浪，既然人家来了，总不会是平白无故地跑来。只要查，总会查出点问题的，何况她也清楚叶区长确实有问题。

也许叶区长自己早已经看出端倪，她们从敦煌回来后就没见他开心过，他总是一副愁眉不展的样子，最近还一直催她快点结婚。

现在最要紧的是进一步了解情况，弄清楚案件的严重程度。叶扶桑振作精神，用冷水洗了个脸，出门打车赶回家。叶母蓬头垢面，脸上泪痕犹在，看见叶扶桑之后，眼圈一红，嘴一撇，又将要哭起来。叶扶桑很烦躁，大声说："别哭，哭有什么用。"叶母见她很凶，硬生生又忍了回去。

叶扶桑问她妈对自己丈夫的情况知道多少，自己有没有参与。叶母说她从来不问，叶区长也从来不跟她讲。叶扶桑多少有些安慰，至少不会夫唱妇随两个人一起进去了。

她打电话给刘秘书，第一次拨通没人接。第二次接了，刘子山气喘吁吁，说自己也被问话了，好像是有人实名举报，具体信息他也不清楚。叶扶桑想来想去，圈定了父亲的两个好友，这两人在市里也算是有一定影响力，平时跟父亲走动频繁，可是一个电话怎么也打不通，另一个接了电话直打哈哈，让她少安毋躁，说党和政府绝不会冤枉好人的。昔日繁华车水马龙，今时败落世态炎凉，叶大小姐这一天终于深刻明白，这世界不是自己要什么就有什么的，没有什么是理所当然的。

李响成了最后一根救命稻草。叶扶桑想到这个就觉得悲催，中午时分她还打算居高临下地去指责他，没想到忽然之间他们的强弱之势已经完全逆转。她一直认为李响愿意娶她，是因为她是区长的女儿。现在区长已经不是区长了，他会怎么样？何况她肚子里还怀着别人的孩子。

可是又能怎么样？已经是最后一根稻草了，管不管用，先抓一下再说。叶扶桑还是拨了李响的电话。

会议结束，李响才看到叶扶桑的未接电话。他回拨过去，电话很快就接通，那端叶扶桑的声音已经很平静，让他回家吃饭。

10

李响到家时，桌上菜已经摆好，四菜一汤，不算很丰盛，但都很精致，有一种用心与情调在里面。一瓶红酒，两只高脚杯。一个女人坐在那里。

叶扶桑看见李响，起身迎他，说菜已经做好，赶紧洗洗手来吃吧。李响把外套放好，去卫生间洗手，心里在想她要怎样唱这出戏。

叶扶桑给李响倒酒，给自己倒了半杯纯净水，说很可惜不能陪你喝酒。她给他夹菜，为他盛汤，像一个贤惠温柔的妻子。

可是气氛异常，再鲜美的汤都掩饰不了空气中弥漫的古怪的味道。李响甚至想起了一部很恐怖的电影，吴镇宇主演的《双食记》。

终于，叶扶桑的眼泪滑落了下来。她把手机递给他，微信里是他和另一个女人姿态暧昧的照片。她将自己的愤怒逐步升级。她端起杯子，将里面的水泼在李响的脸上。

李响安静地看着她，眼神里尽是悲哀的神色。他心里残存的那一点点对她的情谊，正在慢慢地流失。他想看看她将如何继续往下演。

叶扶桑放声大哭，断断续续地说："你不是说会爱我，对我好，要跟我结婚，会一直对我好，你不是说要举办一场最豪华的婚礼，让全世界都知道你娶了我，你不是说你要对我好吗，难道这就是对我好，你就这么对我好吗……"她越哭越悲伤，开始多少有些故意的成分，后来连自己都控制不住，甚至已经混淆了控诉的对象。

最悲伤的情绪像一场决堤，来势汹涌，但很快逐渐平复。叶扶桑有些累了，此时她方才醒悟过来，李响的反应似乎不正常，太过淡定从容。

待到叶扶桑的哭声完全停止，李响才起身，从衣服口袋里摸出几张照片，扔在叶扶桑的面前。那是她和那个男人在香港的照片。

叶扶桑原本是想先声夺人，居高临下地抢占道德制高点，以便在区长父亲犯案后还能够在李响面前保持自己的优势地位。可是情节的发展出乎她的预设，李响随手扔过来的几张照片彻底摧毁了她。她没想到他早已经洞悉一切，她更没想到他洞悉一切之后居然还能如此隐忍不发。

昨天，她还是区长的女儿，还是这西城最年轻有为的房地产开发企业老总的未婚妻，今天突然神马都是浮云了。

"我这几天比较忙，恐怕不能好好照顾你，"李响说，"你先回家去，好好休息几天，其他事情以后再说。"然后他进了房间，并把房门轻轻关上。

叶扶桑本来也没打算在这里过夜，不过她的剧本是，她声泪俱下地谴责李响，他痛哭流涕求她原谅，她惩罚性地回了娘家。

叶扶桑去车库取车回家。别墅在湖边，以前只觉得环境清幽风景优美，现在却觉得荒郊野外荒无人烟，很是凄凉。

11

每一个清晨都是美好的。昨天的喜怒哀乐都属于昨天，今天的一切还有待于去创造，因为尚未呈现，而有无限可能。

在公司楼下等电梯时，李响被人拦住。女生十六七岁模样，素颜，扎一个马尾，青春逼人，上身着白色小 T 恤，下穿淡蓝色棉布长裙，脚踩一双白色帆布鞋，一副文静柔弱的样子。李响在脑海里迅速搜索了一下，觉得自己并不认识她。

"李总您好，我给您送商业计划书来了。"小女生开门见山。

"什么商业计划书？"李响一时没反应过来。

"怎么，您忘了吗？"小女生脸上流露出掩饰不住的失望，然后又心存侥幸地提醒说："我叫苏颜，李总您还记得吗？"

"苏颜?"李响嘴里念着,脑海里又搜索了一遍,终于反应过来了,说:"你,苏颜,00后,要搞校刊,哦,不对,你要搞杂志。"

小女生笑了,很雀跃,说:"对呀,就是我,苏颜,《独行者》杂志主编。"

"杂志名都取好啦,不错,"李响仔细看看她,说,"不过你这造型变化够快够大的,我老人家一时半会都没反应过来。"

"我想您会觉得这样的造型更适合一个小文青的形象,我想获得您的赞助就必须站在您的立场与角度去考虑你所考虑的问题,"苏颜说,"希望李总您能多多支持。"

"学会从客户的角度考虑问题了,不错,"李响笑,"看来功课补得还可以嘛。"

"多谢李总夸奖,"苏颜问,"那么李总您打算给予哪些具体的支持呢?"

"我不是支持你,"李响说,"我是支持你的梦想。"

某一瞬间,李响想起自己第一次见刘佳玲的场景。如果有能力去助推一下别人的梦想,即使很多梦想算不得伟大,至少也是一件快乐的事。

第十章　厮杀

1

公关部并没有搞定所有的媒体，这天的晚报还是刊登了李响和刘佳玲的花边新闻，很小的豆腐块文章，放在社会新闻版。公关部经理对李响检讨自己的工作，李响大度地挥挥手，说工作尽职了就好。

李响看了苏颜的商业计划书，给她回了邮件，针对商业运作方面提了几点意见，希望她把困难想得充分点，但不要放弃这份梦想。只花了一天时间，她从不知道什么是商业计划书，到写出一份还算看得过去的商业计划书，而且完全改变了自己的形象，至少这份努力与用心是值得鼓励的。她这样的年龄，很多女生只知道为宋仲基们尖叫。

刚过十点，秘书电话过来，说是有人找，自称是纪委的。李响心里一紧，预感到他们和蒋天啸的这场厮杀肯定要刺刀见红。

纪委来了两个人，开门见山说是叶区长涉嫌贪污受贿，已经被双规，今天来找他希望他能协助调查。听他们这么说，李响倒是安心了，他与叶区长之间的关系单纯得不能再单纯，他是叶区长女儿的男朋友，偶尔陪吃一顿饭，陪下几盘棋，他们之间从未牵涉任何商业往来。因此也没有什么信息可以提供，他倒还想从他们的口中探听些消息，无奈这两人口风也很严。李响说改天请他们吃饭，二人说例行公事不必客气，便告辞走了。

纪委的人走后，李响立即拨通了叶扶桑的电话，说发生这么大的事情你也不跟我说一声。电话里叶扶桑幽幽的声音，说原本想跟你说的，被岔开了。李响问有没有什么最新的消息出来。叶扶桑说据父亲的老朋友王局讲，叶区长是被人实名举报了，好像是叫华诚房产，涉及一块土地的内幕交易。李响让她不要太担心，注意休息保养身体，说自己会想办法的。叶扶桑心头千般滋味，也只轻轻地说："谢谢你。"

有关华诚房产的事，李响也知道一些。这是家地头蛇企业，每次拿地都很拼命，不惜血本加价，最后总能把目标地块纳入囊中。但他们只开发了一个盘，而且陆陆续续开发了三年多，其他的地块要么已经转手，要么还荒置着。坊间早有传闻，说他们后台极硬。今年年初，他们被一地集团全资收购。据说这次整合收购，也是有幕后人物的指点。

每件事情的背后源头，都指向了一地集团蒋天啸。

该反击了。

当晚十一点多，西城当地论坛出现了一篇帖子，重提一地集团前董事长蒋天宇车祸案，并分析了案件的几个疑点。载重卡车并非正常行驶，而是逆向行驶撞到了蒋天宇的车；事故路段原本有摄像头，却恰巧出了故障；路面没有刹车痕迹；肇事司机弃车逃逸，警方及时布控却未能截获，应该是有人接应；肇事司机家属事发一个月前突然从居住地失踪，从此杳无音讯；蒋天宇为何提前立下遗嘱，是否已经意识到有人将会对自己下手。

跟帖者非常踊跃。有人说一地集团派系纷争已是公开的秘密，具有谋杀的动机。有人说谁从蒋天宇的死获得最大的利益，谁的疑点就最大。有人说蒋天宇刚死，蒋天啸便迅速展开了行动，逼走了蒋天宇的亲信元老副总叶玉祥，并将蒋天宇的稳健发展战略更改为快速扩张战略。有人说警方无能。有人说警方一定已经被蒋天啸收买。有人说也许就是一起普通的交通事故。有人说只有找到那个司机，才能知道事情的真相。有人说如果是谋杀，那个司机肯定已经被灭口了。有人说这事的结局将会和很多类似的事情一样，最终不了了之。

晚上十一点多是发帖的好时间。企业负责舆论监督的职员早就下班了，版主们大概也已经洗洗睡了，而此时正是那些资深网虫们的巅峰活跃时间。

帖子短时间内被刷到了上百页，直到十二点半以后才慢慢地趋于平静。早上六点多，一个新注册的 ID 跟了一帖，说虽然蒋天啸逐步控制了一地集团，但蒋天宇事先立了遗嘱，刘佳玲成为最大受益者，貌似刘佳玲也脱不了干系。

一石激起千层浪，这个推论在九点后引起广泛关注。网民们又纷纷开始讨论刘佳玲主谋的动机和可能性。有人说一个女人想杀一个男人有很多种方法，而车祸谋杀是被女人采用概率最小的一种。甚至有人说是蒋天啸联手刘佳玲做了蒋天宇，目前两个人的争斗不过是烟幕弹。

观众们在现实生活中过得压抑，在想象世界里便纵马驰骋，结论稀奇古怪有之，逻辑荒谬无比有之。甚至有人列出了女人谋杀男人之十二种方法。

十点半，新注册的 ID 为"福尔摩斯他祖师爷"的网友跟帖，说据可靠消息源透露，肇事司机已经被找到。

有人表示质疑此信息的真实性。有人说此事有悬疑，将继续积极围观。

十点三十五分之后，还想跟帖的人发现，这个帖子已经打不开了。

2

徐克思前想后，终于还是把辞职信给交了。他实在不能在城市里再待下去。焦虑，不安、紧张，这些情绪几乎要摧毁了他。

李响跟他说："中午一起喝一杯，其他事以后再说。"

在酒吧，徐克喝得很爽快，很快就进入了蒙眬的状态。他絮絮叨叨，追忆着似水年华，诉说着人生感慨。他说实在不该在这个时候提出离职，但自己努力了很久，还是没办法坚持下去。

李响说既然想休息，那就彻底休息一下，不要给自己太大压力。

徐克说除非自己不再回到职场，除非自己不再从事房产这个行业，否则一定不会去别的公司，一定还要回到理想集团，因为李总是个很够兄弟的领导。

李响说你这么看我我很开心，理想集团的大门始终为你打开。

徐克禁不住又提起自己刚刚结束的婚姻，边说边涕泪俱下。他们曾经爱过，那时候以为彼此是唯一，一定会地老天荒。他把她的名字刻在手腕上，她为了见他逃课一周，那时候他们都很勇敢。他们以为自己会一直很勇敢，刮点风下点雨算什么呢，不过是为浪漫传说增加一些点缀罢了。跟大多数情侣一样，也曾有过波动，也曾有过争吵，但都熬过来了。最严重的一次是他们相隔两地的时候，有一个男生追她，虽然那男生条件也不算很出众，却得益于嘴甜，常把她吹捧在云里雾里，那是她在他面前从未获得过的优越感，当时她多少也有些心动，跟他闹分手。那时他以为彼此情感牢不可破，携手走进婚姻走向白头偕老是水到渠成的事，不曾想却横生变故，怎样都无法接受。他甚至选择了最偏激的解决方式，他买了一把水果刀，带刀去她的学校，约见那个男生。如果那男生不主动放弃，他将把刀插进那人的胸膛，然后自杀。那时他想，抢劫者重罪，那人抢了他的爱情，就该死。他当然不会伤她，但他要她负疚一生。他要她永远记得，有两个年轻的生命因为她对爱情的不忠贞才半途而废。他知道自己事后也许会后悔，但那时那刻冲动的血液在他的每一条血管内奔腾。幸运的是，她没有带那男生见他。她终究也未能放下他们已经四年多的感情。他们结婚的时候，他曾见过那个男生，依旧甜言蜜语，说着动听的话，其实也不是刻意对她，那就是他一贯讲话的方式。

可是，时光摧毁了一切。面对柴米油盐，他们不再勇敢，没有当初的宽容与忍耐，抱怨横生争吵不断。

他曾为她在手腕上刻字。他曾为她差点持刀伤人。那时他甘愿为她放弃一切，哪怕是最宝贵的生命。可是后来，为了逃避她的无休止的抱怨，他宁肯待在公司不回家，他宁肯申请异地项目不断出差。

不是他不爱了，而是她已经面目全非，不再是他认识的那个单纯的女生。那时的她喜欢看书，且偏爱散文，喜欢文艺电

影，对综艺节目嗤之以鼻，没有太大的物质欲望，送她一条丝
巾便会快乐一个星期。后来便再也不看书了，推荐给她的文艺
电影看上十分钟便忍不住关掉，真人秀综艺节目却看得不亦乐
乎，上网永远是各种娱乐八卦和淘宝。每天都有一堆的抱怨，
谁买了爱马仕的包，谁换了一辆奥迪 A8，谁去埃及旅游了，谁
的裙子八千块。

　　被生活改变的不只是她，还有他自己。当初他志向远大，梦
想着迟早要拍一部属于自己的电影，后来做了职业经理人，梦想
便成了在这个没有归属感的城市买一套商品房。还没有买房的房
地产从业者常常面临着这样一种尴尬，为了业绩为了奖金希望量
价齐升，可具体到自己身上又痛恨房价的疯狂上涨。这让他很有
挫折感。当初他挥金如土散财聚义，兄弟借钱从来慷慨相助，有
一次随手给一个乞讨者就是一张百元大钞，现在他再也不敢借
钱，每个月盯着银行卡上微微上涨的数字叹气，甚至在地上捡了
五十元都犹犹豫豫地据为己有了。每每想起这些，痛苦便蔓延全
身，让他难以呼吸。

　　我们就这样被时光摧毁，被生活改变，当初的梦想一点一点
蒙尘，最终腐烂在黑暗角落里，如今的脚步一点一点沉重，看不
清结局会怎样。

　　每一种生活都有各自的快乐与艰辛，农民工有农民工的快
乐，李嘉诚有李嘉诚的烦恼，老话说得好，家家有本难念的经。
我这么说你也许会觉得很矫情，但我确实是这么想的。

　　徐克说希望西藏能够洗涤我的灵魂，让我重新找回自己。

3

　　西城夜晚最热闹的地方是酒吧一条街。每到黄昏五六点时，

各酒吧的男女服务生们列队训话，或清纯靓丽，或丰满性感，统一清凉着装，喊着口号，场面颇为壮观。经理们说这是学习日企管理，一是增强集体荣誉感和归属感，二来借机展示自身实力。

"一支丁香"是酒吧一条街很多家酒吧当中的一家，看起来与其他家也没什么太大不同。李响到的时候，黄经理正在训话，说什么要为创建标准化服务流程做出自己应有的贡献，对待客人要骂不还口打不还手。最后大家齐声诵读司训：赚钱赚钱，我要赚钱。

这时隔壁一家也在训话，经理装扮的人在前面讲，为了将来买得起房结得起婚，为了生得起娃读得起书，为了父母安享晚年，为了自己能过上有尊严的生活，为了将来的美好生活，现在必须放弃尊严，必须忍辱负重，必须艰苦奋斗。最后大家齐声诵读司训：为了明天，奉献今天。

黄经理看见李响，过来打招呼："李总您怎么有时间大驾光临，真是东风送福呀。"

李响说："刚才听了你们的讲话，很有感触，全世界青年都在忍辱负重为了明天奉献今天，真是讲到心坎上了。"

黄经理说："李总您见笑了，我们这是班门弄斧李门耍嘴，要说演讲哪能跟你比，您老可是上过电视开过两会。"

李响笑："我也是 80 后，别您老您老的叫，人家还以为我 50 后呢。"

黄经理说："那是尊称，说您德高望重。"

李响问他小叶哥在不在。黄经理说小叶哥下午出去办事还没回来，让他到里面先坐会，小叶哥一回来便通知他。

此时夜生活尚未开始，酒吧里没什么客人，侍者们三三两两散落在各个角落。李响挑了一个偏僻的座位。黄经理给他叫了一杯啤酒，问他要不要安排个姑娘聊聊天。李响说不需要，一个人就挺好。黄经理便不多说，径自退下。

酒没喝几口，很快就有人过来搭讪。姑娘还小，萝莉模样，长睫毛，樱桃口，紧身白 T 恤，牛仔短裙，黑丝袜。胸大，腰细，腿长，脸色苍白。小萝莉坐在李响对面，递过一个挑衅的眼神，问："一个人?"

李响点头，说："一个人。"

小萝莉却不说话了，神色冷漠，仿佛突然对眼前这个男子丧失了兴趣。她径自玩弄手腕上的一串水晶珠子，旁若无人。

李响问："请你喝一杯?"

小萝莉反问："你为什么要请我喝酒?"

李响愣住了，他没想到小萝莉会这么问。

小萝莉肆无忌惮地看着他，说："动机不良有所企图，你看来不像，装扮绅士讲究礼数，这个你看来有点像。"

李响笑了，说："功课不错，你大几?"

小萝莉说："高中在读。"

李响问："为什么来这里?"

小萝莉说："我交了个男朋友，他很喜欢音乐，想去北京闯荡，他想出单曲出专辑，想像周杰伦一样轰动歌坛红遍亚洲，可是他没钱，所以我就来这里喽。"说完她又问："你信不信，如果你信，我再给你编几个。"

李响说："我信，你再编几个我听听。"

小萝莉瞪了他一眼，说："你这人怎么这么讨厌呀。"她伸手抓过李响的酒杯，说："你要请我喝一杯，不如我们两个一起喝这杯。"说完仰头就喝了一大口。

李响说："少喝点，晚宴还没正式开始呢。"

小萝莉猝不及防地突然来了一句："你这么关心我，不如我们去开房吧。"

李响笑了，说："你这也太直接了，大叔我心脏不好，你别玩得太刺激。"

小萝莉眨着一双很无辜的大眼睛问："这么说你不喜欢勇敢的女生，你喜欢小清新小文艺吗？其实我也很文艺，我是山爷的粉丝，我三十七度角仰望天空的时候也很忧伤。"

李响说："我零度角看向你的时候，其实我也有点忧伤。"

小萝莉说："当你四十五度角看向我的时候，你就会忘掉所有的忧伤，只记得春光明媚，不信你可以试试看。"

李响说："你这句话，让我心动了。"

小萝莉说："你这么说，倒是真让我心动了。"

他们一个在等主人觉得无聊，另一个在等客人也很无聊。时间在两个人的东拉西扯中迅速流逝，夜色渐浓，酒吧里的人也渐渐多了起来。

黄经理过来招呼他，说小叶哥已经回来了。李响起身，跟小萝莉挥手告别。黄经理在他耳边说："暖暖还不错吧，晚上让她陪你。"

暖暖。谁曾以此为名写过一篇小说，触动过不少忧伤的心；谁曾以此为名唱过一首歌，感动过很多执着的人；如今有一个以此为名的女孩，生长在夜的酒吧。

小叶哥还是小叶哥，叶巷已不是当初那个叶巷。当初刚出道，年轻气盛好勇斗狠，凭借不要命的作战风格打出自己的地位，如今淡出江湖成立公司进军娱乐业，神色里多了些许淡定与从容。

李响坐在他对面，忽然想起多年前自己的样子，说不清楚是什么样的缘由，就忽然想起像风一样飞驰的年少时光。

"好久不见了，不如喝一杯吧?"李响提议。

"我已经戒酒了。"叶巷微笑。

李响倒是愣住了，几秒钟后他也笑了，说："要不是你身材不见发福，我一定把你当洪金宝了，很有大佬风范。"

"在管理公司方面，我还要多向兄弟你学习。"叶巷说。

他们确实已经很久未见，虽然曾彼此欣赏，终究是各有各的生活。李响今日特意登门拜访，自然也不是闲来无事。几番寒暄过后，李响便直接切入主题，问："招了没?"

"还没，"叶巷说，"这家伙嘴很硬。"

"他又不是江姐刘胡兰，嘴能有多硬，"李响想着蒋天啸咄咄逼人的气焰，心里有点急，"要不让我会会他。"

叶巷笑了，做出一个伸手拦的动作，说："李总李总，这种事你还是不要插手的好，沾上了就洗不白了。"

李响也笑了，说："善哉，善哉，是我冲动了。"转而又问："问题出在哪里?"

叶巷说："他们找到他的时候，他是一个人，在乌鲁木齐开了一家餐馆，他们跟踪了他好几天，也没发现他跟家里人联系过。"

李响说："会不会他已经离婚了，毕竟身负命案，哪个女人愿意跟着他担惊受怕呢。"

叶巷说："在他们跟踪他的那几天，发现他在乌鲁木齐有一个情人，是个 KTV 的小姐，他们把那女人也带回来了，并以此威胁他，但他丝毫不为所动，表现得跟个地下工作者似的，按理说一个愿意为钱卖命的人不会有多硬气，也许是他妻儿的安危控制在别人的手里，他什么都不敢说。"

李响说："这么说来，只能尽快找到他的妻儿了，可是既然他的妻儿被别人控制了，想找到又谈何容易。"

"总会有线索的，"叶巷说，"我们找他也找得辛苦，既然能找到他，就一定能顺藤摸瓜，挖出事情的真相。"

"现在战局很紧，对方咄咄逼人呀，"李响叹了口气，"这事还请小叶哥多多费心了。"

"股东大会之前，我一定会撬开他的嘴。"叶巷说。

4

李响离开时，在酒吧门口遇见暖暖。一个英俊少年揽着她的腰，偶尔手掌滑下去摸一下她的屁股。她也不推开他，发出清脆的笑声。

暖暖看见李响，向他招招手，问："你忙完啦？"

李响点头，说："忙完了。"

英俊少年挑衅地看了看李响，转头问暖暖："你认识他？"

暖暖说："很熟，我初恋男友。"

英俊少年"喊"了一声，表示怀疑，说："这么老，是你初恋男友，蒙谁呢？不会是你爸同事吧，帮你爸查岗来了。"

暖暖说："不骗你，他真是我初恋男友。"

英俊少年又"喊"了一声，说："看来你老少通吃呀，酒吧门口遇见初恋也是人生幸事，大叔，要不我们三人行吧，房间我已经定好了。"

李响看着暖暖，问："你打算跟我还是跟他?"

暖暖随即说："当然跟你，他连贵一点的酒店都住不起，跟他有屁用。"

英俊少年实在没想到忽然之间自己成了被甩的那一个，伸手指了指暖暖，想骂句什么，最终还是忍了，转而狠狠地瞪了李响一眼，骂道："傍大款，没道德。"

李响作势要打他，英俊少年吓得落荒而逃。

暖暖问："去哪儿?"

李响问："你想去哪儿?"

暖暖说："希尔顿吧，离这儿比较近。"

李响问："功课做好没?"

暖暖一时没反应过来，问："什么功课，姐功课一向很好，包你满意，套子我包里有，还有其他你见都没见过的玩意儿。"

李响问："你不是高中在读吗? 试题练了没，单词背了没?"

暖暖怒了，骂道："你说什么呢? 你玩我?"

李响说："我不玩你，我替你爸教育你。"

暖暖更生气了，说："谁都别他妈跟我谈教育，你信不信我找人砍你，你别走，等我打个电话，人一会儿就到。"

李响就不走，站在那里看着她。暖暖本来说的是气话，故作嚣张姿态，李响这样看着她，反而逼着她只能继续往下演。她拿出手机，翻出一个号码，拨过去，那边没人接听。她骂了句什么，又翻出一个号码拨过去，对着手机吼道："三哥吗，我是暖暖，有人欺负我，你带两个人过来，酒吧一条街，一支丁香门口，对，快点。"

李响摸出一根烟，点着，寂寞地抽着。

陆续有男女从各个酒吧门口出来，举止亲密眼神暧昧。有单身男子蹲在角落里呕吐。有一个女子哭哭啼啼从身边奔跑而过。人们只是投去冷漠的一瞥，早已习以为常。某处人声喧哗，似乎是发生了冲突，现场立即被人群围住，不一会人群散开，街市太平依旧。

李响一根烟抽完，暖暖的三哥还没到。刚才看人家那里热闹，她也想凑过去，忽然想起自己的事还没完，便尴尬地笑了笑。她说："他们也许堵车了，你再等会儿呀，三哥晚上也比较忙，到处砍人。"她毕竟还小，越装成熟越显得幼稚。

李响说："今天很晚了，不如你先回家吧，我们改天再约。"

暖暖说："好呀好呀，那我们改天再约。"说着说着，她忽然哭了，说："其实三哥没接我电话，其实我爸十年前就死了。"

李响叹了口气，轻轻拍了拍她的肩膀，说："早点回家吧，如果真的很缺钱，我帮你跟小叶哥说一声，他会给你安排的。"

暖暖走后，李响又点了一支烟，站在路灯下寂寞地抽。

那些来自破碎家庭的孩子，因缺乏足够温暖，性格多少有些缺陷，他们原本无辜，大人的错惩罚在了他们身上，有些孩子甚至要背负一生。

他忽然想起林诗涵，一想起便心疼。她的冷漠，她的倔强，她的温柔，她的粗暴，她的楚楚可怜，她的笑，她的眼泪，还有她的懂，都已经刻在他的记忆里，可以安放，但永不会遗忘。

她决定了要走，自然不会再留。她是那么骄傲和倔强，岂能委曲求全。他摸出手机，想给她发一条短信，下意识里打出"想你了"三个字，意识到写了什么后，却愣在那里许久。最终还是删除，放弃了这条短信。既然自己不能给，何必还要打扰她。

一根烟抽完，他又想起另一个孩子，叶扶桑肚子里的孩子。她是他的未婚妻，但那孩子却与他无关。那会不会是一个女孩？他想。长大了会不会像林诗涵一样漂亮，会不会也像林诗涵一样倔强和尖锐？她是无辜的，给她一些爱又何妨？

他再次摸出手机，却给叶扶桑发了一条短信：如果你愿意，婚期不变。他并不伟大，甚至观念传统，他只是想，如果上半生不能给林诗涵一份爱，那么就用下半生去爱一个像林诗涵一样的孩子。

近日刀光剑影，各方面冲击纷至沓来，他觉得自己有些心态失衡，焦虑、不安、紧张、易怒，各种情绪交织。可是在人前，他依然要伪装出一个领导者和成功者的形象，很累。然而此刻，做了这个决定之后，他却内心安宁，甚至洋溢着一种牺牲之后的自豪感。

叶扶桑虽然有时娇纵，其实亦是一个单纯善良的人。他也知道她是想安稳下来了，即使不能相濡以沫，总可以相敬如宾。他想。

李响去取车的路上，又给苏颜打了个电话。电话很快接通，她还没睡，很兴奋的声音，说："怎么会是你？这么晚还在工作吗？"李响问她在干吗，她说在审稿，说收到很多稿件，她要一篇篇看完。李响说不能什么事都一个人做，团队很重要，你负责终审就行了。苏颜说刚开始做总要亲力亲为嘛，先把第一期做出来，保证较高的质量，然后再凭借这个平台组建团队。李响说做事有激情很重要，保持激情更重要。苏颜说明白，还请李总经常指导指导。李响说公司决策层已经开会研究过了，决定投一百万天使资金给你。苏颜兴奋得尖叫起来，说太好了，改天我请您喝星巴克。李响说你别高兴得太早，我们对杂志的内容不会有任何干涉，但会要求你们从第四期起实现收支基本平衡，这也是对你们可持续运营能力的一个考量。苏颜还沉浸在兴奋的情绪里，说这是应该的，不管怎样，我得谢谢您。李响说其实我也该谢谢你，让我看到还有人在为梦想而奋斗。

在现实越来越残酷的今天，梦想是一个被很多人嘲笑的词，也正因此，那些心怀单纯梦想并为之不懈奋斗的人，才更让人敬佩。

李响回到车里，叶扶桑还没有给他回复。也许她已经睡了，他想，怀孕的人嗜睡，况且她最近烦恼也多，一定很累。

5

叶扶桑坐在沙发上发呆，电视开着，一眼都没看，已经换了好几轮台，没有一个节目有兴趣，就这么心不在焉地耗了一个晚上。

叶母一直在自己的房间里，偶尔出来倒一杯水。最近她情绪很差，有时絮絮叨叨说个不停，有时又躲在房间一句话都不说。叶扶桑不怕她唠叨，虽然自己也烦，但她更担心叶母长时间一句话都不说，那种气氛很压抑，她怕母亲会崩溃。

以前家里很热闹，几乎每天都有访客。那时候叶区长高谈阔论激扬文字，众宾客来往唱和互相吹捧，一派繁华景象。如今，物是人非事事休。这话想来就触目惊心。

收到李响的短信："如果你愿意，婚期不变。"叶扶桑握着手机，眼泪就涌了出来。那个闯进她飞扬青春的男子让她伤痕累累，她说了无数遍的爱，然而他并不爱她，她始终不甘心，一路追踪，只追到彼此面目全非，那时候以为这就是爱情，以为自己在谱写关于爱的传奇，最后却发现不过是年少无知，不过是一场误会，而身边这个男人，她从不觉得自己爱他，但他实实在在就在身边，触手可及，抱之温暖。

有多少人午夜梦回时，看着身边的男子想着青葱岁月里的怦然心动而心生遗憾，又有多少人把青春岁月里的懵懂情愫义无反顾地演绎到伤痕累累？

愈是深刻的情感，愈是凶险无比。你看到一片花海，并不知道后面是草地还是悬崖。有些错过，不是遗憾，而是幸运。

不要对那个伤害过你的人念念不忘，眼前这个人，若他对你好，不妨也对他好些，这未尝不是对自己的救赎。

叶扶桑正打算给李响回一条短信，叶母在房间里叫她，连叫几声，才把她从恍惚中惊醒，她连忙擦干眼泪，冲进母亲的房间。

这两天担惊受怕，右眼皮也一直在跳，总害怕一不小心又会发生什么变故。原来是虚惊一场。母亲虽然叫得急促，却安静地坐在床上，看见她进来，让她坐在一边，跟她讲自己与叶区长的爱情故事。

叶区长出生在农村，家境贫寒，因交不起学费，读到初二便辍学了。叶母生于城市，家境富裕，因此成分不好，当年亦顺着大势下乡。二人因此结识。那时叶区长年轻朴实，吃苦耐劳，且好学，闲暇时总在看书，知道很多别人不知道的知识。芸芸众生，被裹挟在时代的汹涌洪流中，大都身不由己。认识叶母之前，叶区长也已经定亲，那是村里一户人家的姑娘，模样清秀，也很能干，在四乡八里多少也有些美名。如果没有认识出生在大城市里的这个姓桑的姑娘，叶区长的一生将会完全是另外一条路径。他会跟那个姑娘结婚，生几个孩子，以他的才识和能力，也许会在村里做个小官，从组长爬到村主任，动了一辈子脑筋也没能跳到乡里去，这当然算不得仕途。也许没走这条路，以他的活络思想，走在了市场经济大潮的前列，租了个门面开了个商店，早早成为万元户中的一员，也算是生活踏实富裕。也许他没折腾出什么名堂，成为最常见的那一种人，每年到城里打工，做最苦最累的活，每个月省吃俭用把省下的一千块寄回家，每年春运提前好多天排队买票，提着大包小包在城里人鄙夷的目光中挤上公交车，穿越这不属于他的城市，再在城里人鄙夷的目光中拎着大包小包挤下车，在汹涌的人潮中艰难前行，随着汹涌的人潮挤进车站，离开这个他辛劳了一年的城市。可是他认识了她，这个出生在城里的姓桑的姑娘告诉他，城里的世界很精彩，你应该到城里去，你有才华，不能把自己埋没在农村，你一定要进城，到城里你会前途无量。他被她说得心潮澎湃浮想联翩，仿佛真的看见了一个花团锦簇的美丽世界。她对他说："恢复高考了，这是一个机会，只要你愿意，我会帮你。"他是逃走的，在他婚期来临前的第七天。桑家父母当初并不接受这个农村男子，他们认为女儿找一个门当户对的将来才会幸福。桑姑娘很坚决，宁愿跟父母断绝关系也要跟意中人在一起。叶区长已无退路，废寝忘食地复习功课，终于是考进了大学。他知道读书是改变他命运的唯一途径，读书也是他回报桑姑娘的唯一方式。叶家父母终究是舍不得女儿，最后还是施以援手，叶区长开始步入仕途。叶区长初入官场，性情耿直，两袖清风，如此历时三年而不得要领，一直在原职纹丝不动，并且清贫。后得人指点，说为官之道应该如此这般方才能官运亨通财源滚滚。叶区长觉得自己若一事无成，不仅无颜面对家乡父老，也将愧对一直支持自己的妻子，于是他便如此这般地去做了，没想到果然官运亨通财源滚滚，一路高升直到一区之长。

当年的桑姑娘，如今的前区长夫人抹了一把眼泪，问自己的女儿，如果当年我没有鼓动他进城，他会不会更幸福些？

这样的问题，让叶扶桑感到悲伤。她哄母亲睡觉，说你不要多想了，爸爸会没事的，李响已经在托关系了。

"今晚你陪我吧，"叶母像个孩子一样无助，"我一个人害怕。"

"好吧，"叶扶桑自己很疲惫，又心疼母亲，"你先上床，我给李响发个短信就过来。"她回客厅，关了电视，坐在沙发上，拿着手机，准备给李响回短信，写一句，删掉，再写一句，再删掉。最后终于写好一条。刚发送完毕，有人敲门。

谁会这么晚来敲门？

李响回到家，洗漱完毕上了床，看看手机，叶扶桑还是没有回复。拿起一本枕边书，正是龙应台的《目送》，那是叶扶桑拖着他在书城买的。他随手翻了几页，叶扶桑作为标志的折痕还在。他当然不会知道，那日叶扶桑正在看这书，收到别人中伤他的微信。

文字很苍凉，他没看几页便不忍再读下去。也许只是与自己心境有关。最近他常常觉得疲倦，觉得千疮百孔，喜欢回忆，喜欢感慨。这就老了吗，多少有些不甘心。今晚暖暖要叫人来砍他，他选择站在那里等，只要他一个电话，叶巷可以调动两百号人，可是他想自己面对。想当年，他也踢过球，打过架，唱过歌，写过诗，追过漂亮女生。多遥远的当年呀，一如汪峰在歌里唱的那样，还记得许多年前的春天。可是，一转眼，便万水千山了。

他合上书闭上眼睛，想起自己这些年的经历，许多画面在脑海中一一呈现。令他感到悲伤的是，一路匆忙，关于爱的画面却很少很少。江伊敏算吗？他不是她的最初，也不是她的归宿，他们那么轻易就分了手，彼此都没有太多留念。杨语音呢？不过是惊鸿一瞥。终究又想起了林诗涵，心被扯了一下，有一种疼，微微。

"我会对你好，好到把自己低到尘埃里。"手机铃声响，收到一条短信，来自叶扶桑。她如是说。

有一股温暖，像泉水一样从心底涌出来，刹那间滋润了这片荒凉的心田。有一个人愿意对你好，这是多温暖的话。在这个什么都按量计价的年代，低到尘埃里的传奇愈发显得珍稀。

当然，强烈情绪逐渐平复之后，那些杂音便是千滋百味。不过亦无妨，花开花落之后，依然会有一个春天。

他想给叶扶桑一个电话，想想已经太晚，又怕此时此刻会言语失当，便选择给她回了一条短信："愿现世安稳，岁月静好。"

他当然不会知道，安稳并不是一个易求的愿。

6

叶扶桑打开门，看到一个油光满面大腹便便的中年男子。用小品里的话说这种长相不是大款便是伙夫，眼前这人腋下还夹着个黑色公文包，叶扶桑一眼便能看出这包的价格不在万元之下。这人当然不会是伙夫。

大款看见叶扶桑，态度极为谦恭，点头哈腰问："这是叶区长家吗？"

叶扶桑点头，问他有什么事。

大款说他几天前跟叶区长约好了的，今晚碰个面谈谈项目的事情。

叶扶桑说他不在家。

大款表示怀疑，并且在神色里完全表露了出来，说："不会吧，我跟他约好的。"然后他怀疑起叶扶桑的身份来，问："你是谁？"

叶扶桑说我是他女儿，我爸真不在家，你走吧。

大款探头从门缝朝里看了看，也没看出什么名堂来，这么晚不在家，何况他们是约好了的，他以为是区长大人不想见他，或者是区长女儿不想区长大人见他们这类人。他从公文包里拿出一个文件袋，递给叶扶桑，说这是项目的资料，请她转交给叶区长。

叶扶桑没有接，说我爸真不在家，你若真有事你自己去找他。

大款挤出一脸诣媚的笑容，说没关系，也不急这一两天，你帮忙转交一下。说完便把厚实的文件袋塞在叶扶桑手里，然后转身便走。

叶扶桑用脚趾头都能想到文件袋里是什么，触手之后更确定了这种判断，她怒从心头起，觉得父亲就是毁在了这帮人手里，于是她用力将手里的文件袋朝那人砸了过去。她力气很大，目标很准，文件袋砸在那人背上，封口松开，几捆百元大钞散落在地上。

"滚。"叶扶桑厉声骂道。

大款被吓到了，赶紧捡起地上的钱，胡乱往公文包里一塞，落荒而逃。空荡荡的楼道里留下咚咚咚的脚步声。

叶扶桑站在门口，情绪从愤怒中逐渐平息，心里便荒芜起来，呆立了几秒才关上门，回头一看，发现母亲就站在自己身后。叶母一脸惊恐，紧张地问："谁，刚才是谁，这么晚是谁来敲门？"扶桑安慰她，说是推销保健品的，已经被自己赶走了。叶母这才放心，边往回走边念叨，最近整天提心吊胆的，这种日子真要命，我先上床了，你也早点睡。

叶扶桑有点魂不守舍，坐在沙发上又发了一会儿呆，忽然发现手机屏幕在闪，拿过来便看到李响的短信。愿现世安稳，岁月静好。她想自己是愿意的。

可是敲门声又响了。

夜深人静时分，敲门声显得特别清脆。此时此刻，叶扶桑觉得这声音环环相扣，声声惊心。她现在极度疲惫，极度脆弱，她想置之不理，可是敲门人很执着，她拗不过，最终还是去开了门。

门口站着三个人，着装非常整齐，一律大盖帽，制服，白手套，黑皮鞋。叶扶桑不能确定这套行头所代表的身份是公安，还是法院，或者是检察院，她判断大概是公检法部门的服装。

三人表情都很严肃，其中一个问："你是叶扶桑吗？"

叶扶桑点头，说："我是。"

那人说："请你跟我们走一趟，协助调查。"

叶扶桑下意识地想到了父亲的案子，但她还是表示了怀疑，问："你们是哪个部门的，怎么会这么晚还办公？"

那人跳过第一个问题，对第二个问题不答反问："你希望我们在白天把你带走？"

叶扶桑觉得他问得有点道理，想起以前看到过的报道，专案组带人也有在晚上的，便又信了几分，说："那我跟我妈说一声。"

那人声音很低，但很严厉地说："希望你配合，不要惊动他人。"

叶扶桑愣了一下，在疲惫与惊恐的双重压迫中，反应也迟钝起来，一时没做出明智的选择。那人做了一个"请"的手势。叶扶桑想不过是协助调查，自己从未参与也从不知道父亲的事务，也没什么好说的，不过是走个过场，大概天明就能回来，不惊动母亲也好，免得她担惊受怕。念及此，她看了一眼母亲的房间，轻轻地关上了门。

三名制服男子领着叶扶桑下楼，一人在前，两人在后，把叶扶桑围困在中间。楼下停着一辆黑色商务车。一名男子开车，两名男子分坐在叶扶桑两侧。车刚开动，叶扶桑依稀听到有人叫她，又不太确定，扭头看了一下，也没看到谁。车速很快，迅捷地消失在夜幕中。

叶扶桑没有看到身后发生的一幕，那个呼喊她名字的人正是她的母亲。

7

林觉民最近颇有些春风得意。副教授的职称基本上已经内定了，今天又接了个省里的调研项目，这种项目说白了就是一个形式，并不需要太高的技术含量，设计一份调查问卷，安排几个学生去做一做，最后写份报告，得出一个上面需要的结论，就这么简单。这样的政府项目往往极具含金量，经费非常充足，是个肥差。按理说，这样的肥差不会轻易落到他的头上，他能有这个好运气，当然是因为黄兴。

黄兴是学院院长。黄兴愿意帮他，也是有缘由的。那是因为冯媛媛。世上事往往是这样，一环扣着一环，即使有些貌似没有关联，其实暗含因果。

林觉民其实一直是个很迂腐的人，与这个时代格格不入，于是从文艺哥潦倒成文艺叔，从愤怒的青年混成愤怒的中年。他向往魏晋清风，鄙视当下一切，因此言论偏激，甚至被学校几次警告，到了被辞退的边缘。清高也让他贫穷，他那辆破旧的自行车是校园里一道风景，真是除了铃铛不响其他哪儿都响。

浪子很有范儿，也很危险，可有些女人偏偏勇敢得像只飞蛾，毅然决然地扑火而来。冯媛媛便是这样的女人。其实她是林觉民的学生，内心充满文艺幻想的她轰轰烈烈地搞了一场师生恋。这场恋情惊动了整个校园，包括院长黄兴。黄院长甚至约了冯媛媛谈了一个晚上，却并未能改变姑娘的决心。

每个校园都有几个特立独行的青年，都有几个勇敢献身的姑娘，都有几场轰轰烈烈的爱情，最后都殊途同归，一样地灰飞烟灭。

理想很苍井空，现实很凤姐。冯媛媛毕业后，马不停蹄地嫁给了林觉民。然后两个人开始马不停蹄地争吵、分居、和好，再争吵、再分居、再和好。

林觉民原以为自己的一生将就这样度过。他不觉得自己愧对冯媛媛，甚至有时候他觉得是冯媛媛拖累了他，否则他会更自由，像风一样，他会写一本惊世骇俗的思想巨著，他会万古流芳。

他没想到的是，他的世界在一天之间完全改变。那天他看见冯媛媛挽着院长黄兴的胳膊走进了一家宾馆，他打电话给她，她说在开会，便把电话挂了。他再打过去，她已经关机。在林觉民的观念里，头可断、血可流、妻不可辱。他毫不犹豫地去市场买了一把尖刀，准备将它刺进黄兴的胸膛。他在宾馆门口等，烦躁地来回走着，脑海里止不住去想房间里正在发生什么画面。他听到冯媛媛在呻吟，荡气回肠，那是他熟悉的声音。他愤怒地踢飞一块石子，狠狠地砸在对面墙上，他要杀了黄兴的念头坚不可摧。

突然有一个念头，闪电般地在他脑海里炸了一下。他杀了黄兴，自己也必死无疑，冯媛媛嫁他之前已不是处女，如今又与黄兴勾搭在一起，自己若就这样死了，岂不是很亏。林觉民后来仔仔细细回忆过那天发生的一切，觉得这样的想法很没有逻辑，然而在当时他确实是那么想的。于是他决定把杀黄兴这件事放到明天来执行，今天先去嫖一回。

林觉民一向清高，对嫖娼这事嗤之以鼻，因此全无经验。但既然是赴死前的狂欢，自然要找最高档的。他记得以前依稀听哪个同事说过，魅力之城最有档次。于是他来到了魅力之城，遇见了魅力公主陈婉儿。

陈婉儿同学是系花，芳名远扬，林觉民老师也认识她。陈婉儿确实很美，或者美这个字都不能形容她美丽之万一，她美得超凡脱俗，美得高高在上。坦诚讲，林觉民老师也曾有过这样的幻想，烟雨江南，柳垂长堤，他牵了她的手，吟一首《雨霖铃》。可如今，她在魅力之城，在他的包厢里。

林觉民老师去嫖娼，碰到了自己的学生，多少还有些不好意思。陈婉儿同学却非常淡定，刹那的惊慌之后便回归了从容。她说："林老师，我很贵。"林老师说："钱不是问题，但我有点紧张。"陈婉儿当然有办法让他不紧张，不仅不紧张，而且很放松。

原来是这样。林觉民老师恍然大悟。

第二天早上，陈婉儿去洗漱，林觉民打开电视，本地新闻里正在介绍大学生创业，采访的是李响。林觉民老师对学生李响多少也有些印象，因为李响写诗，还打架，很对他的喜好，甚至曾有过忘年交的冲动。陈婉儿从卫生间出来，看到电视画面里的李响，竟表示了羡慕，说奋斗的青春才是美好的。

有文艺气息浪子范儿的写诗的李响赚钱去了，美丽脱俗高高在上的系花陈婉儿在魅力之城魅惑众生，林觉民老师觉得自己傻了二十年，一朝顿悟。"再来一次，一个小时，给你一万。"林老师说。

从此，潦倒的文艺中年林觉民在黄兴院长的扶持下一路飞黄腾达，衣着越来越有品位，谈吐越来越风趣幽默，酒量越来越好。他现在开奥迪 A8，这车载过十一名女生，无一例外，她们最后都上了他的床。

林觉民很满意现在的生活，今天他又上了一个女生。女生远在北京的男友打来电话的时候，他们正在做爱，他示意女生接电话。男生说我想你了。女生问你一个人吗？男生说我一个人，他们都去看电影了。女生说那我们做爱吧。林觉民全力以赴，女生肆意吟唱，电话那端的男生喘息渐重。一曲终了，男生说你的叫声很逼真我很爽。女生说那是因为我爱你。

真相是世界上最锋利的刀，往往一刀封喉，不留任何余地。在李响的心里，突然失去音讯的杨语音依然美丽依然高贵。而生活，就是闭上眼睛，把凤姐当成空姐。

林觉民觉得自己有点变态，却又很享受这种刺激。女生刚大一，青春年少，清纯时无暇，疯狂时不羁。女生意犹未尽，提议开车兜兜风。若在平日，林觉民应该觉得空虚疲惫准备洗洗睡了，可是今天的刺激太强烈，让他老夫聊发少年狂。

奥迪 A8，德国大众汽车公司生产，最高时速 250km/h，加速时间 7.9 秒。女生说快点才刺激，林觉民就加速。女生突然俯下身，拉开他裤子的拉链。

已是深夜，街道上本来空无一人，没想到突然从巷口冲出一个人来，边跑边呼喊着什么。车速太快，林觉民根本没有时间反应，他看到那个人被车撞飞，他看到车极速中朝着一堵墙撞去。在失去知觉前，林觉民想，如果那晚他一直守候在宾馆门口，最终把刀刺进了黄兴的胸膛，自己的人生会不会更有尊严些？

8

李响刚睡着没一会儿，便被电话吵醒。他随即穿上衣服，匆匆赶往公安局。叶母出事，被邻居发现，打电话报了 120 和 110。叶扶桑的电话一直没人接，邻居去她家，发现门都没关，手机留在茶几上。警察认出这是叶区长的家人，也知道叶区长的未来女婿便是本市有名的青年企业家李响。

现场很惨烈，结局更悲伤。救护车到的时候，叶母已经停止呼吸。林觉民比叶母还要先行一步，草草了结了自己的人生。小女生还活着，但以后只能坐轮椅了，还破了相，鼻子需要重建，医生说能活下来已经是个奇迹。

叶扶桑失踪了，这个判断让李响很是担忧。叶母已亡，没人知道当时发生了什么。警察询问了隔壁邻居，张大妈算是一个比较八卦的人，说自己睡得早，半夜醒了上厕所，听到叶扶桑跟谁在门口说话，她还特意耳朵贴着门听了会儿，好像那人是来找叶区长的，不知道为什么惹怒了叶扶桑，叶扶桑叫那人滚，那人便咚咚咚地走了，然后她便又回卧室睡觉了，后来发生的事就不知道了。

从种种迹象来看，叶扶桑的失踪绝不会是离家出走，那么下手的会是谁，叶区长的仇家，还是自己的竞争对手？李响全无头绪。

答案在凌晨三点三十二分揭晓。

李响收到一条短信：一命换一命，你懂的。

同时收到这条短信的还有叶巷。

关于丁香的传说有很多，有人说她十三岁入行心狠手辣，有人说她曾在东南亚一带做过毒品生意，也有人说她曾混迹于上海的风月场所。人们对这个长相甜美温柔文静的女人充满好奇，却没有人敢向她求证这些传说，当然更不敢向叶巷求证。

其实丁香姑娘出身普通，在江南一个小镇长大，父亲识字不多，却在她小时候教她读些诗词。古诗词培养了丁香姑娘对文学的兴趣，她读了很多书，诗词歌赋、秦观、柳永、康德、尼采、拜伦、普希金，涉猎颇为广泛，一路读到北大中文系，并结交了一个念古典文学的博士生男朋友。

那年，春暖花开万物生长，丁香姑娘和博士生男友来西城旅游。那是他们第一次一起出游，博士生男友只订了一个房间，而且是大床房。丁香姑娘对此也表示默认，毕竟交往也已经半年了，手也牵了，嘴也亲了，进一步的身体接触不过是迟早的事。

那晚月很朦胧风很轻柔，研究古典文学的博士生和丁香姑娘手牵着手漫步在湖边，男生一首首情诗信手拈来浅吟低唱，丁香姑娘芳心都醉了。

幸福的时光总是过得很快，不知不觉中夜已经深了。一阵风吹来一片云，把一轮月给遮住了。他们偏偏走到了僻静处，因为男生要去厕所。景区的厕所大都很偏僻。两个男子从树丛后跳出来，一前一后堵住了他们。

张某和李某是安徽老乡，来西城打工，花光了所有钱却还没找到工作。李某提议想办法弄点钱，张某表示同意，两个人研究来讨论去，最后决定抢劫，觉得这是来钱最快的方法，确定大方向后，两个人又研究来讨论去，最后决定来景区抢劫情侣，觉得这是最安全的抢劫。于是张某买了一把水果刀，李某买了一把玩具手枪，来之前他们已经商量好，能抢就抢，不能抢就跑，绝不伤人，因为伤人是犯法的。

他们在景区徘徊了半天，甚至还有两次与丁香姑娘二人擦身而过，只是彼此都不知道罢了，最终他们选定厕所附近作为作案地点。他们在树丛里蹲了好一会儿，其间也等到了一对情侣，但他们都是新手，紧张得连腿都在发抖，甚至还等到了两个女生结伴出现，他们都站了起来，但还是没敢跳出来。

丁香姑娘和她博士生男友出现的时候，张某小声说，咱再不动手天就亮了，那我们连早上买包子的钱都没了。李某咬咬牙说干吧，我不入地狱谁入地狱。

　　张某在前，李某在后，张某持刀，李某持枪，颇有点警匪片的意思。文学博士父母都是教师，家教很严，自小就乖，小时候只看《机器猫》《成语故事》，不看《圣斗士星矢》《北斗神拳》，少年时看过《甜蜜蜜》《情书》，没看过《英雄本色》《古惑仔》，再后来基本上不看电影只读书，因此没怎么见过这种场景，立即被吓得腿软。

　　其实张某的手也在抖，李某的腿也抖得厉害。张某声音都有些发颤，让他们把钱都拿出来。文学博士赶紧把钱包掏出来扔给李某，李某一边去捡地上的钱包，一边心虚地扬了扬手中的水果刀，吓唬他们别乱动。谁都没想到，他这一吓唬，文学博士双腿一软扑通一声跪到了地上，哀求道，别杀我。张某挺了挺脊背，惊喜地发现自己的手不抖了，他又把刀朝丁香姑娘扬了扬，说还有你快把钱包拿出来，否则大爷我不客气了。文学博士跪在地上，目光转向丁香，催促她快点把钱包拿出来。李某又朝他扬了扬水果刀，说你趴下不许乱动。文学博士果然就乖乖地趴在地上一动不动。丁香姑娘无奈，也把自己的钱包翻出来扔给了张某。作案过程太过顺利，特别是文学博士的表现，让张某的自信心得到极大的提升，并在瞬间有些过度膨胀。他把丁香姑娘从头看到脚，突然决定顺便再劫个色，他再次扬了扬手中的水果刀，吓唬道，你趴着别动，姑娘你跟我走。丁香姑娘愤怒而又绝望地看向文学博士，他依然趴在地上像筛糠一样抖着。李某表示不同意见，说我们说好了求财不伤人的，现在弄到钱了赶紧走吧。张某说她一看就是女大学生，我们这辈子哪有机会跟她们亲近呀，事情已经到了这个份上，不上白不上。李某也开始犹豫。张某说你先看着这男的，我好了就叫你。张某把刀架在丁香姑娘脖子上，押着她往树丛里走。

叶巷那天晚上跟几个朋友赌钱，输了六万，觉得很郁闷，便想找个女人放松一下，拨了老情人的电话，惊奇地听到你拨打的号码是空号，这让他更加郁闷。于是他决定去飙车，环湖路路况很好，且僻静无人，是飙车的理想路线。飚了两圈，觉得内急，于是停车，站在路边，对着一棵树施肥。

树丛里突然冲出一个女人，后面还追着一个男人。叶巷很淡定，以为是情侣在玩追逐游戏，便继续自己的施肥大业。他没想到那女人居然不避嫌，直向他冲过来，并且开始喊救命。叶巷这才发现女人衣衫不整，追她的男人手里还拿着刀。

叶巷那泡尿憋得有点久，直到那女人躲到他身后，他才撒完收兵。日后他曾跟丁香姑娘调情，说你必须对我负责，谁让你第一次见面就看到了我家二爷。

丁香姑娘被张某押进了树丛，扑倒在地上，她表现得很顺从，其实是在等待时机。张某果然被她迷惑，把刀放在一旁，开始脱自己裤子。丁香姑娘待他裤子褪到一半，突然朝他裆部狠狠地踹了一脚，然后起身就跑，为了不惊动李某。她并未立即呼救。当她看见叶巷，就像溺水者看见了一条船，也不管他正在干吗，立即冲了过去。

张某气喘吁吁地站在叶巷面前，裆下还有些疼，这让他站得不那么直，更显得猥琐。他扬了扬手中的水果刀，还想继续吓唬人，说你别管闲事，否则我捅死你。可是这一次他错了，他还没明白怎么回事，脸上已经挨了一耳光。叶巷说你居然敢威胁我，我让你回家当孙子去。张某左手摸了摸自己的脸，右手虚弱地扬了扬水果刀，恼羞成怒朝叶巷刺了过来。

　　叶巷第一脚踢在他的手腕上，踢飞了他的刀。第二脚踹中他的膝盖，让他跪在地上。第三脚轻轻地放在他的脖子上，压着他向丁香姑娘磕了三个头。

　　丁香姑娘惊魂已定，目光中渐露倾慕之色。叶巷押着张某，和丁香姑娘一起去寻找文学博士，发现李某早已经逃走，文学博士依然趴在地上。

　　文学博士的浪漫之旅被两个抢劫新手给搞砸了，预订好的大床房也只能自己一个人睡了。那晚，丁香姑娘拿了自己的东西就跟叶巷走了。后来张某在派出所交代说："如果那男的稍微有点反抗的意思，他们就会放弃，他说是那男的太懦弱，才让他在犯罪的道路上越走越远。"

　　丁香姑娘恨屋及乌，不仅立即与文学博士分了手，还与文学也划清了界限。她甚至连书都不打算读了，决定立即来西城投奔叶巷。叶巷不同意，坚持要求她读完书，其实他是缓兵之计，他认为丁香姑娘不过是一时冲动以身相许罢了，毕竟他们两个人阶层地位、学识、经历相差太远，与其等姑娘冷静下来后悔，不如自己趁早放手。他没想到的是，姑娘一如既往死心塌地，每逢假期便飞来西城与他相会，并且开始攻读工商管理，说是毕业后做他的 CEO。叶巷入道太早，经历女人无数，没想到自己有幸碰到这样一个有才有貌重情重义的女子，便也把丁香姑娘当宝贝一样宠着，并生了退隐之意。后来叶巷开了一家酒吧，名字就叫"一支丁香"，后来丁香姑娘毕业，做了酒吧的总经理，叶巷退居幕后。

　　这晚叶巷在酒吧，丁香姑娘便早早回了家，洗漱完毕坐在沙发上看碟，《冷山》，一部有些老但老得非常经典的片子。史诗般宏大叙事，北美田园风光，荡气回肠的爱情，英俊的裴德洛和美丽的妮可基德曼。丁香姑娘沉浸在影片带给她的氛围里，时而微笑时而含泪。

有人敲门。丁香姑娘从猫眼里看到一个穿警察制服的人，以为是户籍警察之类，便开了门，然后发现门外不是一个人，而是三个人，都穿着警察制服。

"请您跟我们走一趟。"其中一个看似带头的人说。

"能告诉我是什么事吗？"丁香姑娘谨慎地问。

"叶巷出事了，请你过去协助调查。"那人说。

丁香姑娘还想问点细节，那人很严肃地催促，说："别问那么多，这是纪律，到了你就什么都知道了。"

事实上丁香姑娘自从决定跟叶巷，这一幕便在她的脑海里无数次预演过，电影里是这么说的，出来混总要还的。现在也许就到了该还的时候。

三名制服男子领着丁香姑娘下楼。一人在前，两人在后，把丁香姑娘围困在中间。楼下停着一辆黑色商务车。一名男子开车，两名男子分坐在丁香姑娘两侧。车速很快，迅捷地消失在夜幕中。

9

凌晨四点十一分，"一支丁香"酒吧，李响见到叶巷。叶巷坐在沙发上，双眼微闭，眉头紧锁。李响冲进来，第一句话就问："有没有消息？"

叶巷睁开眼，示意他坐，待李响坐下后，才说："没有。"他们手上都紧握着自己的手机，等待对方最新的消息过来，此时敌暗我明，在欠缺情报的情况下无法展开行动。

李响又问:"招了没?"

叶巷说:"招了。"

然后谁也不说话。叶巷坐着,李响在踱步。李响坐下,叶巷又踱步。叶巷给自己点了一支烟,又扔了一支给李响,最后两个人面对面坐在地上抽烟。

"那些关于丁香姑娘的传说是不是真的?"李响问,"东南亚女毒枭,港台女杀手,小叶哥的得力助手,究竟哪一个更接近真相?"

叶巷说:"一个文艺女青年,这便是真相。"

李响问:"很爱她?"

叶巷说:"我不知道什么叫爱,爱是你们这种人才说的,我只知道某天下午我坐在沙发上看电视,她在厨房里忙着晚餐,我突然有了一种归属感,就像回到了儿时的家里,我在门口玩耍,奶奶在厨房做饭,那一刻突然就厌倦了江湖,厌倦了漂泊,很想很想安定下来,就那样和她安安静静地过一辈子。"

李响说:"文艺女青年大都是好姑娘,善良,不那么物质,有点小情调。"

叶巷竟羞涩地笑了笑,说:"其实我觉得自己很亏欠她,她懂的我都不懂,她听欧美音乐,还是小众歌手,我喜欢的却是迪克牛仔和动力火车,这种东西想补都补不来,我也只能好好宠她。"

"你呢,"叶巷问,"你们怎么样?"

李响苦笑:"我们?其实我挺羡慕你的,能遇到这么一位好姑娘,现在这个时代,这样的姑娘已经不多了。"

"不多吗?"叶巷居然这么问。

"不多了，"李响说，"以前姑娘喜欢一个人，喜欢就是喜欢，哪怕你是一个一无所有的流浪歌手，她也愿意跟着你风餐露宿，如今非得要求你有房有车有型有款有户口，最后把男人逼得眼里只知道赚钱，把自己晾成了剩女，即使是剩女了，要求还是一点不会降低。"

"真是这样吗？"叶巷问。

叶巷的表情竟让李响想起鲁迅笔下的柔石。李响点头，说："我公司里一个小白领因为婚房的事最后抑郁了，四月份的时候从楼上跳下去了结了自己。"

"她也是为了钱才跟你？"叶巷问。

"她倒不是，"李响苦笑，"她爸是区长，她不缺钱，倒是我卑鄙，我追求她多少是因为她是区长的女儿，做房地产这行，没有点政府关系绝对不行。"

"既然是你追求她，而且是带着自己的目的，现在追到手了，也准备结婚了，你还有什么不满意的？"叶巷问。

李响又苦笑："我怎么跟你说呢，其实这事在我心里憋很久了，苦呀，很苦，而且会发酵，但是我又不能说，丢人呀，你是我大哥，今天我就在你面前一吐为快吧，简而言之，她怀了别人的孩子。"

叶巷骂道："那男的是谁，告诉我，大哥帮你废了他。"

李响说："她初恋，大学时候喜欢上的，被人拒绝了，她还放不下，念了这么些年，最后也想了断，要见一面，祭奠自己的青春，大概是最后的晚餐，出了事。"

"这么说她倒也是一位重感情的姑娘。"叶巷说。

李响盯着叶巷看，像是看一头怪物。他说："不管怎么样，她现在是我的女人，怎么能跟别的男人发生这种关系。"

"这个是她不对，"叶巷问，"那男的是什么人物？"

"小人物，毕业后在小公司上班，后来还失业了，穷困潦倒。"李响愤愤不平，"我什么都比他强，比他帅比他有钱，想起这梗让我不爽，如果他比金城武帅，比李泽楷有钱，我倒也服了。"

"这么说她倒是符合你刚才说的以前的好姑娘的标准，喜欢就喜欢了，不管那男人是贫穷还是富有。"叶巷说。

李响又像看怪物一样看着叶巷，问："你是我兄弟还是她妈，怎么净帮她说话了。"

"现在你怎么打算？"叶巷问。

"其实我已经决定原谅她了，现在她父亲被捕，母亲身亡，我更不能抛下她不管了，昨天晚上我刚跟她说婚期不变，"李响说，"但是我心里的那道坎还没迈过去，如鲠在喉一样难受。"

叶巷说："其实这事没那么复杂，你尽量往简单里想，姑娘是好姑娘，善良重感情不物质，问题是你出现得有点晚，但这不怨人家姑娘，最关键是她现在决心跟你好了，人家已经痛改前非了，你总得宽大处理吧。"

李响说："透彻，听君一席话，胜读十年书。"

叶巷说："道理很简单，她对你好，你就对她好，男人嘛，总要大度一点，只不过我没读书人说得那么好听。"

李响说："曾经幸福是一件很简单的事，如今简单是一件很幸福的事。"

叶巷骂道："你真能装。"

两个人不停地说话，因为害怕安静，静下来便会止不住去想，自己的女人这会怎么样了，就会紧张就会焦虑，而现在他们更需要冷静。

五点二十分，叶巷收到短信：一命换一命，你知道该怎么做。

李响看着自己的手机，它却一直没有响。

10

对于李响，那是备受煎熬的一天。从他和叶巷收到的第一条信息来看，绑架叶扶桑和丁香姑娘的无疑是同一伙人，现在对方要跟叶巷交换人质，却对他不提不问，他实在猜不透对方葫芦里卖的是什么药。

那天公司一个项目开盘，张云天坐镇指挥，首批推出的一百八十套房源半天抢光。那天《西城日报》的记者打来电话采访他对后期楼市走向的看法，他推说敏感时期不便发表言论拒绝了采访。那天他接了二十三个电话，十九个为了生意上的事，三个推销，一个打错了。那天他收到十一条短信，三条商场打折，三条楼盘促销，两条假发票，一条高利贷，一条假文凭，一条10086。生活丰富多彩，让人心生绝望。

"李先生您好，我是兴旺房产的刘德华，我们正在热销的一个商业项目，区位好，总价低，升值潜力巨大，您有兴趣了解一下吗？"

"我没兴趣，谢谢。"

"李先生，目前我国物价上涨，利率太低，您手上的钱正在迅速贬值，要想资产保值增值，就一定要理财，那么目前有哪些投资渠道呢，股票一跌再跌，宝马进去自行车出来，黄金前景不明，艺术品真假难辨，遍数投资渠道还是房产最好，住宅涉及民生，调控政策不断，商业地产逆市飘红，已是唯一稳妥的投资渠道……"

"我没兴趣，谢谢。"

"李先生，是这样的，我们周六周日有免费看房车接送，还提供免费午餐……"

电话推销员很执着，也许他不止一次看过世界推销大王乔·吉拉德的案例，也许他还看过陈安之的成功学视频，也许他在接受培训的时候，讲师告诉过他成功只有一米远就看你有没有勇气跨出第一步，也许讲师还对他说过越是成功的人越有涵养，所以你打电话不要胆怯不要怕，可是今天他运气很不好。

"你跟你们老板说一声，叫他立即关门，离开西城，你就说是我李响说的，如果三天后我看见他的公司门还开着，一切后果他自己负责。"李响想了想，又说："我知道这不是你的错，但我现在心情很不好，很抱歉。"

培训讲师也许告诉过你，推销时碰到一个心情不好的顾客应该怎么做，但他一定没有告诉你，如果那个顾客让你老板立即关门你应该怎么办。然而，这就是生活。

叶巷一直在等。人马已经安排好了，黑白两道，水陆两路，都做了充分准备。短信却一直没有来。

叶巷就等，并不尝试主动与对方联系。

九点，对方的短信终于来了。"风声紧，明日再谈。"

十点，负责接应的叶子豪短信问要不要撤了。叶巷回计划不变。

十一点，负责伏击的张耀扬短信报人还没有出现。叶巷回计划不变。

十二点，负责情报的朱红兵短信报一切正常。

零点一刻，对方短信又来了。"三刻，南昌门，换人。"

南昌门，不是南昌的城门，而是西城一处破旧的厂房。名从何来，据说那厂原来叫南昌面粉厂，颇有些年份，甚至可以追溯到清末工商业救国的历史。城市要发展，流行拆拆拆，南昌面粉厂也逃不脱这宿命。拆到一半，却有一个叫李南昌的老头跳了出来，说这是历史古迹不能拆。拆迁队长说，你说不能拆就不能拆，你是谁呀？那个叫李南昌的老头说他参加抗美援朝打过美国鬼子，他爸爸参加过北伐战争打过北洋军阀，他爷爷还打过八国联军。拆迁队长说现在是和平年代不打仗了要和谐。老头李南昌说做人不能忘本，历史古迹不能拆，要拆也得通过相关文物保护部门论证。拆迁队长本没有那么好的耐心装和谐，也只能装一会儿，这会立即变脸说，你现在想明白还可以走出去，你现在不走待会就得找人把你抬出去。老头李南昌说你这是威胁我。拆迁队长说，我这不是威胁，你我这是镇压你。后来，据当年在现场的人说，那个叫李南昌的老头果然是被人抬出去的，而且抬出去的时候已经没有呼吸了。这事闹得有点大，省里派人下来过问，拆迁停了，荒了好几年，一直到如今。

零点三刻，南昌门。

叶巷只带了两个人，他们押着那个身上隐藏着秘密事关一地集团走向的卡车司机。对方只有一辆车，安静地停在那里，一个长发青年站在车旁。

叶巷下车，两名手下押着卡车司机站在他身后。长发青年盯着他们看了一会儿，向身后的车子做了个手势，车门打开，一个大汉出来，然后丁香姑娘出来，然后另一个大汉出来。

过程很简单，前后不过一分钟。没有黑帮电影那么惊险和曲折，没有变卦，没有伏击，没有枪战，没有伤亡。

丁香姑娘惊魂未定，扑进叶巷怀里大哭起来。

"鱼儿落网了。"车子离开南昌门五分钟后，叶巷接到一条短信。发信的是张耀扬。叶巷这才露出了笑容。

11

蒋天啸一夜未眠。上半夜他在精心谋划，午夜时他忐忑不安，下半夜他心急如焚。天亮的时候，他突然觉得自己累了。他很羡慕那个渔夫，每天下午都可以自由自在地晒一会儿太阳。他很想晒一会儿太阳，很想很想。

股东大会越发临近，他踌躇满志，而且胜算在握。他从未打算把李响拉进自己的阵营，因为他知道那不可能。他之所以接受李响的资金，让李响占有一定的股份，就是为了在关键时刻给刘佳玲一个致命的打击。大股东与小股东的绯闻就不仅仅是个人的生活作风问题了，就是董事会合纵连横了。投资机构方面已经有了充分沟通，也达成了初步协议，他们要高额回报，他要他们手上的票，商场遵循等价交换原则，只要筹码足够，磨可以推鬼，就这么简单。

卡车司机是颗炸弹，随时都有可能爆炸。蒋天啸当然知道应该斩草除根。可是这卡车司机也不是个省油的灯，他也知道自己做这种事非常容易被斩草除根，中华文化博大精深，关于计谋的故事与电影谁没看过一点呢。即使字认识不多三国水浒的评书总听过吧，再单纯至少也听老爷爷讲过飞鸟尽良弓藏，狡兔死走狗烹。卡车司机不仅收了钱，还藏了蒋天啸指使他行凶的证据，他把录音带藏在一般人找不到的地方。如此，蒋天啸只能保佑他好好活着并保证他活得好好的。用知识分子的话说这就是农民阶级的狡黠，其实知识分子他爸也是种田的。

　　蒋天啸生于 1955 年。那年出生的还有不少大人物，比如比尔·盖茨、斯蒂夫·乔布斯、尼古拉·萨科齐。他的童年很不快乐，因为他有一个聪明乖巧的哥哥蒋天宇。这世上大多数的痛苦都来源于比较，他有车你没有，他奔驰你才奥拓，他兰博基尼你才马六，他有房你没有，他一百五十平你才五十平，你一百平的时候他已经五百平了。他小时候听得最多的一句话就是，你就不能跟你天宇哥哥学学。这句话是反问的口气，意思是责备，你为什么不能，还有失望，你居然不能。其实蒋天啸也很聪明，而且早慧，他注意到了这句话里的另一个问题，为什么别人家都直接叫哥哥，他们家要叫天宇哥哥。后来他才知道，原来他跟蒋天宇并不是亲兄弟。他妈是个护士，远近闻名的美女，天宇他爸是高干，生病住院认识了她。天宇他妈死得早，于是美女与高干结合在了一起。美女因为出生差地位低多少有些自卑，便把所有寄托放在儿子身上，天宇越是优秀，她越是对天啸严苛，高干越是一视同仁，她越是要教出一个骄傲来。结果天啸从小在心里种下屈辱的种子，并在漫长的岁月里生根发芽直至开花结果。

　　有些恨是说不清楚的，就像有些爱一样。有些念头只是偶然间跳出来，却无法抑制，最后铸成大错。

　　午夜时分，蒋天啸如坐针毡，他在商界是个强人，但在绑架交换人质这一类事情上他并没有太多自信，因为对手是叶巷。当然，他手下徐云龙也不是吃素的，在珠三角一带也算个人物，后来有一票做大了，才隐姓埋名来到西城。

零点四十多，他接到徐云龙的消息：人已带回。

蒋天啸终于笑了，一颗悬着的心终于回归原位，整个人倒在沙发上，松懈之后疲惫立即袭来，就在他半睡半醒之际，又一条短信闯进他的手机。

"一命换一命，你懂的。"

下午四点的时候，蒋晓龙正在读孟子。

"故天将降大任于斯人也，必先苦其心志，劳其筋骨，饿其体肤，空乏其身，行拂乱其所为，所以动心忍性，增益其所不能。"

蒋晓龙觉得深有体会，有一刹那他甚至想到了他的初恋女友，那个喜欢穿淡蓝色棉布长裙的女生。那天他终于鼓起勇气在校门口拦住了她，并对她说我喜欢你。那姑娘立即红了整个脸庞，随即柳眉倒竖然后骂道，你流氓，再然后就给了他一个耳光。蒋晓龙摸摸自己的脸颊，把这段话又读了一遍，这一次他甚至想起了林诗涵。她让他动了心，他说我送你一辆车，她说好；他说我送你一套房，她说好；他说嫁给我吧，她说不好。从她出现到她失去踪迹短短不足一月，他甚至都没牵过她的手，只有一晚在月下湖边，她在他额头上印了一个吻，说你有点傻。谁没傻过呀，没傻过的人生是有缺憾的。蒋晓龙这样想的时候觉得自己也成了一个哲学家，于是他把这段话再读了一遍，却忽然烦躁起来。

三天前，蒋天啸把他叫到自己的办公室，语重心长地对他说自己准备明年就退下来，因此要他做好接班的准备。那天蒋天啸说话的语气有点悲伤，整个办公室都被无奈与伤感的气氛笼罩，一点都不像以往那种强悍的气场。蒋天啸要求他近期不要外出，好好读书，并给他列了书单有《孟子》《曾国藩》，还有《孙子兵法》。最后，蒋天啸示意他离开，却在他转身之后叹了口气，说我老了，以后就靠你自己了。

蒋晓龙知道最近形势紧张，知道股东大会临近，各方都在合纵连横，知道蒋天啸与刘佳玲的争斗已经渐趋公开化，知道理想集团是站在刘佳玲阵营的，知道最近有很多事正在发生，并将继续发生很多事，但他不知道核心问题是什么，不知道蒋天啸的下一步部署，不知道一地集团的未来走向，这让他很难受。

七天前，那个建筑商的儿子马少爷又找蒋晓龙喝酒。两个人开车去了美丽都会所，难得那次马少爷居然没有找陪侍。两个人谈天说地越喝越多，后来又聊到伟大的摄影家陈先生，马少爷神秘兮兮地说自己电脑上有一段珍贵的视频。蒋晓龙略带醉意说那就欣赏一下。那是一段关于非著名车模 S 小姐的视频，蒋晓龙当即表示惊艳。马少爷当即提议他们作为西城四少之二对于女人的品位也不能太低，也得找个女明星玩玩，差点也得交个模特撑撑门面。蒋晓龙立即表示认同。第二天马少爷就把著名车模 G 的电话号码发给了蒋晓龙，并且特别强调，人家是想交往，不是卖春。G 在圈内绝对是个名人，蒋晓龙以前也只是在电视和杂志上见过她，如今这就真的要发生联系了，心里还真有点激动。这时候外貌已在其次，关键是满足了虚荣心。随即联系，两个人还聊得不错，从微信到电话，颇有点一见钟情便两情相悦的节奏。G 说过两天后会来西城，希望到时候一起喝杯咖啡。名模主动提出见面，蒋晓龙心花怒放。

　　下午七点，蒋晓龙收到 G 的短信，说已到西城，先要参加一个活动，晚点再联系。蒋晓龙放音乐健身洗澡着装，一直等到九点。G 又发来一条短信，说活动已经结束，还要接受两家平面媒体的专访，估计会晚。她还小小地抱怨了一下，说主办方的接待有点差，才四星酒店。蒋晓龙很不习惯等待，在这段时间里不知道该做些什么，便又一次放音乐健身洗澡着装，一直到十一点多。

　　G 终于忙完了，短信问他在哪里见。蒋晓龙觉得初次见面不应该在太高档的地方，那样显得太显摆，也不应该在太偏僻的地方，那样显得动机不良，于是他选择了人民路上的星巴克，那家星巴克有两个门，一个沿路一个较为隐秘，在后面的巷子里，最关键的是这么晚还喝咖啡的基本上只剩下老外了。

　　蒋晓龙主动提出去接，G 说自己打车去。两人在星巴克见面，选了个角落里的位置长谈起来。虽然最近两人一直通过各种方式在聊，如今第一次见面依然谈兴不减。蒋晓龙被对方的气质和谈吐所折服，觉得自己很是有点土。G 给他讲圈子里的趣事，女星 Z 和富二代 W 貌合神离，女歌手 C 和富家公子 Z 已经离婚，诸如此类。蒋晓龙插不上话，只能听，又不能表现得太好奇，应付得有点辛苦。对方短暂停顿之时，蒋晓龙想把话题往自家产业上转，便说："我们不如聊聊房市吧。"G 倒也处变不惊，看定他，问："你这也太直接了吧。"蒋晓龙立即明白自己话有歧义，随即局促起来，摆手说："我不是那个意思，我说的是房地产市场，我们家做房地产的，我对这个比较了解，再说今年政策多，房地产一直是热点话题。"G 倒是笑了："你还真可爱，我当然知道你说的是房地产。"她这一笑，不仅让蒋晓龙的局促不安一扫而空，而且生出一些心有灵犀的暧昧来。诗人说了，心有灵犀一点通嘛。

G抬腕看表说时间不早自己该回了，蒋晓龙也不再挽留提出送她。G没有拒绝。她住的酒店在景区，环境好，区位上有点偏僻。蒋晓龙开车送她，途中曾试探说如果你觉得四星不够好可以换一家五星的。G说四星也还好，我就是抱怨一下主办方的态度。蒋晓龙说其实我在希尔顿定了房间。G没有回答，蒋晓龙不知道她这是默许还是拒绝，一路开车一路遐想一路忐忑，好几次想转个方向最后还是没敢。

车到僻静处，离酒店已经不太远，蒋晓龙故意放慢车速，传递出恋恋不舍的意思。G说："我们去希尔顿吧。"她说得很快也很轻，蒋晓龙没太听清楚，便问："你说什么？"G说："我开玩笑的。"待蒋晓龙明白过来她说的是什么，已经为时太晚。

转弯处停着一辆黑色轿车，就停在马路中间，蒋晓龙紧急刹车，才没有撞上去。那辆车里倒是下来两个人骂骂咧咧地说："你怎么开车的呀，驾照是不是花钱买的呀。"美女在旁，蒋晓龙自然不甘示弱，也开门下车："你们什么素质，把车停在马路中间，这不是诚心害人吗？你们也不睁开眼睛瞧瞧我是谁，还敢在这唧唧哇哇。"那车主便问："你是谁呀？"蒋晓龙大声说："你站稳了，千万别被吓得腿软，我就是一地集团大少爷蒋晓龙，你们听过小爷的大名没有。"那车主说："原来你就是蒋晓龙呀。"蒋晓龙说："你们还是赶紧回去洗洗睡吧，别在这里丢人现眼了。"那车主问："你知道我是谁吗？"蒋晓龙便问："你是谁？"那车主说："我叫张耀扬。"蒋晓龙"哦"了一声说："张耀扬呀，张耀扬是谁，我没听说过呀，是修鞋的，还是修车的？"张耀扬跨前一步将一件东西顶在蒋晓龙的腰上，说："张耀扬不是修车的是要命的。"

蒋晓龙觉得顶在他腰上那东西有点像一把枪，其实他不太相信这种电影里才会发生的场景会发生在他身上，但他青春年少远大前程金山银山美女成群何必去冒那个险呢。因此他立即举起双手，被张耀扬押上了车。他还不忘回头看了名模一眼，美女貌似已经吓呆了。蒋晓龙想真不该连累美女受惊。

第二天，G 的账户上就多了一百万。

12

蒋天啸接到"一命换一命"的短信后，立即拨打蒋晓龙的手机，语音提示"您拨打的电话已关机"。蒋天啸暗道不好，立即让刘管家派人去找蒋晓龙，一直折腾到凌晨五点，还是没有任何蒋晓龙的音讯。

蒋天啸基本上可以确定蒋晓龙是被对方绑架了。一夜的紧张、焦虑、不安让他异常疲惫，他想休息一会儿，却轰然倒在沙发上。

其实他一个月前就已经查出自己心脏有很严重的问题，因此更急于平定内乱，为蒋晓龙的接班创造一个稳定的内部环境，因此才严格要求蒋晓龙读书学习准备接班，因此才那么无奈与悲伤。

他倒在沙发上，绝望地看着房门，想动却动不了，想叫人却发不出声音，那一刻，他有一种出师未捷身先死的悲怆。

事情就是这样，面对死亡，有人得出什么都是浮云的彻悟，有人却是不甘。蒋天啸就不甘，他看不到蒋晓龙登基，他会死不瞑目。

刘管家有事请示，发现蒋总面如土色气若游丝，赶紧扶他躺好，喂他喝水吃药。幸好发现得及时，才把蒋天啸从鬼门关前拉了回来。

徐云龙奉命用丁香姑娘换回了卡车司机，但他却未能平安返回蒋家。他被伏击了。伏击他的人不是叶巷，而是警察。徐云龙身背命案，拒捕，被一枪击中大腿，只好就范。卡车司机一并被警察带回审问。这是叶巷计划里的一环，也是他跟卡车司机的交换条件。卡车司机把录音带交给叶巷，叶巷保证他妻儿的安全，并提供他们的生活开支。叶巷也会重金聘请律师帮他减刑。卡车司机别无选择，只能避重就轻。

刘管家本来是要将这个消息汇报给蒋天啸的，可是蒋天啸这个状态让他半个字都不敢提。他把蒋天啸安顿好，正打算离开，被蒋天啸叫住。蒋天啸说你陪我说会话。

似乎每个富豪身边都有一个忠心耿耿、尽心尽职的管家，至少很多影视剧里都是这么演的。刘管家跟着蒋天啸也有很多年了，在蒋家大家也会尊称他刘叔。他原本是个教师，年轻气盛风流倜傥，却历经一场情伤，伤得很重，以至要出家。蒋天啸对他说大隐隐于市，心真死了人在哪里都一样，心若未死躲进山里也没用。于是他便进了蒋家，从刘先生成为刘管家，从刘管家成为刘叔。

每个人都有自己的故事，即使再平凡再普通也有属于他自己的惊心动魄、悲欢离合、喜怒哀乐。每个女孩都是公主，每个人都是传奇。

"你孤独吗？"蒋天啸问。

　　"孤独，"刘管家说，"当小少爷渐渐长大不再骑在我脖子上玩耍，我孤独；当你事务越来越多生意越来越忙，我们再也不会花一个下午的时间去钓鱼，我孤独；当夜里整个院子彻底安静下来后，我孤独，但是这么多年，我早已经习惯了。"

　　"我也孤独，"蒋天啸说，"以前不觉得，这两年越来越严重了，以前求地位求名声求财富，如今这些都有了，自己也老了，以前总觉得前呼后拥高朋满座风光无限，现在一个人静下来却觉得很空，很慌，很恐惧，但又不甘心，只好不停地往前赶，不敢静下来，不敢一个人，很累。"

　　"我觉得每个人都有自己的角色，自己的使命，"刘管家说，"就像你要领导一个企业，我会做一个管家。"

　　"我做得够好吗？"蒋天啸问。

　　"各人自有分内的事，不去努力不好，太强求也不好，"刘管家说，"关键在于一个度，但这个度却恰恰是最无法说清楚的。"

　　"留给后人说吧，"蒋天啸叹了口气，"你还记得她吗？"

　　"记得，但这么多年我从未试图去获得关于她的信息，"刘管家说，"她之于我，就像是修行途中的一记棒喝，也许有人说不过是一个女子，这世上女子有千千万，可是没办法，正好我遇见了。"

　　"我们都太执迷了，"蒋天啸叹道，"晓龙已经谈过好几个女朋友了，追求的时候站在人家宿舍楼下等几个小时，失恋了去酒吧买醉，真投入，也真伤心，可是没多久又喜欢上了另一个，也很真诚，帮人家扛煤气罐都干。"

　　"每一代人都有自己的生活，"刘管家说，"我们未必就对，他们未必就错。"

13

蒋天啸草草睡了一会儿就醒了，看了下表才八点多。刘管家准备好了早餐，他也没有胃口，只喝了杯牛奶，吃了一个煎鸡蛋。

蒋晓龙的座驾被人送了回来，人还没有什么消息。蒋家派出去调查的人只搜集到一些零碎的信息，少爷去过星巴克，同行的好像是一个女子，仅此而已。

蒋天啸突然想起卡车司机来，刚想问便收到一条短信：叶小姐该回家了。他只犹豫了五秒钟就做出了决定，吩咐手下把叶扶桑护送回家。

然后他给对方回短信：同意。

对方回：见人放人。

蒋天啸觉得自己现在应该好好处理一下卡车司机的事情了，他当然知道卡车司机手上握有重要证据，他当然能想到也许卡车司机人被放回来了，但叶巷已经拿到了那份证据。他当然留有后手，如果叶巷拿到了证据，他也有办法让叶巷乖乖送回来。女人是男人的软肋，丁香姑娘就是叶巷的软肋。

"人呢?"蒋天啸问。

"谁呀，叶小姐吗，已经派人护送回家了。"刘管家装傻。

"那个司机，徐云龙把他关在哪里了，"蒋天啸说，"我要见他。"

现在风声这么紧，你亲自见他不太方便。刘管家想继续隐瞒。

出什么事了? 蒋天啸心头升起一股不祥的预感，他看定这个跟随了自己几十年的管家，说："发生了什么事，你跟我说实话。"

人在半路被警察劫走了，徐云龙也被抓了。刘管家看着自己跟了几十年的蒋总，小心翼翼地答。

蒋天啸闻言，轰然倒地。

多年以后，人们再提起西城的那场商战，总会以这样的句式开头，如果蒋天啸没死……如果蒋天啸没死，那场商战会不会有另一个结局，会不会有另一番曲折？没人会知道。但至少，不会这么潦草。

刘佳玲赢了股东大会，被任命为一地集团董事局主席。她发表了一篇激情洋溢的演讲，谈到企业的核心价值、社会责任、对创始人精神的传承、当下宏观市场环境、未来规划宏图，最后她说她将以王石为榜样，将一地集团打造成像万科一样的房地产品牌开发企业。

刘佳玲演讲的时候李响也在，李响一直以为她会以吴亚军为榜样，没想到她却选择了以王石为标杆，看来她比他想象的还要志向远大。

蒋天啸的葬礼很隆重，惊动了整个西城，出席葬礼的嘉宾多达千人。他在照片里微笑，人们在他面前喧嚣，永远看不到他的孤独。

刘佳玲并没有赶尽杀绝，她希望蒋晓龙能留在公司，从一个合适的职位做起，好好干好好学。蒋晓龙自然不会留下，西城已无眷恋，他远赴美国攻读工商管理。

那段时间连续飘了几场雨，一场秋雨一场凉，很快都晚秋了。

第十一章　庆幸

1

这场变故对叶扶桑是个沉重的打击，简直是太过残酷。父亲受贿被捕，母亲车祸身亡，她从一个身份显赫的区长家女儿突然变成了一个孤儿。叶母的丧事是李响操办的，叶扶桑只是流眼泪，甚至都不哭出声，让人看着就心疼。数日后，李响陪她去探望叶区长，叶扶桑又是流了很多眼泪。叶区长也苍老了许多，满头雪白。

那段时间叶扶桑情绪极差，常常一个人独自垂泪。李响尽量安排时间陪她，自己实在抽不出空来，也会把她的闺蜜请来陪护。

那天他们在湖边散步，看见两个初中模样的男女生手牵着手，男生说一句什么，女生就笑得弯了腰。叶扶桑叹道这是多好的年纪呀，生命要是在这个年龄终止，大概是最完美的结局。她这话让李响一直提心吊胆。

李响打算陪她去长途旅行，去一个比较远的地方，也许能让她情绪好点。叶扶桑说去哪儿呢，法国、意大利、希腊、澳大利亚,都不想去,不如去伊拉克吧,那里足够惊险足够刺激,也许能让人明白什么叫生存。

那晚他们一起在家看碟,李响挑了一部《我的唐朝兄弟》。叶扶桑却忽然问:"我不是处女你介意吗。"李响说:"不介意。"叶扶桑说小悠很崇拜你,而且她还是处女,要不你跟她好吧。李响说你别胡思乱想了,你要对我好,你答应我的,我也会好好对你的。

终究还是出事了。叶扶桑从楼梯上摔了下来,人无大碍,孩子却没了。她虚弱地躺在床上,拉着李响的手说:"这样也好。"

这之后,她的情绪倒是慢慢地平复了,偶尔也有了笑脸。像是一场重生,但终究是磨难,比以前安静得多。

待到叶扶桑身体恢复,他们去了一趟马尔代夫,算是两个人的定情蜜月。日落黄昏,他们坐在海边,叶扶桑靠在李响怀里。她说:"你再给我一个月的时间,我去澳洲旅游,回来后我们就结婚。"

李响没有问,也没有答。一刹那,他想起了林诗涵。

2

时光川流不息,因果一环扣着一环。

李响刚到国内,便接到郭小山的电话,说高月出事了。李响都没来得及回西城,便转签了去上海的机票。

妻子不断抱怨,林城铤而走险,贪污了五万。如果他运气好,没碰上那个企业内讧,也不会被发现。单位里拿钱的他不是第一个,可是就这五万,却断送了他的一生。

林城失去了工作,在家里躲了一阵子,终日抽烟喝酒,过得极其压抑。后来也出去找了几次工作，面试了两回，说是让他回去等消息，最后却一直没有消息。他这样百无一用的书生，在体制内不得志，出了体制同样格格不入。

高月终于找到一份工作，在一家广告公司做平面设计。薪水还可以，但工作时间不固定，经常加班，很辛苦。有这样一则笑话，说是一个富婆来到妓院，老妈给她推荐帅哥她不要，老妈问她喜欢什么样的，富婆说要有激情有创意不怕苦不怕累肯加班不抱怨的，老妈立即大声说，叫做过广告的那帮兄弟出来接客。虽是笑话，却把广告从业者的苦与累形容得很到位。

高月基本上每天都要加班，有时候要到凌晨才能回，到了家便累得瘫倒。家务便成了林城分内的事，他每天早起给孩子做早饭，送孩子上学，晚上去接孩子放学，安排孩子复习功课，自己做晚饭。通常他们不等高月，给她留一份，他们父女俩先吃。高月回家时，他们都已经睡了，虽然很累，但看着熟睡的孩子，内心还是很欣慰的。

这样一份工作对高月来说，是及时和必要的，辛苦她不怕，某种程度上还是一种麻醉。以身体上的折磨来获得心理上的安慰，她觉得自己以前不该那么抱怨林城，更不该不安本分差点出轨。

事情发生得毫无征兆。那天她难得下班早，林城去接孩子，她去买菜。她回家做饭，林城辅导女儿功课。她特意多做了几个菜，还买了一瓶红酒。这顿饭吃得很温馨，她给他们父女俩夹菜，朵朵给他们讲学校里的趣事，说今天音乐课老师教他们跳迈克·杰克逊的舞蹈，在跳舞的过程中小明的裤子掉了，惹得大家全都笑成一团。林城问她学得怎么样。朵朵说自己是个小天才一学就会，还说吃好饭跳给他们看。

吃完饭，他们便把这事给忘了。朵朵进房间写作业，高月坐在沙发上看电视，林城在厨房洗碗。高月还跟他客气了一下，说今天你休息我来洗碗。林城把她往外面推，说你上班辛苦好好歇着。高月在他脸颊上亲了一下，说辛苦老公。动作做完了，她才觉得多少有些别扭。她已经不记得他们之间多久没有这样亲昵的举动了。

电视还是一如既往的无聊，综艺节目一帮主持人争先恐后地扮傻，电视剧七八个台总是放一样的。高月去屋内给朵朵检查作业，指导她把错题重新做了一遍，然后给她倒水洗漱，安排她睡觉。这过程中林城在看电视，《探索》栏目，好像在讲什么宇宙的形成。

高月洗漱好上床，一时也没有睡意，便找了本杂志无聊地翻着。林城关了电视，也洗漱上床。他主动把灯关了，她心领神会也钻进被窝。他们已经很久没做爱了，这让高月有一种奇异的陌生感，同时也变得敏感起来。她很快就攀到了高点，死死地把林城抱在怀里，好像他下一秒就会离开似的。林城做了很长时间，缠绵，不舍，留念，还有绝望。

那夜，高月做了个梦。她梦见自己骑着一匹白马，在大漠里疾驰，一直跑，一直跑，风云变幻，她一直跑，越跑越慢，越跑越累，越跑越挣扎，终于马失前蹄，她跌落下来。高月惊醒，便看到了林城。

林城站在阳台上，回头看了她一眼，脸上似乎有一抹意味深长的笑，然后他张开双臂，飞了出去，消失在夜空。

高月恍惚了大概有五秒钟，才明白这不是梦，她撕心裂肺地喊了一声，不要。声音凄厉，划破安静的夜，然而为时已晚，五秒钟前林城已经飞了出去。

高月疯了。她本已经身心俱疲，不过是靠着骨子里的那股倔强在支撑，终究是辛苦的。谁知道林城又这么决绝。她闭上眼睛就会看见林城的那抹笑，神秘莫测，是迷惘，或者是彻悟，是绝望，或者是解脱。她看不懂，越想越不懂。于是她疯了。

李响和郭小山去精神病院看望高月。

经过一段时间的治疗，高月的状态已经好了许多，不像刚开始那样对一切事物充满恐惧。但她还不能认出他们。她问："李响是谁，郭小山是谁，你们为什么来看我。"

李响说："我们是老朋友，很早就认识的朋友，我们一起游山玩水，一起飙车抓过坏人，李响，做房地产的，郭小山，写小说的，我们都是你的朋友。"

"你知道吗，人是会飞的，"高月抓住李响的手，目光有些炽热，"飞，你懂吗？人是会飞的，大多数人飞不起来是因为身体太重灵魂太轻，如果一个人的灵魂比身体更重，他就能飞起来了，就像一个气球绑着一块石头，气球是灵魂，石头是身体，你懂吗？人是会飞的，但是你们飞不了，你们身体太重了。"

她转而又抓住郭小山的手，急切地说："其实时间是静止的，流逝的是我们，你懂吗？流逝的不是时间，而是我们，所以人一旦飞走就飞不回来了，你懂吗？时间是石头，我们是流水，一旦飞走就再也回不来了。"

"我懂。"郭小山点头说。

"他懂了，你懂不懂？"高月转头问李响。

"我也懂，我们都懂。"李响说，"时间是石头，我们是流水，我们会等你一起去看高山和流水，看很多石头和很多流水。"

"你不懂，"高月一把推开他，愤怒地吼道，"你不懂，你骗我。"

李响手足无措，不知道该如何面对。高月却因此受了惊吓，尖叫道，不要。声音极其凄厉，撕心裂肺的样子。人也蜷成一团，躲在角落里。医生赶紧跑过来，把她带走。

郭小山潸然泪下。

李响暗自神伤。

曾经你肆意乱舞回眸一笑穿越多少暗自倾慕的眼神，曾经你仰天长啸猖狂高歌惊起漫山遍野的飞鸟。如今，盛开已成过往，遍地都是悲伤。

朵朵的生活郭小山已经安排好了，读最好的学校，请最好的家教，有专职阿姨照顾她生活起居。小孩也很懂事，功课很刻苦，说等妈妈病好了要让她看到最好最乖的朵朵。

"她一个人很孤单，我们要常来看她。"李响说。

郭小山点头，说："我要拍一部电影，为高月，为我们，也为我们这一代的青春，为我们的飞扬、奋斗、挣扎和迷惘。"

在回去的路上，郭小山反复放着同一首歌。

他们都老了吗

他们在哪里呀

我们就这样各自奔天涯……

3

你有没有过这样的经历，你突然想起一个人念及已经好久没见了，第二天你就在人海里碰到了他。或者是这样一种，你很骄傲最近身体很健康，结果第二天就感冒了。

李响又遇见了林诗涵。上一次是在高速路上，这一次是在车站。好像她始终在行走，要么已在路上，要么正在出发。

她正在跟人争吵，对方是一个男子，还有一些人在围观。开始有人指责那个男子居然跟一个女孩子逞能，后来他们了解了真相，是这个女孩子坐车不给钱，于是他们又纷纷倒戈来指责她。

坐车不给钱毕竟没有道理，可是她居然还很强势。"你知道我一张摄影可以卖多少钱吗？三千。"她说。男子说："你拍一张照片卖三万也不关我的事，你把五十八块钱车费给我就完了。"她说："我今天正好没钱，我钱包被人偷了。"男子说："我姐是开餐馆的，要不你去那里打工一天抵你的车费。"她说："你这人怎么这样呀。"男子说："你年纪轻轻长得漂漂亮亮，你坐车不给钱，你还说我，你怎么这样呀。"她想了想说："好吧，你姐餐馆在哪里，我去打工。"

她居然就真的跟在那男子身后，准备跟人家走了。李响疾走几步，过去拦住那男子，给了他一百块，说："这是我朋友，车费我帮她付了。"

男子威胁他说："你是谁呀？你别多管闲事。"

"她是我朋友。"李响说。

"你再废话我打你。"男子将威胁升级。

"你别吓唬我，我胆小，"李响说，"单挑还是叫人，我都陪你玩。"

男子立即主动把自己的气焰给灭了，转而问林诗涵："这人你认识吗，现在坏人多，你别随便跟他走，你这么漂亮，小心他把你卖了。"

林诗涵言简意赅回答他，说："他是我男朋友。"

男子狠狠地瞪了李响一眼，然后转身就走。"喂，"李响叫他，"你等一下"。男子转过身，问还有什么事。李响扬了扬手中的百元钞票，说："车费。"男子过来狠狠地一把抢过钞票，恨恨地走了。

"喂，"李响又叫他，"你等一下。"

男子转过身，问："你这人好烦，又什么事？"

李响说："钱包。"

"什么？"男子愣了一下。

李响指了指林诗涵，说："她的钱包。"

男子又愣了一下，然后从怀里摸出一个钱包，扔给李响，并拔腿就跑。他入行这么多年，从未遇见像李响这么淡定的人，怕了。

"你怎么知道他偷了我钱包？"林诗涵问。

李响不答，责备她说："你怎么敢跟他走，人家自己也说了，现在坏人多，你这么漂亮，小心他把你卖了。"

"卖了又怎么样？"林诗涵一副无所谓的样子。

"你是不用怕，以你的相貌和才情，至少也是个头牌，一样吃香的喝辣的，"李响说，"不过也得有人赏识才行，就怕没进天上人间，倒进了黑煤窑，那就亏大了。"

"那，你是北京的还是山西的？"林诗涵问。

"我是西城的。"李响说。

4

林诗涵在千灯待了一段时间，然后去了趟无锡。本来没有目的，不过是想去一个地方，没想到会再次遇见方宇。

方宇说他终于跟妻子离了。他们原本就是两个世界的人，勉强捆绑在一起，不过是维持两个人的痛苦。他说他在南长街盘下来一个店，主营冷门书与茶饮。

"没想到还能遇见你，真好。"方宇说。

"那又怎样?"林诗涵依旧冷漠。她不过是想去一个又一个地方，并不是要寻找谁。这个遍地荒凉的世界，还有谁值得她寻找呢。

方宇亦无强求之心，因此进退有度。本来是无希望的渺茫，如今真的遇见，已经算是幸运。她若即刻就走，他也会微笑相送。

这样的态度，倒是林诗涵喜欢的。自己没有什么重要的人必须去见，没有什么紧急的事赶着去做，便在无锡住了下来。

有时候方宇出去进货，她帮着照看小店。有时候方宇把门关了，两个人像游客一样去其他店里晃荡。方宇在门上挂了个牌子，上写"店主有事请假一天"。她在下面用螃蟹体写道"店主今天泡妞去了"。

她若兴致好，还会免费做导游。她喜欢接待一些国外的背包客，他们简单热忱，对传统的事物充满了好奇。也会接中学生，他们活泼、飞扬、青春逼人。她给他们讲传说典故，帮他们拍照，一天下来也累，却很开心。

　　她和方宇住在一起，睡一张床，却一直没有做爱。他若主动，她也不会拒绝。只是两个人好像都忽略了这件事。有时候也会拥抱，他亲吻她的额头。有时候她醒来，发现自己正蜷缩在他的怀里。

　　小店收入一般，刚好够维持生活。这已经很好，方宇本就没想靠这个店挣钱。去他的车子房子，去他的婚姻孩子，我只想走很多路见很多人看很多风景，即使有一天客死他乡，墓碑上也可以写，这厮到另一个世界混账去了。很多人都曾经有过这样的想法，而他现在开始实践了。

　　林诗涵也没觉得这有什么不对，有什么不好。她以为这样的生活会再过上一段时间，等到不安了就走，等到平息了就停下来。

　　不曾想这也成了奢望。那日，两个青年来店里闲逛，他们喝了酒，言辞间对林诗涵有几分调戏。诗涵情绪尚好，倒也不是太介意，还微笑着给他们介绍。谁想方宇却一反常态，指责起他们来。即便如此，也没有太强烈的冲突。然而其中一个男子竟抽出一把利刃，插进方宇的胸膛。一切发生得太快，令人猝不及防。

　　这样的事，其实并不鲜见。无缘无故的祸端，毫无缘由的伤害，每个城市每天都在发生。你翻看报纸，不过是短短数百字的报道。你合上报纸，便把这些都忘了。

　　这件事对林诗涵的伤害很深。她突然对自己产生了怀疑，从她从未见过的据说死于空难的父亲开始，到母亲，到小高，到小钟，直到如今的方宇，她碰到了太多的死亡。难道，自己是他们的劫难。

处理好后事，林诗涵回了趟老家。她原本是想去小高的坟上祭拜一下，不曾想因为修路整块坟场都已经平了。物是人非事事休，这更让她觉得伤感。林诗涵未做停留，买了张车票直接去了扬州。

从同学那里辗转得知班长就定居在扬州，小区离瘦西湖不远，她还找到了他的号码。她主动打电话约他，说出差来扬州，希望老同学能碰面叙叙旧。面对她这样的女子的邀请，男人自然不会拒绝。

他跟老婆说有宴请，肯定会晚，如果喝得太多会在朋友家住一晚。他很有经验，提前安排好一切。他现在做市场，工作需要也确实会有很多宴请，老婆自然也不会怀疑什么。

诗涵说想吃西餐，班长便陪她去吃很贵的意大利菜。饭后她说想去唱歌，他便陪她去 KTV。没唱一会儿，她又说想去喝酒，他便陪她去 VVS 酒吧。她喝得有点多，主动陪陌生男子跳舞。班长说她还像以前一样，直接而锋利。

他早已经定好了房间，似乎一切理所当然。很多年前他们曾经在一起度过一夜，那时候，他们都还很年轻、懵懂、羞涩、冲动和不安。如今早已混迹尘世做了情场高手，情话张口就来，撒谎从不眨眼。偶尔也怀念当初那个单纯的自己，傻傻的，却也很快乐。

她还是那么美丽，却更具风情，比那时增添了几许魅惑。当初的眉眼还在，依稀可寻一丝丝年少的踪迹。他是想重温旧梦。

她当然不是。

做爱过程中，她一直含含糊糊叫着小高的名字。班长听出来那不是自己，却也已不记得是谁，只当是她被人伤了心，因而念念不忘。他当然不会去深究，他有家有妻儿，此时她的出现，不是一场旧情，只是一次艳遇。

女人破门而入，与他扭打在一起。他也曾想过如果有一天被妻子捉奸在床该如何面对，没想到事情真的发生了，他还是手足无措。

这不过是林诗涵导演的一场戏。上次在南京相遇，班长表现出来的优越感刺伤了她，而小高却连坟都没了。她突然为那一夜感到羞愧。林诗涵以小三的身份给班长妻子发了短信，要求她让位，约她来宾馆谈判。

班长与妻子扭打在一起，林诗涵悄然离开。独自走在陌生城市的夜里，寒风有些凛冽，她却很开心。那些心怀倔强不愿妥协的人一个一个走上了不归途，那些资质平庸蝇营狗苟之辈却活得如鱼得水。她要跟他们开一个玩笑。

5

林诗涵离开扬州，转道上海，再飞往昆明。四喜开车来接她，直接把她送到宾馆。诗涵去冲澡，四喜坐在床上看电视。

林诗涵洗漱完毕，披着浴巾，顶着一头湿漉漉的长发便出来。四喜瞟了她一眼，说："妞，你身材真好。"林诗涵瞟了一眼电视，惊呼道："妞，你竟然看××大本营。"四喜说："这节目还行，装疯卖傻跟生活差不多。"

林诗涵摸出一包烟，自己抽出一支点上，再把烟盒扔给四喜。四喜接过然后放到一边，说已经戒了很久。

两个人各自盘腿坐在一张床上。

林诗涵说："妞，你怎么不带我去你家。"

四喜说："妞，你身材这么好，我哪敢往家里带呀。"

"妞，你先生很好色吗，那我更要会会他了。"

"其实他胆小怕事，看见美女躲还来不及。妞，你是没机会的。"

"他这么胆小，那你们和谐吗？"

"姐早已过了追求新奇的年纪了，姐现在很淡定，他也很淡定，所以很和谐。"

"怀念吗。"

"偶尔会，会想起来，随即就又忘了。"

"真好。"

四喜和林诗涵曾在同一个学校读书，林诗涵锋芒毕露的时候，四喜已经臭名远扬。她以很快的速度把院草、系草都给收割了，最疯狂的是校篮球队五个首发被她收了三个，她还在自己的博客上写割草攻略，并列出了床技排行榜。校园里一时间风声鹤唳，口诛笔伐有之，暗自羡慕有之。作为报复，她的艳照被人放在了网上，她自是无所谓，学校却不能不管。辅导员拐弯抹角含糊其辞说了半天不得要领，她说如果你能坚持三分钟我明天就退学。只一句话，让刚研究生毕业的辅导员狼狈而逃。她终究是要自己离开，离开前她准备割最后一株草，校篮球队的得分后卫小虫。她曾经给过他暗示，若是别人早已经俯首帖耳，而他却迟迟没有回应。她打算更直接些，约他在黄鹤楼吃饭，那是学校附近的一家情侣餐厅，以花样百出的情趣设置闻名。小虫同学没有果断拒绝，还是去了，不过他却是牵着林诗涵同学的手去的。

那天发生的事情很有趣，三个人聊了大概十多分钟，小虫同学发现自己根本插不上嘴，便知趣地离开了。

林诗涵与四喜一见如故。诗涵本就对四喜充满好奇，恰好小虫又成了四喜的目标。那晚她们去开房，在店员和情侣们诧异的目光中嚣张得旁若无人。她们买了四扎啤酒两包骆驼，还有一些零食，薯片、梅子之类。她们海阔天空，说到某些话题，会大笑，喝酒，抽烟，愤怒地咒骂，拥抱着流泪。

男人并不是目标，也无所谓征服。心里有一个空洞，便不顾一切地找东西来填充，心里有一种深深的绝望在蔓延，便抓起什么都当成盾牌。

结果却是，如身在泥淖，越挣扎越深陷。

大学校园周边的宾馆，每天都人满为患，每夜都春色无边。夜深了，听到隔壁女生的叫床声，她们相视而笑。四喜突然也叫起来，声音高亢，峰回路转荡气回肠。林诗涵忍住笑，耳朵贴着墙，隔壁立即没动静了。

四喜离开学校后，找了一份内衣模特的兼职工作，并混迹于各个夜场。她们几乎每个星期都会见一次面，有几次四喜还带了男人过来。四喜与男人在一张床上做爱，林诗涵在另一张床上看碟。倾慕四喜美貌对她展开追求号称爱她的男人，开始有些局促，随着剧情深入便逐步施展开来，总免不了会偷偷看林诗涵几眼，然后愈加努力。事毕，四喜问男人要不要让诗涵也陪陪他，男人义正词严地说不要。四喜说如果你想要的话我不会介意，我们情同姐妹她也不会介意。男人立即动心了，小心翼翼地问真的可以吗。林诗涵朝他妩媚一笑，说没有什么不可以。男人立即心花怒放说那好吧。四喜狠狠地一脚把男人从床上踹到了地上，跌落的时候还擦碰到桌角，额头流了血。男人知是碰到了硬茬，抓起衣服狼狈逃了出去。那天林诗涵看的碟恰好是法国版《悲情城市》。

有时候她们也会搞一些恶作剧。

某次，她们倚在宾馆房间门口聊天，一对小情侣住她们隔壁房间，男生路过时禁不住向她们瞟了好几眼。那天四喜的 V 字领有点低内衣的束胸效果也很好，林诗涵甚至看到男生的喉结在滚动。小情侣刚关上门没多久，她们去敲门，男生过来开门，已是衣衫不整的状态。四喜说笔记本电脑出了点故障，又急着要查收邮件，请男生帮忙处理一下。男生跟四喜过去，林诗涵留下来陪女生聊天。女生说他们是中学同学，从高中就开始恋爱，这次男生是特地从北京飞过来看她，晚上刚刚到。林诗涵说中学就恋爱，现在还没分手真不容易你们，一定要坚持祝你们幸福。女生信心满满地说我们一定会幸福的。林诗涵说电脑也该修好了我们过去看看吧。林诗涵打开门，男生正趴在四喜身上，女生见状，狂叫一声拔腿就跑。那些看似美好的爱情，很多时候不堪一击。

四喜还在学校的 BBS 上发过一个帖子，《彼岸花开，涅槃与忏悔》。她说自己得了艾滋，即将离开人世，回想自己的人生觉得太过荒唐，希望后来人以自己为戒，好好读书，不要虚度青春。

这当然又是一个玩笑，却搞得很多学生偷偷去医院做检查，上过她床的男生怕，有些女生不知道自己男友是否被她魅惑过也怕。那之后，四喜便离开了那座城市。很快，林诗涵因为小钟的事情也离开了学校。

她们一直保持联系，却一直没再见面。林诗涵去了很多地方，看过很多风景，遇见过很多人。她知道四喜其实过得不好，看似肆意的生活，其实是心底的千疮百孔。再后来，四喜定居昆明，她们便联系得少了。

电视里主持人和嘉宾还在闹腾，嘉宾每做一个动作，主持人们便一起发出惊叹声，实在太过虚假。这样的节目收视率却一直很高，大概因为人们都过得太苦。

四喜问："你忘不掉?"

林诗涵摇头。

四喜说："也许你还没碰到那个人。"

林诗涵笑了，问："你是因为碰到他才停下来的吗?"

四喜想了想，说："不是。"

林诗涵说："这不就结了。"

四喜说："其实我希望你也能停下来。"

林诗涵说："这要看造化的，你修炼得早，终于得道成仙，我道行还浅，只能继续修炼，要么最后成佛，要么走火入魔。"

四喜说："我曾经很喜欢的一个女作家，当年写那么绝望残忍的文字，如今也心平气和嫁人生子了；谢霆锋当年我行我素酒驾飙车勇牵天后的手，如今也辛苦拍戏经营公司修炼得像个谦谦君子；韩寒少年得志笔锋所向横扫一片，如今也娶妻生子事业经营得风生水起。年少不曾轻狂是一种遗憾，但终究都要回归生活的真相。"

林诗涵问："真相是什么?"

四喜说："庸常、琐碎、平淡。"

林诗涵说："妞，你别给我上政治课，我困了，先睡了。"

四喜伸手，揉揉诗涵的头发，目光中暗含疼惜，说："我不说了，你天资聪慧，我才不担心你，我只是希望你能偶尔来看看我。"

"妞，你别这么矫情，我感动得快要哭了，"林诗涵说，"我会常常来看你的。"

她自己已经知道，这是一句谎言。

6

林诗涵从昆明直接飞北京，参加社区网站组织的活动。活动主题叫"99 个拥抱——爱的接力赛"，与 99 个陌生人拥抱，倡导友爱消除冷漠隔阂。活动进行得不算太顺利，大多数人不太容易接受陌生人的拥抱。也遇到少年羞红了脸，大妈笑得合不拢嘴。

离开北京又飞上海，参加了一个由网友发起的募捐活动，目的是救助听力障碍儿童。一直忙了三天，奔走多个场所，讲到口干舌燥。

然后再从上海坐车去嘉兴，在方宇的坟前烧了一炷香。然后再坐车去苏州，回千灯，陪外婆住了三天。

一路马不停蹄。

最后到了西城，在车站遇见李响。她本就是特意来看他，没想到却能意外相遇，这也是一种惊喜。

李响带诗涵去吃饭，点了满满一桌。林诗涵放开胃口大吃起来，她说自己已经很久没有好好吃一顿饭了。李响食欲不佳，只是随便吃了几口。不见这么多天，他不问她的过往，她也不问他的。她说汗滴禾下土粒粒皆辛苦，浪费是可耻的。他说一直在努力可还是不行，今天情绪太差。她问："是因为遇见我了吗？"

李响给她讲高月的事，数度声音哽咽，几乎就要落泪。林诗涵在心底暗叹，四喜说的真相也许是对的，可是却有人在真相里成了高月。

饭吃好才九点多，整个城市灯火辉煌，街上人来人往依旧热闹。李响问去哪儿，林诗涵说随便走走。在一处巷子口，看到卖烤红薯的大爷，在寒风中有些哆嗦。林诗涵说我们买些红薯吧。李响就把大爷还没卖掉的红薯都买了。他们自然吃不了，就送给相遇的路人，有人露出疑惑的表情拒绝了，有人很开心连声说谢谢。

后来他们去酒吧，喝了很多酒。有人过来搭讪，邀请林诗涵跳舞。她也不拒绝，欣然前往。一曲终了，汗流浃背，她问："李响，你不吃醋吗?"李响说："不。"她说："你这么回答让我很伤心。"李响说："好吧，我吃醋，很吃醋，现在胃里还酸得厉害。"林诗涵就笑了。

从酒吧出来已经十一点多，两个人却都没有罢休的意思。

林诗涵说："西城是你的地盘，你说还能去哪里，别跟我说宾馆，我最讨厌宾馆了。"李响说："那我带你去一个地方。"他们打车去西山。路上林诗涵问："你车震过吗。"李响说："没有。"林诗涵说："四喜玩过几次，有一次被交警抓了个正着。"中年男司机在后视镜里偷瞟林诗涵。

车到半山腰，他们下车。司机一定把他们当成来历不明且动机不良的男女，于是带着一副劝人向善的口吻说："夜里山上不安全，等会我送你们回去吧。"李响看林诗涵，林诗涵说："不用了，你回去吧。"

出租车尾灯在夜幕里划出蜿蜒的曲线，最终消失在视野里。林诗涵说："他一定把你当成了嫖客。"李响说："现在又不是夏天，这么冷谁会选择野战。"林诗涵问："你野战过吗?"李响想了想说："读大学的时候和女朋友在教学楼的天台上做过一次，不知道算不算得上野战。"林诗涵惊呼道："李公子你太有创意了。"李响说："诗涵兄您过奖了，我那是年少轻狂。惭愧惭愧。"林诗涵问："没在山上野战过。"李响说："没有。"林诗涵说："要不今天试一下。"李响说："我老了，跟你们年轻人不能比呀。"林诗涵问："那你为什么带我来这里。"李响说："我想给你看一样东西。"

李响站立在半山腰，遥指山下苍茫的大地，说："这里是我的盘，这里也是，这里还有一块，还有那边，在湖边有个大盘，我亲自起了个案名，叫理想城。"

"很得意?"林诗涵问。

"说实话，还是有一点，"李响并不否认，"我们已经实现走出西城向长三角其他城市拓展的第一步，明年在苏中将有四个新项目开工。"

"然后呢?"林诗涵问。

"立足长三角二三线城市，夯实基础，未来将向其他省份的二三线城市进军，"李响说，"我的目标已经不是赚钱，我想做一个企业。"

"所以你叫它理想城?"林诗涵问。

"我想打造一个理想的城市，从建筑、景观、配套、物业到物联网和智能家居，最核心的是邻里公约和社区文明，"李响说，"简单说不是有钱就能住进来，不是没钱就不能住，这个项目我可以不赚钱，甚至可以亏钱，我想做一个标杆社区。"

"何必叫理想城，不如干脆就叫乌托邦。"林诗涵说。

"你不信?"李响问。

"理想很危险。"林诗涵说。

夜更深，山上更冷。李响把外套脱下来披在林诗涵身上，自己运动取暖。林诗涵问："是现在下山，还是等着看日出。"李响反问："你说呢？"林诗涵说："下山吧，太冷了。"

半夜里想下山并不是一件很容易的事，李响不想打电话叫于小伟开车来接，打电话叫出租车叫了几次都没车过来，后来接线小姐实话实说半夜里不安排司机上山接客。每年冬天都是出租车抢劫案高发期，谁敢轻易半夜上山。他们只好往山下走，走着还暖和点。还算幸运，走了一个多小时候后遇见巡防的车辆，搭了个便车下了山。

林诗涵嘲笑说："理想很高贵，看一眼就把人搞得很狼狈。"

7

没有去宾馆，李响带林诗涵去了自己的公寓。林诗涵进屋后先转了一圈，然后问海藻呢？李响说什么海藻。

"你放着湖景别墅不住，还藏着这么一套公寓，是不是养了个二奶。"

"我大奶都没有哪来的二奶，我就是图个清静而已。"

"这么好的金屋不藏个娇，太可惜了，过两天我帮你介绍个小姐妹，胸大腿长腰细臀圆，你满意，我只收八百块中介费好啦，不跟你说了，我洗澡去了。"

于是她就进浴室洗澡去了。

李响坐在沙发上看书，没两分钟就觉得很困，又不好意思睡着，便打开电视，正好有球赛。大概过了半个多小时，林诗涵才裹着浴巾出来，说："实在不好意思，我实在太困了，洗着洗着就睡着了，让您久等了。"李响说："你先去睡吧，我也冲个澡先。"林诗涵冲李响调皮一笑，说："那你快点，我在床上等你。"

李响这个澡洗得有点焦虑，时间太短显得自己太猴急，时间太长显得自己太矫情。大概花了十五分钟，李响终于洗完。他穿好睡衣出来，发现林诗涵并不在床上，她已经在沙发上睡着了。李响并不惊动她，悄悄地拿了条毯子，悄悄地给她盖好。林诗涵已经睡熟，呼吸均匀，眼角有泪痕。

太困太累，一夜无梦。李响六点多醒来，发现林诗涵也在床上，而且就蜷缩在他怀里。她睡得熟，脸上是淡淡笑意，我见犹怜。

李响悄悄起床，悄悄洗漱去上班。他已经好多天没去公司，不少文件积压在办公桌上等着处理。

上午开了两个会，讨论问题，部署工作。财务部说目前整个集团财务状况基本健康，但要做更充裕的现金储备，用以应对可能的金融政策收紧。销售部说目前形势大好，十二月销售额环比上涨近百分之三十。李响做出了一个较为乐观的判断，以为下一轮的宏观调控至少会在来年两会之后。

下午李响会见了三批客人，一个建筑公司的老总，一个银行的经理，还有一个是代理公司的老总。大概三点多，他接到林诗涵的短信，说刚睡醒很饿问他什么时候回。李响说下班才能走，冰箱里有吃的，让她自己先找点东西吃。钟点工阿姨会帮他把冰箱里过期的食物清理掉，再填满新买的食物。

刚下午四点五十，李响又接到林诗涵的短信，说冰箱里的东西不好吃，她还是很饿问他什么时候回。李响说公司五点才下班，虽然我经常要到七点才能下班，但我怕你饿坏了现在就回。

林诗涵回短信：你这么说，我很开心。

李响驾车回去，刚打开门，林诗涵便扑过来吊在他的脖子上，问："一天没见我想死你了，你想我没？"

李响不知道该怎么回答，便转换话题，问："你吃了东西没？"

林诗涵不放过他，继续问："你想我没？"

李响说："想到你了。"

林诗涵说："我住在你的房子里，睡在你的床上，吃你买的食物，乖乖地待在屋子里绝不到处乱跑，像不像一个优秀的小三。"

李响说："不像。"

林诗涵问："哪里不像？你说出来我立即就改。"

李响说："小三哪有不停催下班的，哪敢呀！男人不好好工作哪有钱养小三呀，所以优秀的小三都是支持男人好好工作的。"

林诗涵叹道："原来做个小三也有这么多学问。"

李响说："当然，不过是社会分工不同而已，每个工种都具有一定的技术含量，小三入行的门槛并不低，优秀的小三更是凤毛麟角。"

林诗涵问："你怎么这么懂，你一定自己包过。"

李响说："我们吃饭去吧，我也饿了。"

站在十字路口，李响问林诗涵想吃什么，湘菜川菜往左走，想吃西餐向右走，东南亚菜系朝前走。林诗涵说想吃麻辣烫。于是他们七拐八拐拐到一条巷子里去吃麻辣烫，林诗涵吃得不亦乐乎，李响不太喜欢，只好到隔壁买了两个肉夹馍啃着。林诗涵吃完直道好爽。

然后他们去白马街散步。一座明朝洪武年间建的石拱桥，一条古色古香的街，人们沿河而居，做些民族服饰古玩玉器生意，颇有些江南的味道。

林诗涵表现出极强的好奇心，几乎每家店都要看一看，挑中一条丝巾，一件碎花连衣长裙，一个翡翠手镯，一个蛋画工艺品，一把纸扇，还在书画店画了一副素描。她每看中一件物品，便大大方方地叫李响付钱，李响便也乖乖地掏钱包付款。

倚在那座石拱桥上，远眺城市灯火。林诗涵说："我买这么多东西，你付钱那么痛快，店家一定把我当成你小三了。"

李响说："也许他们把我们当成情侣了。"

林诗涵说："男人给自己老婆买礼物才不会这么大方呢。"

李响说："其实都不是太贵重的东西。"

林诗涵说："可是我喜欢，只要是你送我的我都喜欢。"然后她又幽幽地说："其实也不是你送我的，都是我跟你要的。"

李响说："因为我不知道你要什么。"

林诗涵说："你知道我为什么带你去吃麻辣烫吗？你知道我为什么要买这么多东西吗？因为我知道男人大多不喜欢吃小吃，大多不喜欢逛街，我就是要为难你，我喜欢你迁就我，我喜欢你宠我的感觉。"

李响说："其实你只是渴望被宠爱，那个人是不是我并不重要。"

林诗涵说："可是你跟别人不一样，有些人见很多次都不会记得，有些人看一眼就不会忘记。"她叹了口气，又说："可惜我却无法拥有，这个叫人绝望。"

冲动仿若萤火虫的光亮，在漫无边际的黑暗里闪烁了一下，立即又熄灭。也许我可以放弃一切跟你走，只要你在身边，日出日落都是风景。然而念头一闪而过，最终还是沉默。他的江山基业，他的红尘名利，甚至他的理想城，都在拖拽着他。

"我们做个游戏好不好？"林诗涵说，"从现在开始我们去搭讪，看你先泡到一个美女还是我先勾到一个帅哥，谁输谁睡沙发。"

"我认输，"李响说，"这事女人先天有优势，男人像蜜蜂见花就想采，而美女却大多很骄傲，你让我怎么赌。"

林诗涵说："你傻呀，你一秒钟就可以把我泡到手，我一辈子却勾引不了你，你这不是就赢了吗？"

李响轻描淡写，说："诓我。"

林诗涵说："那我们玩另一个游戏吧。"

李响问："什么游戏？"

林诗涵说："七天恋爱故事。"

8

李响最终还是答应了陪林诗涵玩这个游戏，他当作告别青春的最后一次冲动。从未疯狂是遗憾，一直疯狂便是愚蠢。

两个人商量着爱情的发生，讨论了很多个版本。图书馆里两只手伸向同一本书，教室门口一个把另一个抱着的书撞得散落一地，下雨的街上她狼狈不堪他撑着一把伞出现，酒吧里她遭人调戏他英雄救美。这些设计最后都被她否决，觉得太矫情，太偶像剧。

她在街头花了十分钟的时间勾搭上一个帅哥，他吹着口哨来耍流氓最终横刀夺爱，那帅哥本想在美女面前逞逞英雄，然而一个回合便落荒而逃，他在众目睽睽之下拥她入怀，并把唇印在她的唇上。这是她要的剧情，他配合着演完。他不懂她为何选择这样，也不懂为什么现场居然有人鼓掌。他请她吃饭，带她去购物，陪她去看电影，送她到家门口，跟她道晚安说明天见。

七天恋爱故事的第一天，内容很丰富，却也很快就过去。

第二天他们约会。白天他上班，她在家里看书，去小餐馆吃饭，午睡，看碟。他下班约她吃饭，她不高兴，气他一天没理她。他小心翼翼地赔礼道歉，她破涕为笑，吊在他的脖子上亲了他一口。吃完饭两个人手牵着手散步，他试探了几次终于把手放在了她的腰上。她假怒把他的手推开。没一会儿，他的手再次环绕在她的腰上，这一次她没有拒绝，并羞红了脸。在一棵树下，他突然拥她入怀，激烈地吻她。她亦激烈地回应。他送她到家门口，跟她道晚安说宝贝好梦。

第三天他们终于做爱，激烈而疯狂，好像等待了几个世纪，好像不会再有明天。她说我会不会有了你的孩子。他说如果有了我们就生下来。她说如果是女孩儿就叫青杏。他问是不是庆幸的意思。话刚出口，自己就觉得后悔。某一刻他又动了情。那一刻她含笑把他紧紧地搂在怀里。

第四天他们发生了争吵。她抱怨他整天忙于工作没有时间陪她，他说她没有理想不想工作无事生非无理取闹。她愤怒地咒骂，歇斯底里地哭，他把她牢牢地锁在怀里，不停地吻她的眼泪。然后他们又做爱，依然激烈而疯狂，好像要把悲伤化作汗水蒸发掉。

第五天他们和好。他陪她去购物，她挑选了五条不同款式的裙子，说等到春天来了她要好好地把身材秀给他看。他在她耳边轻声说不要等到春天，今晚就要她秀身材给他看。他们路过正在搞活动的婚纱摄影店，被热情的促销员拉进店内，她还很认真地问了各种细节。

第六天，他提前下班，偷偷地去买了钻戒，还买了一大捧玫瑰。按照她设计的剧情，今天应该是他向她求婚。他悄悄地回家，悄悄地打开门，发现她并不在。她所有的物品都在，五条不同款式的裙子，好几双不同样式的鞋子，丝巾，手镯，蛋画工艺品，纸扇，那幅素描，还有她的化妆品香水等。开始他以为她有事出去了，他便躲在屋子里等，他想给她一个惊喜。可是一直等她一直不来。他终于慌了，手忙脚乱地拨打她的电话，听到的却是您拨打的电话已停机。

七天恋爱故事，到了第六天却戛然而止。

9

冷空气来袭，寒风呼啸了一个下午，黄昏时分开始下雪。先是零散的，一个一个的散兵游勇，逐渐成漫天气势，铺天盖地而来。

大雪也未减元旦气氛之丝毫。黄昏时分，鞭炮声便零星响起，刚入夜各处的烟花便争相盛开。那些绚烂的瞬间幻灭得盛大美丽，骨子里总透着伤感。一场盛开之后，只剩下空气里的硝烟和地上的纸屑。美丽再无踪迹可寻。

李响坐在阳台上，手边是酒瓶，当最后一朵烟花寂灭后，他抱头痛哭起来。早上他开车去公司，广播里听到一条消息，一个花季少女在宾馆自杀，躺在浴缸里，放满满一缸温水，割腕，血流了一地，被发现时已经晚了。主持人径自在说着生命是最可贵的没有什么事情不可解决之类的话，他却早已经泪水湿了整个脸庞。

　　他心怀恐惧，因此不敢去了解这则消息的细节。宁愿永远是一个谜，不去解开，不去面对真相。或者，知道不会是，依旧兔死狐悲。

　　李响决定出去走走，他怕自己再待在阳台上会不小心掉下去。夜已经深了，依旧有行人三三两两地走过。有夜场刚结束的男女满身酒味脚步踉跄，有高中模样的男生女生背着书包手牵着手。衣服破旧肮脏的流浪汉突然张嘴朝行人大笑，吓得他们纷纷跳开。浓妆艳抹的女子勇敢地把只穿黑丝袜的双腿暴露在瑟瑟寒风中。背着吉他的流浪歌手开始收拾自己的东西去准备寻找下一个安身之地。

　　他发现自己被人跟踪，却依旧不以为然。那个女生初中模样，穿白色长款羽绒服，围一条红色围巾。她已经跟了好一会儿了。

　　女生终于鼓起勇气，勇敢地靠近眼前这个她跟了好一会儿的男子。她说："你好，我可以请你喝一杯吗？"她的紧张一览无余，还有兴奋、期待、不安，交织在一起。

　　李响今夜不拒绝。哪怕邀请他的不是眼前这样清纯漂亮的女生，哪怕是那个衣服破旧肮脏的流浪汉，他都不拒绝。不拒绝就是不拒绝，哪怕进一步身败名裂，退一步功名利禄。

　　就当是一个忏悔，虽然已不明对象。

　　那夜发生的事像一个梦，极度的不真实。女生带他去了宾馆房间，请他喝的是百事可乐。她主动贴近他，吻他，动作青涩。他开始在怀疑这件事的真实性，后来被带动起情绪，便温柔地回应她。恍惚间他把女生当成了另一个人，并因此把眼泪落在她额头上。在半醉半醒半睡半梦之间，他似乎听到女生如是说。她说她们圈子里几个要好的朋友都已经不是处女了，她们因此常常嘲笑她，她下定决心在新年来临之前结束掉自己的处女生涯，但她又看不上校园里那些自以为是的男生，因此选择了他，她觉得他成熟帅气饱经沧桑是她喜欢的类型。他似乎很忐忑地问她多大了。她说了她的出生年份。他恍恍惚惚又睡了，梦到了九七年的小镇街头，梦到了九八年春晚的王菲，还梦到了一群千年虫在爬。女生似乎去冲澡了，好像还给朋友打了电话兴高采烈地探讨着什么，又好像她没一会儿就走了。早晨醒来，头疼得像是要裂开一样。他已分辨不清这一切究竟是真是幻。

他双手抱头跪在浴缸里，任凭水珠暴烈地砸在背上，他想起小镇破旧的录像室，想起那个身材丰满的粗鲁女人。岁月如云朵，幻变成神马，一路狂奔。

他觉得这一切太荒谬了。

10

第二年，西城房地产市场急转直下，政策收紧，融资困难，竞争惨烈，有项目六折跑盘，亦不时有开发商跑路传言。

三月初，理想集团资金链极度紧张的新闻终于见诸报端。一地集团自身也很困难，刘佳玲对此爱莫能助。李响走投无路，只好通过项目转让等方式缓解资金压力，百万方大盘理想城最终易手给以狼性营销著称的某大牌房企，被打造成一个大型青年居住社区。项目因其极具特色的蝶形建筑设计，还荣获了国际上一个什么奖。

八月。李响与叶扶桑举办了一场简单的婚礼。

十月。青年作家郭小山的电影处女作《青杏》公映。

西城首映当晚，李响和叶扶桑便去观看。此时，叶扶桑已经怀孕三个月有余。他浮想联翩，几度眼眶湿润。她一直挽着他的胳膊，始终面带微笑，安静祥和。

剧终。

银幕打出几行字：

> 献给
>
> 和我们一起长大
>
> 一起变老
>
> 以及
>
> 那些走散的
>
> 80 后